CB048024

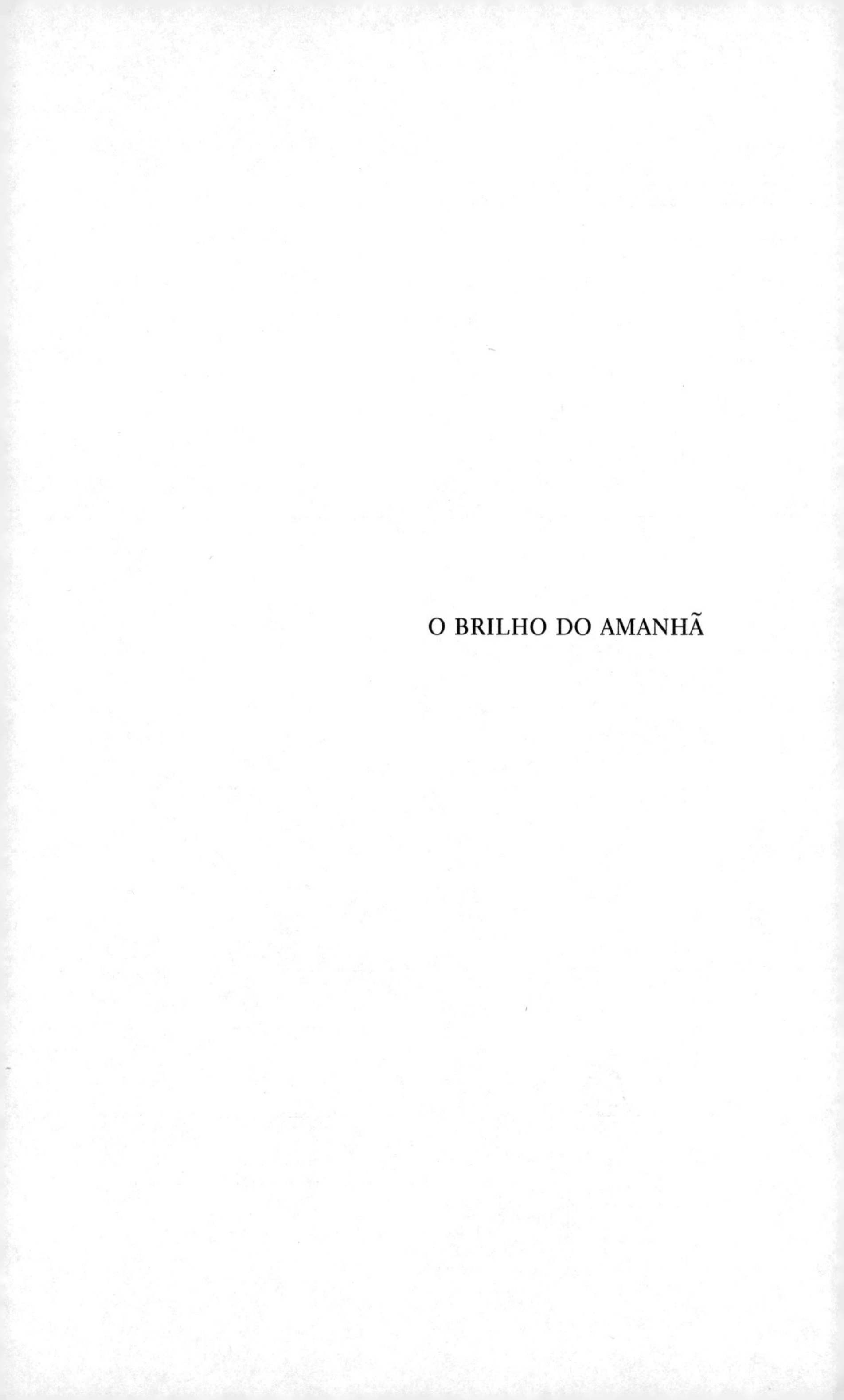

O BRILHO DO AMANHÃ

A marca FSC® é a garantia de que a madeira utilizada na fabricação do papel deste livro provém de florestas que foram gerenciadas de maneira ambientalmente correta, socialmente justa e economicamente viável, além de outras fontes de origem controlada.

ISHMAEL BEAH

O brilho do amanhã

Tradução

George Schlesinger

COMPANHIA DAS LETRAS

Publicado mediante acordo com Sarah Crichton Books, uma divisão de Farrar, Straus and Giroux, LLC, Nova York.

Grafia atualizada segundo o Acordo Ortográfico da Língua Portuguesa de 1990, que entrou em vigor no Brasil em 2009.

Título original
Radiance of Tomorrow

Capa
Charlotte Strick

Foto do autor
John Madere

Preparação
Lígia Azevedo

Revisão
Jane Pessoa
Márcia Moura

Dados Internacionais de Catalogação na Publicação (CIP)
(Câmara Brasileira do Livro, SP, Brasil)

Beah, Ishmael
O brilho do amanhã / Ishmael Beah ; tradução George Schlesinger. — 1ª ed. — São Paulo : Companhia das Letras, 2015.

Título original: Radiance of Tomorrow.
ISBN 978-85-359-2533-3

1. Ficção inglesa — Escritores africanos I. Título.

14-12712 CDD-823

Índice para catálogo sistemático:
1. Ficção : Literatura africana em inglês 823

[2015]

EDITORA SCHWARCZ S.A.
Rua Bandeira Paulista, 702, cj. 32
04532-002 — São Paulo — SP
Telefone: (11) 3707-3500
Fax: (11) 3707-3501
www.companhiadasletras.com.br
www.blogdacompanhia.com.br

Para Priscillia, minha mulher, melhor amiga e alma gêmea.
Obrigado por encher minha vida do amor e da alegria que eu nunca imaginei que existissem.

Nota do autor

Cresci em Serra Leoa, num pequeno vilarejo, onde minha imaginação de menino era estimulada pela tradição de contar histórias. Numa idade bem precoce, aprendi a importância disso — percebi que uma história é a maneira mais poderosa de ver qualquer coisa que encontramos na vida, e de lidar com isso. Histórias são o alicerce da vida. Nós as passamos adiante para que a geração seguinte possa aprender com nossos erros, alegrias e celebrações. Crescendo, sentava-me ao redor do fogo toda noite, e minha avó, ou outra pessoa mais velha da comunidade, contava histórias. Algumas eram sobre nossos padrões morais e éticos, sobre como se comportar. Outras eram simplesmente engraçadas. Outras ainda eram assustadoras, a ponto de não se ter coragem de ir ao banheiro à noite. Mas todas tinham um significado, uma razão para serem contadas.

Trago muito dessa tradição oral para o que escrevo, e tento deixá-la infiltrar-se nas palavras. Os lugares de onde venho têm linguagens tão ricas, uma variedade de expressão tão grande. Em Serra Leoa temos cerca de quinze línguas e três dialetos. Cresci falando cerca de sete deles. Minha língua materna, mende, é muito expressiva, muito figurativa, e, quando escrevo, sempre luto para encontrar em inglês o equivalente das coisas que quero dizer em mende. Por exemplo, em mende você não diria "a noite chegou de repente"; diria "o céu rolou e virou de lado". Mesmo palavras isoladas são assim — a palavra para "bola" em mende pode ser traduzida como "ninho de ar" ou "recipiente que leva ar".

Se expresso esse tipo de coisa em inglês escrito, a linguagem assume um modo novo. "Eles chutaram um ninho de ar de um lado para o outro" — de repente isso adquire um sentido diferente. Quando comecei a escrever este romance, queria introduzir todas essas coisas no meu trabalho. São parte daquilo que faz a linguagem ganhar vida para mim.

Depois que escrevi minhas memórias, *Muito longe de casa*, fiquei exausto. Não queria escrever outras memórias; senti que poderia não ser saudável alguém falar de si mesmo durante muitos, muitos, muitos anos seguidos. Ao mesmo tempo, senti a história de *O brilho do amanhã* me puxando por causa do primeiro livro. Eu queria fazer as pessoas entenderem qual é a sensação de voltar a lugares que foram devastados pela guerra, de tentar começar a viver ali de novo, de criar uma família ali de novo, de reacender algumas das tradições que haviam sido destruídas. Como se faz isso? Como se tenta moldar um futuro se você tem um passado que ainda está agarrando você? As pessoas voltam para casa com nostalgias diferentes. A geração mais nova volta porque seus pais e avós lhes contaram histórias sobre como esse lugar costumava ser. Os mais velhos se apegam à tradição. Você tem tudo isso empurrando e puxando; pessoas tentando viver juntas.

Para mim, que venho desse lugar dilacerado pela guerra, um lugar do qual a maioria das pessoas não ouviu falar, escrever tornou-se um meio de trazer à vida algumas das coisas que eu não podia dar às pessoas, nem prover fisicamente. Quero que os leitores tenham uma sensação tangível, tátil, ao ler estas palavras; então tento usá-las de um modo que se ajustem à paisagem. É por isso que a escrita em *O brilho do amanhã* é emprestada do mende e de outras línguas.

Na tradição oral há um ditado segundo o qual quando você conta uma história, quando põe uma história para fora, ela não é mais sua; pertence a todo mundo que a encontra e a todo mundo que a toma para si. Você é apenas o pastor dessa história — ela vem de você — e pode guiá-la de qualquer modo, mas às vezes ela vai por caminhos que você não espera. É assim que me sinto em relação a *Brilho do amanhã*. Sou o pastor da história, mas espero que você a leve para onde quiser.

1.

É o fim, ou talvez o começo de outra história.
Toda história começa e termina com uma mulher,
uma mãe, uma avó, uma menina, uma criança.
Toda história é um nascimento…

Ela foi a primeira a chegar aonde o vento parecia não soprar mais. A vários quilômetros da cidade as árvores se emaranhavam umas nas outras. Os galhos cresciam rumo ao chão, enterrando as folhas no solo para cegá-las de modo que o sol, com seus raios, não lhes prometesse amanhã. Era apenas a trilha que relutava em cobrir completamente sua superfície com a relva, como se antecipasse que em breve sua fome do calor dos pés descalços que lhe davam vida iria terminar.

As trilhas longas e tortuosas eram conhecidas como "cobras", e sobre elas se caminhava para encontrar vida ou chegar a locais onde a vida vivia. Como cobras, as trilhas estavam agora prontas para trocar a velha pele por uma nova, e tais ocorrências levam tempo, com as necessárias interrupções. Hoje, os pés dela deram início a uma dessas interrupções. Pode ser que aqueles cujos anos tenham muitas temporadas sejam sempre os primeiros a reacender sua rompida amizade com a terra, ou pode ser que simplesmente tenha ocorrido dessa maneira.

A brisa dava pequenos empurrões em seu corpo esquelético, coberto com um pano roto, fino e esgarçado de muitas lavagens, rumo ao que um dia fora sua cidade. Ela descalçara as sandálias, colocara-as sobre a cabeça e com cuidado pusera os pés sobre a trilha, despertando a terra endurecida com passos suaves. De olhos fechados, conjurou o doce cheiro das flores que se transformariam em grãos de café, perfume que o sopro esporádico do vento bafejava no ar. Era um frescor que costumava tomar conta da floresta e achar seu caminho até o nariz dos visitantes a muitos quilômetros de distância. Tal aroma era para o viajante uma promessa de vida pela frente, de um lugar para descansar e matar a sede, e talvez para pedir orientação se estivesse perdido. Mas hoje o aroma a fez chorar, começando devagarinho, com soluços que então foram se tornando um choro do passado. Um pranto, quase uma canção, para chorar o que se perdera enquanto a memória se recusava a partir, e um pranto para celebrar o que restava, por pouco que fosse, para infundir-lhe resíduos do conhecimento antigo. Ela balançava o corpo ao som de sua própria melodia, e o eco de sua voz a preencheu primeiro, fazendo-a tremer, e então preencheu toda a floresta. Ela lamentou por quilômetros, arrancando arbustos que sua força permitia puxar e jogando-os ao lado da trilha.

Finalmente chegou à cidade silenciosa, sem ser saudada pelo cantar dos galos, pela voz das crianças jogando, pelo som do ferreiro golpeando ferro em brasa para fazer uma ferramenta, nem pelo som da fumaça subindo dos fornos. Mesmo sem esses sinais de um tempo que parecia estar muito longe, sentiu-se tão feliz por estar de volta ao lar que se descobriu correndo para casa, as pernas subitamente ganhando mais força, apesar da idade. Mas, ai dela, ao chegar caiu em prantos. A canção do passado abandonou abruptamente sua língua. A casa fora queimada fazia algum tempo, e os pilares remanescentes estavam escuros da fumaça. Lágrimas consumiram seus profundos olhos castanhos e lentamente rolaram por sua longa face até as maçãs do rosto ficarem encharcadas. Ela chorou para aceitar o que sabia ter acontecido, mas também para permitir que as lágrimas caíssem no chão e chamassem de volta, em forma de espírito, os que haviam partido. Chorava agora porque não fora capaz de fazê-lo por sete anos, pois manter-se viva exigiu separar-se de todo modo de vida familiar durante o tempo em que as armas tiraram as palavras da boca dos anciãos. A caminho de casa, ela passara por muitas cidades e aldeias que se assemelhavam àquilo que seus olhos molhados agora encaravam. Uma cidade em particular lhe parecera mais assustadora que as outras — havia filas de crânios humanos em ambos os lados da trilha que conduzia até ela. Quando a brisa vinha, o que ocorria com frequência, ela sacudia os crânios, fazendo com que girassem lentamente e parecessem virar as órbitas vazias enquanto ela passava apressada. Apesar dessas visões, ela se recusara a empenhar a mente na possibilidade de que sua própria aldeia estivesse carbonizada. Talvez tenha sido a maneira de manter a esperança dentro de si, para continuar alimentando a determinação de seguir a caminho do lar. Ela não queria falar o nome desse lar, nem mesmo em pensamento. Mas alguma coisa tomou conta da sua língua e a fez perguntar: "Será que algum dia isto será Imperi?".

O nome de sua terra fora liberado aos ouvidos do vento, mesmo com a desorientada pergunta. Ela recuperou o controle dos pés e começou a caminhar pela cidade. Havia ossos, ossos humanos, por toda parte, e tudo o que ela podia dizer era se pertenciam a uma criança ou a um adulto.

Conseguiu trazer à mente a lembrança do aspecto da cidade no dia anterior à fuga, quando começara a correr pela vida. Foi no fim da estação chuvosa, quando todo mundo consertava e renovava a fachada das casas. Havia novos telhados, de sapê ou de zinco, e algumas paredes estavam pintadas com cores fortes, intensificando a vivacidade da estação seca. Era a primeira vez que sua família tivera condições de cimentar as paredes da casa, podendo portanto pintá-la de preto na base, verde no contorno das janelas e amarelo até o telhado. Seus filhos, netos, marido e ela se postaram admirando o lar. Não sabiam que no dia seguinte abandonariam tudo e seriam separados para sempre.

Quando os tiros varreram a cidade, e o dia em que a guerra entrou na sua vida transformou-se em caos, ela se virou para olhar a casa antes de fugir. Se morresse, queria ao menos morrer com uma boa lembrança dela.

Ela regressara ao lar porque não conseguia achar felicidade completa em nenhum outro lugar. Varrera campos de refugiados e casas de estranhos gentis em busca de um tipo de alegria que não necessitava hospitalidade, algo que ela sabia existir apenas na terra sobre a qual estava. Lembrava-se de uma tarde, não muito tempo antes, que viera depois de dias de fome e, finalmente, da oferta de uma suntuosa tigela de arroz com peixe cozido. Ela comeu, primeiro com vigor, e então seus músculos ficaram mais lentos, sobrecarregando os movimentos da mão até a boca. A pimenta tinha um sabor diferente daquele ao qual sua memória ainda se apegava, e a água que bebeu não foi a de uma pequena cabaça com o cheiro da moringa de barro que refrescava a água da família desde que era menina. Ela terminou de comer e beber para sobreviver, mas sabia que viver era mais do que os sinais temporários de reconhecimento de vida. A única satisfação que restou após terminar foi a memória do som da pimenta sendo amassada num pilão e, com ela, a fragrância cortante que tomava conta do ar em volta do complexo de casas e os risos que se seguiam quando homens e meninos fugiam correndo.

"É tão fácil mandá-los embora", dizia sua mãe enquanto as

outras mulheres continuavam rindo, olhos e nariz sem mostrar nenhum sinal de desconforto, ao contrário do que acontecia com os homens e meninos.

Ela voltou a observar os ossos, os olhos movendo-se além das pilhas para achar forças para pulá-los. "Essa ainda é minha casa", sussurrou para si mesma e suspirou, pressionando os pés descalços mais fundo na terra.

A noite vinha chegando, e o céu se preparava para rolar e mudar de lado. Ela sentou-se no chão, deixando a brisa noturna abrandar seu rosto e sua dor, secar suas lágrimas. Quando era criança, a avó lhe dizia que, nas horas mais silenciosas da noite, Deus e os deuses agitavam as mãos e, por meio da brisa, apagavam algumas coisas da face da terra, de modo que o dia seguinte pudesse se acomodar. Embora sua dor não tivesse desaparecido por completo com a chegada da manhã, ela sentiu alguma força nova dentro do coração, que lhe deu a ideia de se desgrudar da terra e começar a limpar os ossos. Começou pela própria casa, com uma pilha nas mãos que tremiam, talvez por causa do ar fresco da manhã ou da emoção de recolher o que restava dos outros. Os pés a levaram na direção da plantação de café, atrás da construção. Segurou os ossos ao mesmo tempo com delicadeza e firmeza, ponderando como tantos podiam ser reduzidos a tão poucos fragmentos. "Talvez seja somente quando a carne mascara os ossos do corpo que você ganha algum valor. Ou será que é aquilo que você faz quando a vida sopra através de você que torna sua memória digna?" Interrompeu as perguntas por um instante para permitir que os pensamentos espalhados se amalgamassem. Sentiu que era esse o modo de enrijecer dentro de si as memórias daqueles que agora carregava com tanta leveza. Sua mente tornou-se um formigueiro cheio de fumaça. Não prestava muita atenção em que caminho estava indo. Seus pés tinham intimidade com o chão: olhos, ouvidos e coração estavam em outra viagem.

Virou uma esquina e deixou cair a pilha, o coração afundando até a cintura com o baque sonoro dos ossos batendo na terra poeirenta. Suas pernas cederam ao ver as costas de um homem de joelhos juntando ossos como quem junta um punhado de gravetos. Ela sabia que era um homem velho, com o cabelo da cor de nuvens estagnadas. Os movimentos dele exprimiam sua idade. Isso trouxe seu coração de volta ao lugar apropriado, permitindo ao resto do corpo retomar as muitas funções.

O ancião, sentindo uma sombra atrás de si, disse: "Se você é um espírito, por favor, passe em paz. Estou fazendo este serviço para assegurar que, quando as pessoas voltarem a esta cidade, não vejam isto. Sei que os olhos delas registraram coisa pior, mas ainda assim vou poupá-las de uma última imagem de desespero".

"Vou ajudá-lo, então." Ela se agachou e começou a erguer os ossos que deixara cair e mais alguns, caminhando na direção dele.

"Conheço essa voz. É você, Kadie?" Ele tremia, as mãos incapazes de fazer o que vinham fazendo desde que chegara, quando o céu apagava da superfície os últimos resíduos de sono. Kadie respondeu baixinho, como que receosa de perturbar o profundo silêncio que se fizera exatamente nesse momento. O coração do velho hesitou em permitir que o rosto virasse e saudasse a amiga. Ficou um tempo sentado observando sua sombra a mover-se. E o tempo todo podia ouvir Kadie chacoalhando os ossos e suspirando enquanto continuava o trabalho. Virar-se para vê-la imporia ao coração o fardo de admitir a condição em que ela se encontrava, qualquer que fosse. Ela poderia estar amputada, deformada de alguma maneira. Permaneceu sentado mais um pouco em seu tormento, e Kadie resolveu pôr fim à hesitação, pois sabia por que ele escondia os olhos das palavras. Foi para a frente dele e sentou-se no chão. Os olhos do velho haviam se enterrado profundamente na terra.

"Por favor, tire os olhos do corpo da terra e veja sua amiga. Tenho certeza de que seu coração vai executar uma dança de júbilo quando vir que estou tão bem quanto é possível estar." Ela colocou a mão direita sobre o ombro do ancião. Ele se agarrou à mão dela e, lentamente, como uma criança surpreendida numa travessura, ergueu a cabeça. Seus olhos examinaram o corpo da amiga enquanto sua mente confirmava: ambas as mãos estavam ali, as pernas também, o nariz, as orelhas, os lábios...

"Eu estou aqui, Moiwa, tudo que é meu, como veio ao mundo, está aqui." A voz dela interrompeu a verificação que a mente dele fazia das partes do seu corpo.

"Kadie! Você está aqui, você está aqui." Ele tocou o rosto dela. Abraçaram-se e então sentaram-se afastados, olhando-se mutuamente. Ele lhe ofereceu água num potinho velho. Ela sorriu ao servir-se com uma cabaça rachada que boiava. Ele tinha um desses rostos redondos e dignos que mantêm um ar pensativo e pode reter um sorriso por pouco tempo. Sua figura, suas mãos e seus dedos estavam mais finos e compridos.

"Foi a única coisa capaz de reter água que consegui achar no meio das ruínas."

O que ele não disse foi que uma semana antes chegara mais perto de Imperi, perto o bastante para que seus olhos pudessem ver a grande mangueira no centro da cidade, mas não tivera coragem de entrar. Sua mente logo parou de ter saudades de casa e repassou os horrores da guerra. Começou com lamentos de pessoas que morreram, pessoas que ele conhecia. Fizera uma casa temporária em um dos muitos veículos queimados junto ao rio. Esses veículos um dia tinham pertencido à companhia de mineração que vinha se preparando para iniciar operações seis meses antes da guerra. A companhia recusara-se a construir uma pequena ponte sobre o rio, do que se arrependeu quando veio a guerra, pois não pôde passar para o outro lado com seus carros novos e equipamentos. Os estrangeiros que iam começar a trabalhar para a mineradora haviam descartado a possibilidade de abandonar seus carros, carregados de comida, roupas e outras provisões, mas os primeiros tiros os fizeram sair correndo, carregando apenas um saco cada um, amontoados em canoas que quase afundavam, tremendo de nervosismo. E imploravam de olhos arregalados para que o dono da canoa remasse mais depressa.

Moiwa perguntou à amiga Kadie como ela trouxera seu espírito à cidade e que trajeto fizera.

"Meus pés tocaram esta terra no dia que deram à luz esta aqui. Percorri a trilha, pois é o caminho no meu coração." Ela encostou as mãos uma na outra e as esfregou para fazer calor.

"Eu deveria saber, minha querida Kadie!" Ela não mudara seus modos em nada. Kadie quase nunca andava nas estradas. Fazia isso só quando não havia trilha. Acreditava no conhecimento de seus bisavós, que tinham feito as trilhas e conheciam a terra melhor do que aqueles estrangeiros que simplesmente entram em suas máquinas e escavam estradas sem pensar sobre onde a terra respira, onde dorme, onde acorda, onde acolhe espíritos, onde quer o sol ou a sombra de uma árvore. Eles riram, ambos sabendo que parte dos velhos modos permaneciam, embora frágeis. No fim do riso, palavras foram trocadas, brevemente, deixando muita coisa não dita para outro dia, que continuava a ser outro e mais outro ainda. Era melhor deixar algumas coisas sem dizer, enquanto apertos de mão e abraços pudessem cuidar das emoções — até que a voz conseguisse encontrar força para deixar a boca e trazer para fora o que se achava dentro do protegido manto da memória.

Mama Kadie e Pa Moiwa, como todos os mais jovens respeitosamente os chamavam, passaram semanas removendo coisas que não pertenciam à superfície da terra. Não podiam saber quais ossos eram daqueles que tinham conhecido. Em algumas casas havia mais ossos do que antigos moradores. Havia ossos entulhados por toda a cidade e nos matagais próximos. O mesmo acontecia nas muitas cidades e aldeias pelas quais passaram; algumas foram incendiadas e outras se tornaram florestas, com árvores crescendo dentro das casas. Assim, decidiram levar os ossos para o cemitério e empilhá-los ali até que toda a cidade entrasse num acordo sobre o que fazer com os restos mortais, quando gente suficiente tivesse retornado. Durante o processo inteiro, não choraram; conversavam muito pouco, exceto quando descansavam. E, mesmo então, apenas em termos mais gerais, sobre o passado, antes de a terra ter mudado.

"Espero que as outras cidades ganhem vida logo. Gosto de vagar pela trilha até outra aldeia no meio da tarde, para me sentar com os anciãos." Pa Moiwa inspecionava as quatro trilhas que entravam e saíam da cidade.

"Como nos velhos tempos. Você acha que todas essas coisas simples podem voltar a ser nossa vida?", Mama Kadie indagou. Ela não queria uma resposta, e o amigo não deu nenhuma. Os dois se calaram, cada um pensando no dia em que a vida tinha tomado outra direção, da qual ainda tentavam regressar.

Imperi foi atacada numa sexta-feira à tarde, quando todo mundo voltava do mercado, das plantações e das escolas, para descansar em casa e orar. Era a hora do dia em que o sol fazia uma pausa e contraía o brilho de seus músculos com tamanha intensidade que, mesmo para aqueles habituados à estação seca, o calor era absoluto e insuportável. As pessoas sentavam-se na varanda ou sob a sombra das mangueiras no quintal, tomando chá quente ou algo gelado, cochichando, pois até mesmos as vozes necessitavam de repouso. A voz excitada das crianças, porém, não precisava de nenhum descanso. Chegava intermitentemente à cidade vinda do rio, onde elas nadavam e brincavam, correndo umas atrás das outras, os uniformes escolares espalhados sobre a grama às margens do rio.

Havia três escolas primárias na cidade e duas secundárias nas proximidades. Apesar de não terem material escolar suficiente, havia um bom número de bancos e carteiras. E os prédios eram sólidos, embora não tivessem portas, janelas ou telhados. Tinham, sim, as aberturas onde deveriam estar esses "ornamentos", como os chamava o diretor, e onde às vezes pedaços de placas de zinco pendiam das vigas. Os professores costumavam fazer graça: "Quem precisa de coisas cobrindo telhados, portas ou janelas quando precisamos que a brisa sopre pela classe o dia todo senão o calor ensinaria uma lição melhor do que aquela que você planejou para seus alunos?".

Os professores eram animados, e os alunos mais animados ainda, em seus uniformes coloridos, tão ávidos de aprender que se sentavam no chão sob uma mangueira ou sob o sol quente, recitando empolgados o que lhes fora ensinado.

Os habitantes de Imperi tinham ouvido falar da guerra que estava a centenas de quilômetros de distância, mas não pensavam que ela haveria de penetrar ali, e muito menos ferir gravemente a vida deles. Mas naquela tarde isso aconteceu.

Vários lança-granadas apresentaram a guerra à população de Imperi, quando as bombas explodiram no complexo principal, derrubando todas as paredes e matando muita gente, cuja carne chiava na explosão. Depois vieram tiros, gritos e choro, com pessoas sendo baleadas diante de filhos, mães, pais, avós. Era uma dessas operações que os combatentes chamavam de "Nenhuma Coisa Viva" — matavam tudo que tivesse vida. Qualquer um que escapasse de tais operações era extremamente afortunado, e os combatentes emboscavam cidades e atacavam, atirando a esmo.

O caos tomara conta de Imperi, e algumas pessoas foram pisoteadas, especialmente os muito velhos e as crianças. Os soldados que passavam, a maioria crianças e um bom número de homens, baleavam aqueles que não tinham morrido na primeira investida. E riam do fato de que, ao debandar, os civis facilitaram sua operação.

Mama Kadie assistira às balas dilacerando seus dois filhos mais velhos e três filhas. Todos tombaram no chão com os olhos arregalados, surpresos com o que acabara de lhes acontecer. O sangue jorrava de diferentes partes do corpo, e então, por fim, os dentes se cobriram de saliva vermelha quando a vida os abandonou. Tudo acontecera tão depressa, e ela correra para eles sem saber exatamente por quê, mas seu coração de mãe fora abalado e isso foi tudo o que pôde fazer. Ela não temia pela própria vida. Mas alguém agarrara seus braços por trás e a arrastara para longe das balas, para longe da clareira e para perto do matagal, onde fora deixada para despertar do choque e onde seu instinto de sobrevivência veio à tona. Em tais circunstâncias, é preciso abandonar não só a dor, mas às vezes até mesmo o instinto materno, e isso precisa ser feito com urgência.

Ela pensou nos netos. E se sobrevivessem, já que estavam no rio? Embora a voz das crianças tivesse deixado de vir com o vento desde o início dos tiros, ela queria descer até o rio, mas sons de tiroteio pesado vinham daquela direção. Deliberadamente virou-se para ver sua casa uma última vez antes de disparar com toda a velocidade que sua idade permitia, as balas voando e atingindo pessoas ao seu redor enquanto ela saía correndo de Imperi.

* * *

Pa Moiwa a despertou de seus pensamentos com um deliberado acesso de tosse. Seu rosto, a curvatura das maçãs do rosto em particular, havia traído que memórias difíceis a consumiam.

"Eu estava aqui naquele dia, na mesquita", ele disse, "e fugi correndo do tapete de orações. Acho que Deus me entendeu, porque me deixou viver aquele dia." Com uma vara, ele desenhava traços no chão, um meio de se distrair para que as lembranças daquele dia não o tomassem por completo. Ambos sabiam que tinham de adiar por um tempo falar dessa parte do passado. Mas seus pensamentos divergiam. A mente de Pa Moiwa fixou-se no fogo que queimara sua casa naquela tarde. Sua esposa estava na cama, recuperando-se de uma leve doença, e sua neta de vinte anos estava cuidando dela. Quando as viu sair correndo de casa, apagando o fogo do corpo com toda a força que lhes restava, ele pensou que viveriam. Mas duas crianças, um menino e uma menina, as feriram à bala e continuaram atirando em outras pessoas e rindo. Ele sabia que precisava ir antes que o vissem.

"Bem." A voz de Mama Kadie esperou por força.

"Às vezes a aranha não tem mais teias para tecer, então espera naquela que já está pronta." Pa Moiwa usou o velho provérbio para assegurar à amiga que mais palavras lhe viriam e ela seria capaz de se fixar em outras coisas que não os horrores do passado. Eles ainda estavam se apegando aos tempos antigos, a um velho mundo que não existia mais. Fragmentos desse mundo, porém, funcionavam vez ou outra. Ela recobrou a voz.

"Bem, fui acabar numa pequena ilha perto de Bonthe. Uma aldeia que não tinha nada além de pescadores, suas famílias e choupanas que o vento jogava no ar e trazia de volta à noite como se procurasse alguma coisa." Mama Kadie reclinou-se contra a goiabeira sob a qual estavam sentados.

"Fiquei só vagando de um lado para outro durante anos, dormindo onde quer que a noite me achasse", Pa Moiwa disse. "Muitas vezes minha velhice se tornou uma bênção naqueles dias em que todo mundo desejava que as qualidades da juventude estivessem a seu lado." Não disse mais nada por alguns instantes, e Mama Kadie não perguntou. Ele estava de novo pensando na guerra, especificamente nas diversas vezes que escapara da morte. Na época em que os soldados decidiram perseguir, em seu lugar, gente jovem, dizendo: "Ele é velho, não desperdicem munição com ele. Não pode ir longe, vamos agarrá-lo e esfaqueá-lo quando voltarmos". Um grupo de meninos que podiam ser seus netos saiu correndo atrás de pessoas mais ágeis, atirando nelas.

Mas, quando Pa Moiwa voltou a falar, descreveu algo diferente do que tivera em mente até então. "Os ossos e os músculos dos meus pés nunca se sentiram cansados de vagar; na verdade, sentiam-se inquietos. Foi só quando finquei os pés aqui..." Colocou a palma das mãos no chão e esfregou a terra de olhos fechados por alguns segundos antes de continuar. "Foi só aqui que meus pés e meu espírito de repente se sentiram cansados." Deixou a língua descansar para que o vento falasse.

Os dois só permitiam que aquilo que estava dentro deles tomasse conta de seu rosto, apagando vincos brilhantes mesmo na presença do sol, quando se deparavam com ossos de crianças, especialmente quando havia muitos numa única área. Ambos tinham vários netos; Mama Kadie tinha cinco, e Pa Moiwa seis. Às vezes Mama Kadie observava algumas pilhas de ossos com tanta intensidade que seus olhos marejavam. Esperava reconhecer algo que revelasse a identidade de um de seus netos. Após um longo período de separação, sem saber se estavam vivos ou mortos, às vezes era mais fácil enterrá-los; a dor do desconhecido era forte e nunca acabava.

"Este é de uma menina", ela sussurrou para si mesma ao examinar o osso pélvico. "E estes são de meninos." Três de seus netos estavam sempre juntos, então ela queria que os ossos fossem deles. "Se as roupas não tivessem apodrecido..."

Com frequência Pa Moiwa pressionava a palma das mãos sobre os pequenos ossos e esperava ouvir a voz de um dos netos, sentir algo que o lembrasse de um deles, mas nada acontecia. Somente o rosto das crianças e o som do sino da escola naquela manhã antes do ataque preenchiam sua memória. Ele estava convicto de que os ossos se comunicavam com ele, ainda que mal. Costumava levar os netos à escola toda manhã e cumprimentava os moradores de cada casa. Quando essa memória doía em todo o seu ser, ele suspirava.

Os dois anciãos já estavam na cidade havia quase um mês e tinham conseguido fazer uma boa limpeza. Toda manhã, Pa Moiwa se levantava mais cedo que Mama Kadie e ia para o mato verificar as armadilhas que montara na noite anterior. Cada vez que entrava em partes diferentes da floresta, via mais restos mortais. Ele os escondia sob os arbustos ou enterrava para que os bichos não os encontrassem. Voltava com um animal preso nas armadilhas, qualquer que fosse — um porco-espinho, uma galinha-d'angola —, e então o cortava em pedaços e dava para Mama Kadie cozinhar. Não contava a ela sobre os crânios e mãos decepadas que vira, nem como examinara aquelas que tinham restos de carne em busca de marcas de nascença de filhos e netos.

Ela saía vagando pelas velhas plantações à procura de batata, mandioca, qualquer coisa comestível que crescesse nos canteiros abandonados para cozinhar com a carne que ele trazia. Mama Kadie também via esqueletos, pendurados nas casas de fazenda, com os ossos fraturados por bala ou facão. Fazia o melhor que podia para descê-los e encontrar locais de repouso para eles. E não dizia nada disso a Pa Moiwa. Eles cuidavam um do outro durante o dia, mas à noite iam para as ruínas de sua própria casa. Cada um achou um canto para dormir protegido de um lado por uma parede e do outro por pedaços de pau e palha. Lutavam para encontrar sono sobre o colchão que separava seu corpo da terra. Os cobertores em farrapos não conseguiam aquecer seus velhos ossos. Mas estavam em casa, onde sabiam exatamente que árvore os primeiros raios de sol perfurariam, um sinal de Deus para conectar-se com os humanos, todo dia. Tinham de estar em sua terra natal para isso — podia-se ouvir Deus, se possível, apenas por meio das palavras de sua própria terra.

Uma manhã, após o primeiro mês, quando ambos tinham saído em busca de comida, outra pessoa idosa, um homem, chegou à cidade. Também viera pela trilha e vira as pegadas em torno da cidade. Não sabia se eram de amigos, então se escondeu no mato e esperou. A guerra terminara, mas o reflexo da descrença na gentileza de uma cidade quieta permanecia com ele.

Viera da capital, onde fora parar depois de procurar pela família em todos os campos de refugiados. Teve de se registrar em cada um desses campos, então seus bolsos estavam cheios de carteiras de identidade. Não gostou da imundície e do amontoamento de gente, então começou a fazer cestos tradicionais que vendia por dinheiro suficiente para alugar um quarto na parte ocidental da cidade. Seus novos vizinhos tinham pena dele e lhe davam comida todo dia, e as crianças foram tomadas de simpatia por ele, mas essa relação machucava seu coração. Elas o faziam se lembrar de seus próprios netos. Ainda assim, às vezes as levava à escola. As crianças pensavam que ele fazia isso porque gostava, mas na verdade ia de escola em escola à procura de seu filho, Bockarie, que era professor. Onde quer que ficasse, visitava todas as escolas e observava os professores. Nem sinal dele. Sabia que, para achar algum parente, se a sorte lhe sorrisse, teria de voltar para casa. Portanto, assim que foi anunciado o fim da guerra, começou a fazer planos de regressar a Imperi.

Ao se aproximar da cidade, começou a se lembrar do dia em que fugira, o dia da operação Nenhuma Coisa Viva. Estava na mesquita, e os atiradores entraram e começaram a atirar em todo mundo. Ele caiu, e corpos caíram amontoados sobre ele. Os soldados deram mais alguns tiros para garantir que todo mundo estivesse devidamente morto. Ele prendeu a respiração. Não sabia como tinha sobrevivido àquilo. Depois que se foram, aguardou, ouvindo sons de homens, meninos, meninas e mulheres chorando de dor ao serem torturados e depois mortos do lado de fora. Conhecia a maioria das vozes, e a certa altura seus ouvidos se desligaram por vontade própria. Permaneceu sob os corpos até tarde da noite, quando a operação terminou e não havia mais som de nenhum ser vivo, nem mesmo o piar de um pintinho. Arrastou-se para fora e viu os corpos crivados de balas, alguns retalhados. Saiu correndo pela cidade coberto de sangue e excremento dos que tinham ficado empilhados sobre ele. Durante dias não conseguiu sentir nem cheirar nada. Simplesmente correu e correu até seu nariz lembrá-lo do que estava coberto; então procurou um rio e se lavou. Mas a água não podia extinguir o cheiro, o som e o sentimento daquele dia.

Com o sol cobrindo os ossos frios da manhã com seu calor, Mama Kadie e Pa Moiwa voltaram à cidade. Ambos notaram pegadas que não eram suas e ficaram preocupados. Enquanto cochichavam sobre o que fazer, uma voz escondida falou de dentro do mato. "As marcas que vocês veem sobre a terra são traços do seu amigo Kainesi, cujas palavras de saudação vêm dos pés de café atrás de vocês."

Encontrar velhos amigos tornara-se algo estranho. "Vou agora me postar diante dos olhos de vocês." Ele puxou o corpo esguio dos arbustos cujas folhas deixaram gotículas de água em seu rosto. Usava um chapéu azul com as letras NY que os rapazes usavam na cidade. Ele o achara no chão em algum lugar e passou a usá-lo para proteger a cabeça da ira do sol e porque as iniciais no chapéu eram as letras do seu nome de família, Nyama Yagoi. Tirou o chapéu para revelar o rosto todo enrugado, atravessado por cicatrizes que também cortavam o crânio. Um menino talhara seu rosto com uma baioneta e tentara abrir sua cabeça com um facão cego, proclamando que treinava para fazer uma "cirurgia no cérebro".

No primeiro momento, Mama Kadie e Pa Moiwa não quiseram olhar para o amigo, mas encontraram na expressão um do outro coragem para fazê-lo. Abraçaram-no, apertaram-no entre eles até que ele riu, até que as cicatrizes em seu rosto se ampliaram, parecendo um segundo sorriso.

"Bem, você saiu da loucura com um sorriso a mais!", Pa Moiwa comentou, e apertaram-se as mãos, os dedos velhos e firmes segurando-se mutuamente por alguns instantes, os olhos profundamente fixos nos do outro.

Mama Kadie queria dizer *Como vai você, seus filhos e netos, sua esposa, a saúde deles?*, respeitando os cumprimentos dos velhos tempos, mas segurou a língua. Agora é preciso ter cuidado para evitar despertar a dor do outro. Colocou as mãos em cada um dos ombros dos dois homens, liberando delicadamente os amigos do estupor de tudo o que tinha acontecido. Pensou: *Nós estamos aqui, vivos, e precisamos seguir vivendo.*

"Agora tenho dois homens para cuidar de mim. Dois velhos amigos cuja força pode ser igual à de um homem jovem." Todos riram.

"Ainda temos riso entre nós, meus amigos, e esperança de que alguns daqueles com quem o compartilhamos tão profundamente voltem. Estaremos esperando", Pa Kainesi disse.

E os três velhos amigos entraram nas ruínas da cidade, o ar soprando um pouco mais vívido, despertando as árvores do sono e provocando um pequeno rodamoinho de poeira, como que purificando-se para a possibilidade de vida novamente.

2.

Os habitantes de Imperi tinham estado fora da cidade por sete anos. Durante esse tempo, os dias foram se tornando mais longos enquanto esperavam, inquietos, para recomeçar a viver. Tinham visto o fogo da guerra lamber sua cidade de forma tão atroz que, mesmo quando o conflito foi declarado encerrado, levaram mais de um ano, e alguns bem mais que isso, antes de começar a pensar em voltar para casa. Não que não quisessem. Não, é que a guerra lhes ensinara a não confiar no que ouviam no rádio, nos boatos, e no que — para aqueles que viviam na capital — saía nos jornais. Sabiam de primeira mão que a loucura não acabava de imediato só porque alguém tinha assinado um acordo de paz ou porque fora realizada uma cerimônia inútil homenageando aqueles que estavam distante dessa realidade recém-proclamada. Levaria meses para que os combatentes nas profundezas do país recebessem a mensagem, e mais tempo ainda para que acreditassem nela. Aqueles que retornavam vinham de campos de refugiados nos arredores de cidades e países vizinhos onde esperaram todos aqueles anos em cabanas de lona para voltar para casa ou recomeçar a vida em outro lugar. A espera não tinha data fixa. Toda a vida parecia estar em espera. Nada era seguro em nenhuma direção, tudo era temporário, e continuou assim durante anos, ninguém querendo aceitar que podia ser permanente.

"Estamos sempre esperando que a guerra temporária que já dura dez anos acabe", disse um músico numa canção popular. Algumas pessoas não conseguiam esperar num lugar só, então ficavam vagando sem destino, vulneráveis a outros tipos de exploração — brutalidade policial, maus-tratos por parte de patrões, parentes e amigos para quem trabalhavam em troca de abrigo e magros pagamentos. Não fora fácil para ninguém. Crianças nascidas perto do fim da guerra não a compreendiam; na época em que começaram a guardar lembranças, os tiros já haviam silenciado. E ninguém queria explicar o que acontecera — porque não queriam lembrar e não conseguiam achar as palavras certas. Havia outras crianças, porém, que tinham conhecido a guerra, pois nasceram nela. Não importava como, estavam todos regressando a Imperi.

Começaram a chegar em grupos quando a noite deu à luz um dia mais claro que os anteriores. Mama Kadie, Pa Moiwa e Pa Kainesi acordaram mais cedo que o habitual, antes que o cantar do único galo começasse a anunciar a vida de mais um dia. Estavam descansando da faina diária, sentados em troncos nos limites da parte antiga da cidade, observando a estrada, convocando aqueles que hesitavam em voltar. Naquela manhã, a estrada cuspia gente dos campos de refugiados, das cidades, das aldeias, dos esconderijos que tinham se tornado um lar nas profundezas da floresta, do caminhar a esmo e de muitos outros lugares onde sua presença agora parecia amarga e onde não podiam mais ver o crescimento de sua sombra.

Começou com cerca de dez pessoas carregando pequenas

trouxas embrulhadas em lona ou pano. Seus filhos, cerca de seis, nenhum com mais de dez anos, andavam ao lado. Viajavam havia dois dias, tendo começado num carro por cinco horas e feito o resto do caminho a pé. Os meios de transporte não tinham retomado o trajeto para Imperi. Ao entrar na cidade, o passo tornou-se mais lento enquanto os olhos corriam adiante, examinando os furos de bala nas paredes, as manchas escuras onde o fogo passara sua língua vermelha, o mato crescido nos restos do que costumavam ser casas. Então seus olhos retornavam às crianças como uma reafirmação para entrar no ventre da cidade natal. A hesitação estava em cada parte do corpo, na maneira como os braços ficavam fortemente grudados ao tronco, os lábios apertados, as pálpebras abrindo e fechando rapidamente. Mas, à medida que se aventuravam cidade adentro, aos poucos foram relaxando, e uma das crianças, uma garotinha cuja fisionomia estava claramente preenchida com outra história que ouvira do lugar, perguntou à mãe: "Onde é que você costumava se sentar para ouvir histórias? Isso vai acontecer hoje à noite?".

O rosto risonho da mãe baixou os olhos para a filha, a palma da mão em concha afagando o rosto da menina. Ela não respondeu, mas seus braços começaram a balançar livremente no ar, no ritmo natural, o corpo e o andar agora mostrando uma tranquilidade que confortou a filha, que então enterrou a bochecha saliente na palma da mão da mãe. Outros vieram com sacolas de plástico que o vento por pouco não lhes arrancou, revelando estarem quase vazias. Haviam percorrido o caminho todo a pé — três dias de viagem para os que podiam andar depressa —, pois não tinham dinheiro para pagar pelo transporte. Chegavam de dois em dois. Ninguém falava muito, embora se conhecessem de antes. O reconhecimento estava apenas nos olhos, cheios de medo, que continham a língua de dizer mais.

A maioria das pessoas entrava na cidade sem nada. Alguns

vinham com famílias e filhos que tinham nascido em outros lugares. Mães chegavam sozinhas e fitavam com ansiedade o rosto de cada criança, de cada jovem, para ver se conseguiam encontrar seus próprios filhos. Às vezes corriam atrás de uma criança e, quando esta se virava, caíam vagarosamente no chão, derrotadas. A maioria tinha procurado por sete anos, e esta era a última chance de tirar o fardo do coração.

Crianças e jovens vinham sozinhos, sem os pais. No começo chegavam um de cada vez, depois vinham em pares, e então em grupos de quatro, seis ou mais. Tinham passado por diversos orfanatos e lares adotivos. Alguns haviam até frequentado centros para reaprender a ser "crianças normais", expressão que detestavam, e então tinham ido embora para morar nas ruas violentas das cidades. Eram maduros para a idade e haviam experimentado tanto sofrimento que cada dia na vida deles equivalia a três anos ou mais; isso era visível em seus olhos ferozes. Precisava-se olhar com muita atenção para enxergar resíduos de infância. Sabiam a origem dos pais e então voltaram ao lugar que esperavam que pudesse reduzir seu sofrimento ou lhes dar a chance de se reunir com a família. Haviam caminhado mais que os outros. Entre essas crianças estava uma moça, com menos de dezesseis anos, que chegou com um garotinho de cerca de dois nas costas. Era mais alta que a maioria das jovens da sua idade, o rosto comprido e os olhos estreitos. Andava com os lábios apertados como que juntando forças para dar cada passo. Seus seios contavam que o filho era dela. Os olhos, especialmente quando miravam o menino, continham amor e ódio profundo. Mama Kadie levantou-se para recebê-la, a filha de sua vizinha que já não andava sobre a terra em forma física.

"Mahawa, bem-vinda ao lar, minha filha. Estou contente que tenha lembrado o caminho de volta. Posso segurar meu neto?" Mahawa relutantemente tirou a criança das costas e a deu para a velha, enquanto continuava a vasculhar a memória em busca de algo familiar.

Ela deve ter me conhecido antes, e é por isso que usa o nome que não tenho usado por tanto tempo, sua voz falou dentro dela, enquanto olhava nos olhos da mulher cujo prazer com o bebê foi instantâneo. Ela esfregou o nariz na barriga do menino, fazendo-o rir. E não perguntou quem era o pai. Mahawa estava apavorada com a possibilidade de ter que explicar como a criança viera ao mundo, história que não queria lembrar, ainda não, talvez nunca. Queria que as pessoas tirassem as próprias conclusões e a deixassem fora disso.

"Você pode ficar comigo e podemos ajudar uma à outra. Preciso de uma filha, e os deuses devolveram você bem a tempo. Leve-o para aquela casa ali." Mama Kadie apontou. "Alimente o bebê e a si própria com o que houver nas panelas. Mais tarde você se apresentará direito." Os velhos ficaram em silêncio, com uma vaga ideia da provação que a criança carregando outra criança tinha suportado. Seu silêncio teve, porém, curta duração, pois mais jovens chegaram, em particular um grupo de quatro — três rapazes e uma moça. Três deles carregavam fronhas cheias de coisas, amarradas com cordas para impedir que o conteúdo caísse. O mais velho, que tinha dezoito anos, andava na frente do grupo, o corpo musculoso empertigado de uma maneira que demonstrava disciplina e determinação. Seus olhos eram tão fortes como as maçãs do rosto, e atentos a tudo. A face era tão dura, sombria e severa que notava-se que por ela não passara nenhum sorriso, por mais leve que fosse, durante anos. Seu olhar esquadrinhava a cidade não da mesma maneira que o dos outros que chegavam, com hesitação, mas com uma confiança que revelava que nada temia. Caminhou, quase correndo, na direção dos anciãos.

"Bom dia, Pa, Pa e Mama. Meu nome é Coronel." Apertou

a mão dos velhos com força, olhando fundo nos olhos deles, obrigando-os a desviar o olhar, algo que geralmente acontecia ao contrário. Apontou para os outros dizendo o nome deles: Salimatu, a moça, tinha dezesseis anos; Amadu também, e Victor tinha dezessete. O rosto deles era de criança, mas suas maneiras eram de adulto, e pareciam estar juntos havia algum tempo. Os anciãos não perguntaram a Coronel nesse primeiro encontro seu verdadeiro nome, que eles já sabiam. Fariam isso? As circunstâncias é que determinariam.

"São meus irmãos e minha irmã. Nossos pais são daqui, então voltamos para casa, como vocês", Coronel disse aos velhos. Os jovens apertaram a mão direita de cada um e sentaram-se no chão. Coronel permaneceu de pé, as mãos agora nos bolsos da calça, tirando-as apenas para gesticular quando falava.

"Vamos pegar uma das casas queimadas e reconstruí-la. Sabemos qual delas pertencia ao pai de Amadu. Podemos fazer a segurança da cidade se houver necessidade disso", Coronel disse, não realmente perguntando nem esperando resposta dos velhos. Era alto para sua idade e tinha um ar contundente em torno de si. Mesmo quando pedia educadamente alguma coisa, era como se exigisse, e não se podia dizer não a ele.

"Você é bem-vindo de volta", Pa Moiwa respondeu. Coronel não disse mais nada, mas fez um meneio para os anciãos e foi em direção à casa à qual se referira, que ficava nos limites da cidade. Amadu, Salimatu e Victor o seguiram.

"Bem, pelo menos os vivos estão voltando, mesmo que alguns estejam nas roupas dos estranhos que se tornaram. Esse rapaz cuidando dos outros. Eu o conhecia antes de acontecer toda essa loucura", disse Pa Kainesi, coçando a cabeça como que para pensar um pouco mais.

"Devemos deixá-lo ser Coronel enquanto ele quiser. Os outros que estão com ele agora são claramente responsabilidade sua, então devemos deixá-lo cuidar deles como vem fazendo. Podemos observá-lo e conduzi-lo para o rumo certo, delicadamente, se for necessário", Mama Kadie disse num sussurro.

Os anciãos renovaram a fisionomia para mais chegadas, e de fato apareceram outros para ser recebidos sem o fardo daqueles que tinham vindo antes. Não muito depois da chegada de Coronel e de seu grupo, veio um homem chamado Sila com seus dois filhos. Ele carregava um pequeno saco que um dia estivera cheio de arroz, equilibrando a bagagem sem esforço sobre a cabeça achatada, que parecia maior que o resto do corpo. Tinha um sorriso tão largo, tão transbordante de felicidade que por alguns instantes o sol se escondeu atrás das nuvens para permitir que seu irrestrito deleite se exibisse. Sua expressão invocou sorrisos no rosto dos anciãos, mesmo quando chegou mais perto e viram que ele não tinha o braço direito, cortado acima do cotovelo. Hawa, sua filha de nove anos, não tinha o braço esquerdo; Maada, o filho de oito, não tinha os dois braços, um cortado acima do cotovelo e o outro abaixo. As crianças também sorriam, caminhando uma de cada lado do pai. Observando-o, haviam aprendido a lidar com o constrangimento que surgia quando as pessoas viam sua condição.

Sila e seus filhos estiveram na área ao redor de Imperi por dois anos antes de a guerra terminar. Ele fora capaz de escapar do ataque à cidade com as duas crianças, carregando o mais novo e puxando a menina consigo. Desde então, mantivera-os junto de si, escondidos na floresta, mudando para outras cidades até que fossem atacadas, e então voltando à floresta. Um dia ele decidiu levar os filhos à capital para matriculá-los na escola. A guerra não chegou ao fim com a rapidez que ele tinha pensado. Depois de andar o dia todo, ele e as crianças pararam para passar a noite nas ruínas de uma cidade a cerca de doze quilômetros de Imperi. Infelizmente, um esquadrão de homens e meninos armados também andava por ali e resolveu passar a noite na mesma aldeia queimada, que tinha duas casas cujo telhado podia ser aproveitado. Os homens capturaram Sila e seus filhos e os amarraram a uma árvore até o amanhecer. Na época as crianças tinham sete e seis anos. Os olhos do pai lhes disseram para não chorar. Ele não podia falar, pois antes fora golpeado na cabeça ao tentar implorar para que os filhos não fossem amarrados com tanta força. Seu maxilar inchado e a cabeça doeram a noite inteira, mas ele não ia chorar, porque queria se manter forte para os filhos.

Pela manhã, o comandante pediu a um rapazinho magro com um rosto comprido, duro e cheio de espinhas — chamavam-no de Sargento Cutelo — que decepasse a mão dos três.

"Estou de muito bom humor, então vocês só terão a mão cortada. Podem ficar com sua vida por hoje", dissera o comandante. "Meu melhor homem vai fazer o serviço. Ele é tão bom que quando vocês pensarem na coisa já vai ter acabado." Riu e chamou o sargento. Seu rosto afundado era tão frio quanto as lâminas que carregava. Todas tinham resíduos de sangue e carne, e algumas eram cegas, enquanto outras eram muito afiadas. Dependendo de quanta dor o comandante queria que as vítimas sentissem, pedia um facão cego ou afiado. O garoto fora obrigado a fazer os primeiros cortes quando tinha nove anos, sob a mira de uma arma. E foram nas mãos da mãe, do pai, da avó e de dois tios. Depois o comandante os matou, porque o menino não executou o serviço a contento. "Não foi tão limpo quanto eu queria", dissera antes de fuzilar todos. O comandante fez então o menino entrar em seu grupo de combatentes, com a função especial de decepar mãos.

"Certo, tragam-nos aqui." O comandante pediu que Sila e seus filhos fossem levados para o tronco perto dos arbustos. "Sargento Cutelo, vá em frente e depois vamos embora. Uma última coisa: se algum de vocês fizer qualquer barulho, mando fuzilá-los."

Ele deu risada quando as mãos das crianças foram colocadas sobre o tronco e cortadas, e aí foi a vez de Sila. O Sargento Cutelo havia decepado muitas mãos, mas era a segunda vez que isso o deixava atormentado — a primeira fora com sua família. Não sabia o que era, mas algo naqueles três mexera com ele. E nunca havia presenciado tal silêncio durante os cortes — mesmo quando o comandante ameaçava fuzilar as pessoas, elas gritavam. Não aquela família, porém, e o silêncio o fez ouvir o som do facão ao passar pela carne, pelo osso, e de novo pela carne, finalmente chegando ao tronco.

O som ecoou na sua cabeça desse dia em diante. O comandante dissera ao sargento para cortar em uma combinação de "manga longa" com "manga curta", o que significava um corte acima do cotovelo (manga curta) ou abaixo do pulso (manga longa). O esquadrão foi embora logo depois de terem decepado as mãos de Sila e dos filhos. O comandante achou que morreriam sangrando, mas Sila já perdera gente demais. Rolou pelo chão para ganhar alguma força, levantou-se, procurou alguns panos velhos e, usando sua única mão e a boca, amarrou os ferimentos dos filhos e o seu próprio. Foi suficiente para estancar apenas um pouco o sangramento. Rogou aos filhos que o perdoassem por ter sido incapaz de protegê-los e também os encorajou a serem fortes, a levantar-se e a andar com ele. As crianças fizeram isso, fracas e cambaleantes pela perda de sangue. No entanto prosseguiram, com Sila chamando: "Hawa, Maada, vocês ainda estão aqui? Não deixem seu pai sozinho".

"Sim, Papa", eles diziam, e às vezes Hawa estendia a mão direita para enxugar o suor do rosto do irmão mais novo. Seguiram dessa maneira até chegar à estrada principal, onde desmaiaram no chão ao lado da estrada.

Acordaram num hospital na capital, uma cama ao lado da outra e os ferimentos enfaixados. A enfermeira explicou a Sila que um motorista, que se identificara como Momodou, pusera todos os passageiros para fora do veículo e acomodou Sila e as crianças, perdendo todo o dinheiro que poderia ter ganhado, especialmente numa época tão difícil para o país. Ele os trouxera ao hospital e pagara pelo tratamento inicial. Olhara para os pés descalços de Sila e dissera: "Este homem e seus filhos foram corajosos por andar toda aquela distância, então alguém precisa fazer alguma coisa para completar sua vontade de viver, apesar de tudo". Momodou não disse mais nada e se foi. Sila e as crianças ficaram no hospital uma semana, e pela enfermeira ele ficou sabendo que teria de pagar o resto da conta. Ele não tinha dinheiro e não o teria em muitos meses, se é que teria algum dia. Então, uma noite acordou os filhos em silêncio, e os três fugiram do hospital para um campo de amputados. No começo, o campo pareceu uma boa ideia. Mas as pessoas iam espiá-los como se fossem animais num zoológico. Sila foi embora com as crianças depois de duas semanas. Achou um emprego de carregador, o que lhe possibilitou alugar uma cabana nos arredores da cidade. Fazer serviços inferiores acompanhados de comentários cruéis feria sua dignidade. Mas era um homem forte física, emocional e psicologicamente. Toda manhã, entoava para si mesmo antes de sair: "Posso sempre restaurar minha dignidade, e que meus ouvidos hoje fiquem surdos a vozes negativas". Nunca demonstrava desespero com a situação, talvez pelo bem dos filhos. E eles aprenderam com o pai a se conduzir com dignidade, mesmo quando observados por olhares curiosos. Foi difícil se acostumar, aprender a ficar sem uma mão ou ambas. Sila queria voltar logo para casa e economizava dinheiro para estar pronto quando fosse possível.

Outras pessoas que queriam os mesmos serviços que ele o xingavam e diziam que não era capaz. Uma vez, quando um grupo de rapazes desesperados estava tentando convencer um comerciante a contratá-los para carregar sua carga em lugar do "homem inútil de um braço só", ele provou que estavam errados levantando dois enormes fardos, um de cada vez, com sua única mão, e carregando-os até o veículo sem nenhuma ajuda. Os rapazes iam fazê-lo em conjunto e estavam negociando pagamento para quatro trabalhadores. Foram embora zangados, e o comerciante pagou Sila alegremente pelo serviço de quatro pessoas. Ele foi embora com os filhos assim que soube que podia partir em segurança.

A caminho de Imperi, passaram pela cidade onde tinham sido amputados. Não havia outra estrada. Foi a única vez que lágrimas rolaram pelo rosto deles. Andaram depressa, sem dizer nada um ao outro, mas alguém ouviu seus passos pesados. Era o Sargento Cutelo, que não era mais soldado e estava sendo caçado desde que desertara; ele fora até a cidade e se escondera nas ruínas. Estava ali havia uma semana, incapaz de dormir, atormentado por tudo naquele lugar — mas ainda assim algo o retinha lá. Não pôde acreditar nos seus olhos quando viu Sila e as crianças. Pensava que tinham morrido. Ficou feliz, um pouco, por estarem vivos, mas tudo o que acontecera naquele dia voltou com força à sua mente. Sentou-se no chão, suspirando, o rosto marcado pelo sol retorcendo-se com tanta dor que já não tinha nenhuma juventude. Resolveu seguir Sila e a família, pensando que precisava se retratar, mas não sabia como. Sila e os filhos não sabiam que ele ia logo atrás. Caminharam de volta ao lar, finalmente felizes, pois o pai lhes dissera que teriam uma vida simples e perfeita em sua própria casa, sem nunca mais se preocupar em ser expulso por não poder pagar o aluguel.

"Saudações a vocês, meus anciãos, às árvores, à terra e a tudo o que resta. Sila está em casa, onde seu espírito se ilumina." Curvou-se para o lado de modo que o saco sobre a cabeça caiu em cima do braço esquerdo, que o segurou agilmente e o pôs no chão.

"Bem-vindo de volta, Sila. Sua casa é a única em condições ligeiramente melhores que a maior parte da cidade", disse Pa Moiwa, sentindo-se desconfortável por não saber como cumprimentar Sila de forma adequada. Os cumprimentos geralmente se davam com um aperto de mãos. Os anciãos se curvaram levemente para reconhecer Sila, que estava na casa dos quarenta anos.

"Meus filhos, Hawa e Maada. Perdemos todos os outros." Ele disse a última parte rapidamente e continuou: "Mas que bênção que nossa casa esteja de pé. Estamos em casa, filhos, cumprimentem seus avós". As crianças foram para o lado dos velhos, uma de cada vez, e desajeitadamente inclinaram o pequeno corpo para os abraços. Os velhos os seguraram da melhor forma possível para que não se sentissem diferentes, mas o cuidado extra para evitar os cotos foi o bastante para mostrar desconforto. Quando os abraços terminaram e os sorrisos voltaram, a voz de alguém soou aos ouvidos de todos. Ninguém ouvira a pessoa chegar porque seus passos eram silenciosos.

"Saudações a meus anciãos e a todos vocês." Um rapaz gaguejante de dezesseis anos falou, e todos se viraram para ver quem era. O sorriso e o júbilo no rosto de Sila, Hawa e Maada extinguiram-se abruptamente logo que viram o jovem, cujo olho direito se retorcia sem parar. Seu rosto tinha menos espinhas, mas continuava duro, e lembraram-se dele mesmo que alguns anos tivessem se passado. Fez-se um silêncio pesado, que deixou todos tensos de medo. O sol voltou a sair de detrás das nuvens para substituir o deleite perdido que Sila trouxera consigo. O rapaz evitava contato visual com os outros.

"Vamos para casa achar um pouco de água para beber e nos lavar", Sila disse com voz trêmula aos filhos, que apressadamente o seguiram, com medo nos olhos ao voltar-se para o rapaz que acabara de chegar.

"Meu nome é Ernest. Não sei de onde sou, mas os segui até aqui." O rapaz apontou para Sila e as crianças, girando o corpo e colocando as mãos atrás das costas. Com o canto dos olhos, seguiu o movimento deles para ver que casa ocupariam. Não precisou dizer mais nada. O tique no olho e a gagueira ficaram piores quando disse aquilo. Os anciãos puderam ver a história nos olhos dele. Mantiveram viva sua fisionomia renovada para fazer o rapaz se sentir o mais bem-vindo possível, sabendo muito bem que mais precisaria ser feito para consertar o que fora quebrado. Pa Moiwa disse a Ernest para ir à casa de Coronel e dizer que os anciãos o tinham enviado para ficar com eles.

"Precisamos assegurar que ninguém tenha medo de estar aqui ou de não ser bem-vindo", Mama Kadie disse aos amigos.

"A guerra nos modificou, mas espero que não tanto que nunca possamos encontrar nosso caminho de volta. Jamais teria imaginado um mundo onde a presença de um menino pudesse trazer algo além de alegria." Seus amigos concordaram com simples murmúrios, olhando o rapaz enquanto se afastava, sua sombra apreensiva parecendo se esquivar do sol, pintando a si mesma em estranhas formas sobre a terra.

Ernest não foi imediatamente aonde lhe fora dito para ir. Em vez disso, andou pela cidade procurando um balde ou um galão. Achou dois baldes numa varanda e os levou sem pedir permissão, pois não havia ninguém ali, e então foi até o rio pegar água. Levou a água até a varanda da casa de Sila. Bateu no batente — a casa não tinha porta — e correu para esconder-se nos arbustos próximos. Sila saiu perguntando "Quem é?", mas não havia ninguém. Seus olhos repararam nos dois baldes de água, e ele sorriu, examinando a área, na esperança de agradecer à pessoa pela gentileza. Bateu no próprio ombro — era assim que ele batia palmas com uma mão só — para agradecer a quem quer que lhe tivesse feito esse bem. Ernest viu tudo do seu esconderijo sob os pés de café. Não sorriu; mesmo tendo deixado Sila feliz, sentiu um aperto no coração — esse homem não podia mais bater palmas normalmente. Depois que Sila voltou para dentro de casa, Ernest ficou alguns minutos deitado sob os arbustos, as mãos dobradas debaixo do corpo pesado até ficarem entorpecidas e inúteis. Lutou para se levantar sem as mãos, deixando o corpo rolar de propósito nos espinhos e contra as árvores. Com frequência fazia coisas desse tipo consigo mesmo, às vezes desejando que suas mãos deixassem de funcionar para sempre. Então se encaminhou para a casa onde estavam Coronel e os outros, as mãos ainda despertando do torpor.

Não entrou, mas espiou pela janela para ver quem eram esses outros jovens. Podia dizer que Coronel era o chefe do grupo, pois se sentava na frente dos outros, ereto, a cabeça mais alta. Quando falava, todos se calavam e escutavam. Ernest sabia que Coronel iria testá-lo antes de permitir que se juntasse a eles. Ao entrar na casa, já aceitara estar sob seu comando. Foi atacado por ele e derrubado no chão logo que se aproximou. Com um joelho nas costas e o rosto na poeira, explicou que fora mandado pelos anciãos. Foi solto e lhe disseram onde dormir. Sentou-se longe de Coronel e do grupo, todos observando-o e cochichando coisas que não queriam que ouvisse. Às vezes desviava os olhos para evitar a mirada firme de Coronel. Por enquanto, a mente de Ernest estava ocupada demais com Sila e seus filhos para preocupar-se com a exclusão do grupo. Mas não se incomodou de sentar perto de outros jovens, que ele sabia que entendiam coisas da guerra que não precisaria explicar. Era um conforto pequeno, mas necessário.

O comum entre a maioria dos que chegavam era que, quaisquer que fossem as condições em que se encontrava sua casa, voltavam a morar nela. Aos poucos faziam a limpeza e consertavam coisas, erguendo paredes de tijolo de barro em vez de cimento, e fazendo remendos com qualquer material disponível na natureza. Em pouco tempo, algumas das casas tinham teto de zinco de um lado e palha do outro.

Entre os que retornaram havia aqueles para quem os mais velhos não conseguiam encontrar rosto na memória. Esses grupos abriam espaços para si e construíam choupanas. Esperavam semanas e, se não aparecesse ninguém para reivindicar as casas abandonadas, mudavam-se para uma delas e começavam a reconstruí-la. Os anciãos concordaram que todos eram bem-vindos. As pessoas tinham vivido uma vida temporária por tantos anos que precisavam de qualquer forma de estabilidade. Às vezes isso significava construir uma choupana ou consertar uma casa. Faziam isso devagar, temendo que fossem destruídas de novo. Mas quando mais pessoas chegavam à cidade e semanas se passavam sem distúrbios, a ansiedade ia diminuindo e elas corriam para completar os trabalhos que vinham fazendo. A simples alegria de terminar algo sem ter de fugir ou assistir à sua desintegração havia se tornado rara e ainda ganhava confiança na mente dos que voltavam.

Uma tarde, enquanto os anciãos estavam sentados sobre troncos saudando novos recém-chegados, algo inesperado aconteceu. Ao longe surgiram a cabeça de duas meninas, três garotos, mãe e pai. Pa Kainesi sentiu ao seu redor o vento mais morno do que antes. Não pôde explicar por que de repente sentiu a presença de seu coração com mais força. Levantou-se, e seus amigos perguntaram se ele estava bem. Suas pernas o conduziram até a trilha, e foi ali que pôs os olhos em seu filho, Bockarie, e na família dele.

Bockarie, seus filhos e sua esposa tinham sumido durante a guerra, e Pa Kainesi não ouvira nada sobre eles desde então.

Bockarie também pensou que o pai tivesse sido morto, pois não conseguiu achá-lo em lugar nenhum. Eles eram uma das poucas famílias afortunadas que não perderam muitos membros. Bockarie conseguira manter todos juntos ao longo da guerra, com poucas separações aqui e ali. A esposa sumira por quatro meses, e ele e os filhos a encontraram num campo de refugiados numa das cidades fronteiriças. A filha mais velha também se perdera e passara meses sem lar em alguma cidade do norte. O filho mais velho havia escapado de múltiplos recrutamentos. Com exceção dos dois mais novos, todos tinham estado próximos da morte, conhecido intimamente a fome e o sofrimento; vinham de um campo de refugiados perto da fronteira com a Libéria. Bockarie dissera à família que, logo que a guerra acabasse e tudo estivesse seguro, voltariam para casa, ainda que isso significasse caminhar durante semanas.

Ao chegar agora com mais dois filhos — gêmeos, um menino e uma menina nascidos durante a guerra —, Bockarie passou por sua antiga escola, onde lecionara antes da guerra. Estava deserta, árvores e mato crescendo, o piso abrigando raízes e entulhado de folhas. Tivera esperança de conseguir voltar a ensinar. Sua família vira a decepção em seu rosto redondo quando deu a volta pelo complexo escolar. Mesmo assim, estava contente por estar em casa, e o resto acabaria se resolvendo.

Pa Kainesi sorriu para o filho, que ainda não conseguia reconhecer o velho com a cara deformada. Mas ao fixar o olhar em seu rosto, viu os olhos do pai. Permitiu então que o pai o abraçasse, e abraçasse sua esposa Kula e todos os filhos. Pa Kainesi não fez muitas perguntas, mas chorou ao pressionar a palma da mão sobre cada testa, olhando-os e envolvendo-os com os braços mais uma vez, e mais outra, como que para se reassegurar de que aquele momento era real, e não só mais um de seus sonhos.

"Pai, quem é esse homem de rosto estranho?", perguntou

Thomas, escondendo-se atrás da perna dele depois que o velho o soltara do abraço.

"É seu avô, meu filho." Bockarie agachou-se para o menino. Não falara muito do pai por medo de que os filhos perguntassem se estava vivo ou morto. Na época, não tinha resposta para essa pergunta.

Oumu, a irmã gêmea de Thomas, segurou a mão do avô e a apertou até ele trazer o rosto à altura de seus olhos brilhantes e curiosos. A menina passou os dedos no rosto dele, tocando as cicatrizes, e, com voz inocente, indagou: "Você nasceu assim, ou isso acontece quando a gente fica velho?".

Todo mundo riu, sem responder à garotinha. Ela era de uma geração que não presenciara a guerra e ouvira apenas histórias boas sobre a terra, então ainda acreditava que as pessoas envelheciam e morriam, e que marcas como as do avô eram resultado da velhice, e nada mais.

Os amigos de Pa Kainesi tinham agora se juntado a ele para receber sua família, mas havia tristeza na voz deles. Não tinham notícias de nenhum de seus filhos ou netos. Percebendo seu estado de espírito, Pa Kainesi anunciou para o vento: "Kadie e Moiwa, nossas crianças chegaram. Agora temos permissão de ser velhos!".

Isso trouxe sorrisos e gargalhadas para os anciãos. Todos caminharam para casa e à noite tiveram um banquete de sopa de mandioca e amendoim com carne caçada naquela manhã. A noite trouxe de volta um dos antigos costumes e sentimentos, o de que os filhos são de todos e pertencem a todos os adultos, que tinham a responsabilidade de zelar por eles. Mahawa e seu menino fizeram parte da reunião familiar. Pa Moiwa, notando que Mama Kadie estava presente apenas em parte, com um pé na felicidade e outro na tristeza, falou diretamente nos ouvidos da amiga: "Não há necessidade de muita tristeza. Há filhos suficientes na cidade para os pais, mães e avós. Você já tem dois". E apontou para Mahawa, que brincava com o filhinho.

Mama Kadie se aproximou dos dois e se dirigiu à jovem mulher: "Qual é o nome dele?".

"Não lhe dei um nome." Mahawa enxugou o suor da testa do menino e continuou. "Mas tenho pensado muito nisso e resolvi que independentemente de como veio ao mundo, ele é minha verdade. Então eu o chamaria de Tornya." Ela olhou para Mama Kadie em busca de confirmação. *Tornya* significava "verdade".

"Sim, eu concordo. Tornya."

O menino sorriu e fez alguns comentários incompreensíveis que vieram seguidos de muita baba saindo da boca. Aquietou-se quando elas sorriram e pôs ternamente a mão no rosto da mãe.

"Ele quer dizer mais do que sua língua está pronta para dizer", Mama Kadie explicou a Mahawa enquanto ambas seguravam a mão da criança. Então se aproximaram dos outros para participar da reunião.

"Pai, onde está o rio em que você nos contou que nadava?", Thomas perguntou.

"É mesmo, e a grande mangueira que sempre tinha mangas? Eu queria provar uma", Oumu indagou depois do irmão.

"Temos tempo para ver todas essas coisas. Tenham paciência. Por enquanto, vamos comer", Bockarie disse aos filhos, fazendo cócegas em suas axilas.

Oumu vinha olhando Mama Kadie desde que a reunião tinha começado. Agora que havia um pouco de sossego, dirigiu-se à anciã e sentou-se ao lado dela.

"Eu estava esperando você", Mama Kadie disse, então pôs a mão sobre a testa da garotinha e olhou no rosto e nos olhos dela.

"Perguntei a mamãe quem sabe mais histórias, e ela disse que era você. Pode me contar todas elas?", Oumu perguntou, a voz repleta de empolgação.

"Não se trata de saber mais histórias. Trata-se de carregar consigo as mais importantes e passá-las adiante. Eu já decidi lhe contar todas as histórias que carrego. Porém, você precisa ser paciente, pois as histórias só podem permanecer na cabeça e nas veias de uma pessoa paciente. Venha me visitar sempre que precisar de uma."

Ela não parava nunca de perguntar se Oumu compreendia o que estava dizendo, como geralmente fazia com as outras crianças. Havia na fisionomia da menina uma seriedade calma que convencia a todos que lhe falavam de que ela ouvia as palavras profundamente. Oumu não disse nada naquela noite; apenas ficou sentada ao lado de Mama Kadie até a hora de comer, e aí foi ajudar a mãe e a irmã mais velha a aprontar os pratos e a água.

Todos os homens e meninos comeram juntos, e as mulheres e meninas fizeram o mesmo, criando para o entardecer uma aura vívida que se assemelhava ao modo como as coisas costumavam ser. Havia música de um velho gravador cassete, música lenta tradicional em harmonia com o vento. Kula começou a dançar, o sorriso e os olhos convidando os outros a juntar-se a ela. Bockarie foi o primeiro, depois os mais velhos se levantaram um de cada vez e se balançaram por alguns minutos antes de sentar-se de novo. Continuaram mexendo a cabeça e chacoalhando o corpo nas cadeiras e nos bancos onde estavam sentados. As crianças observavam e riam, brincando com as mãos em meio a gargalhadas. Vez ou outra algum passante se juntava a eles e dançava vigorosamente, exibindo suas habilidades, e todos batiam palmas. O visitante então lhes desejava boa noite e cantarolava a canção seguinte enquanto se embrenhava na noite a caminho de casa.

Uma boa parte do céu estava vermelha, como se estivesse pegando fogo ou como se alguém estivesse cozinhando com lenha. A tonalidade não era de um fogo ameaçador, mas de algo divertido e convidativo, com tal riqueza que o vermelho ia se aprofundando à medida que mais olhos se maravilhavam com ele. O azul-claro em torno da superfície do vermelho formava padrões que pareciam aberturas e escadas. O entardecer foi envelhecendo e se tornou noite.

Nessa noite, a curiosidade tomou conta do rosto do céu; suas estrelas, a lua e os astros voltaram os olhos para Imperi para ver os espíritos desimpedidos que haviam voltado para casa apesar de todas as dificuldades. Algo dentro de todos eles, por menor que fosse, os havia impulsionado de volta. Alguns nem sequer sabiam o quê, como ou por quê.

Coronel estava no quarto com varanda que escolhera para proteger os outros, que dormiam — exceto Ernest, que se encontrava no chão da sala, deitado com todo o seu peso sobre as mãos. Com frequência durante a noite, Coronel entrava nos quartos onde dormiam Amadu, Victor e Salimatu e postava-se ao lado deles no escuro. Às vezes sentava-se na porta olhando para a noite antes de voltar ao próprio quarto.

"Sei que você não está dormindo. Pegue o quarto vazio nos fundos. Ali há um colchão e alguns cobertores velhos", ele disse a Ernest enquanto andava pela sala numa de suas rondas. Ernest foi para o quarto, mas, antes de se instalar, saiu pela porta dos fundos e foi ver se Sila e as crianças estavam seguros. Observou-os através da janela que fora deixada aberta, convidando a brisa fresca a entrar. As crianças estavam entregues ao sono, e o pai se mantinha acordado. Ernest sentiu que sabia o que estavam revivendo. Encontrou Coronel ao voltar.

"Você não pode desfazer o que foi feito. Porém, seu coração está no lugar certo, então não desista de tentar consertar." A figura de Coronel pairou sobre Ernest, e ele deu um passo para o lado para deixá-lo passar.

Nessa noite, o céu voltou sua face para diferentes partes da cidade e terminou em Mama Kadie, Pa Moiwa, Pa Kainesi e os outros. A alegria tinha terminado, e estavam se preparando para ir para casa, onde os hábitos de desespero aguardavam alguns deles. Para Mahawa, era fitar o rosto do filho adormecido, lembrete de muitas coisas que faziam seus lábios tremer com a dor que permanecia em seu corpo. As cicatrizes visíveis saram mais rápido.

Noites como aquela eram raras, e no passado o céu se retirava para mais longe da cidade, mas daquela vez se aproximou, escutando o vento, que já não era acusado de carregar notícias que enfiavam agulhas no coração dos vivos.

Após muitos anos permitindo que o coração bombeasse vida apenas em parte para as veias, as pessoas aos poucos ouviam o bater pleno do que a vida costumava ser. Os pássaros tinham voltado e retomado seu cantar vigoroso para saudar o dia. A voz das crianças enchia a cidade mais uma vez. De vez em quando soprava um ar hesitante, que aquietava as coisas por alguns minutos.

3.

Houve um tempo em que os dias em Imperi eram mais longos e marcados por conversas e contos elaborados, por visitas aos amigos e à família, por deitar na rede sob a sombra e dar boas-vindas aos estranhos com uma cabaça de água fria, por idas ao rio para nadar ou para observar as crianças mergulhando. Os anciãos ainda se apegavam a esses momentos e os queriam de volta. Aspectos daquela vida estavam ali, mas já não tinham o entusiasmo antigo. Talvez porque grande parte da população estivesse insegura em relação ao que esperar da vida; precisava se acostumar à fragilidade das coisas. Mas eles tinham consciência de que queriam algo diferente dos anciãos, algo novo, embora não soubessem exatamente o quê, nem como agir para obter essa vida nova na atual condição.

A simplicidade que um dia povoara a vida tornara-se um fardo, especialmente quando parecia que todo mundo procurava algo para fazer. No silêncio da espera, memórias da guerra despertavam, trazendo inquietação e irritabilidade. As pessoas não passavam mais tanto tempo na varanda. Além da lavoura que começara numa escala bem pequena, apenas para dar de comer à família, todo mundo simplesmente ficava sentado com medo de achar prazer na maioria das coisas. Só incidentes as faziam unir-se, lembrando-lhes da necessidade de consertar a comunidade e a si próprias.

No dia seguinte à sua chegada, Bockarie resolveu mostrar a cidade a Thomas e Oumu. Os gêmeos seguravam as longas mãos do pai enquanto se aventuravam na realidade das histórias que ele contara. Sua conduta tranquila e até mesmo seus passos eram mais calmos que os dos filhos, cuja impaciência o fazia rir, um riso lento, arrancado, que levava os outros a sorrir também. Oumu e Thomas cumprimentavam as poucas pessoas sentadas na varanda, como o pai lhes contara que costumava ser.

"Bom dia. O sono foi generoso com você e sua família? O mundo o saudou com delicadeza esta manhã?", as crianças repetiam para todos que encontravam. A maioria das pessoas as ignorava e entrava em casa, porque aquelas perguntas ou as recordavam da família que não tinham mais ou do fato de que o mundo ainda lhes era cruel, e queriam esquecer isso apenas por um tempo, antes de encarar o dia. Algumas davam risada, porque sabiam que aquelas velhas palavras não pertenciam às crianças que as pronunciavam.

"Pai, por que eles não respondem como você nos contou? É porque somos pequenos, e eles não nos conhecem?", perguntou Oumu.

"Não, não é porque vocês são pequenos. Eles vão responder com o tempo. Tenho certeza de que vão", Bockarie disse ligeiramente pensativo, pois não estava certo de quando aquilo ia acontecer. As crianças não desistiram, e a próxima pessoa que cumprimentaram foi Sila, que estava parado junto ao pilar da varanda, olhando o céu e aspirando o ar da manhã com um vigor que as fez dar risada. Quando o saudaram, Sila respondeu em detalhes como ele e os filhos estavam e como tinham dormido, e fez as mesmas perguntas a Bockarie. Enquanto Sila falava, Hawa e Maada foram para a varanda e sentaram-se num velho tronco de madeira, escutando o pai e observando os visitantes com olhos ainda não totalmente livres de sono. O rosto de Oumu e Thomas encheu-se de prazer ao vivenciar o que o pai lhes contara tantas vezes. Depois, ficaram dando risinhos e se cutucando enquanto os adultos tinham uma longa conversa sobre como as coisas eram — como pela manhã havia um homem que tocava o tambor às cinco horas, depois de novo ao anoitecer para a dança, e finalmente na noite profunda, cantando uma melodia calma que invocava o sono para todos.

"Eu costumava dançar ao som desse tambor toda vez que andava até minha plantação. O som me animava o caminho todo até o trabalho", Sila disse, imitando alguns dos movimentos, cruzando rapidamente um pé sobre o outro e fazendo o som do tambor com a boca. Ele dançava tão bem que olhando para ele as crianças se esqueceram da mão que faltava. Bockarie juntou-se a ele na dança, enquanto contava que também gostava do tambor, especialmente quando fechava a noite. Disse também que foi assim que conheceu Kula, dançando diante do tocador de tambor ao anoitecer.

Enquanto os adultos trocavam reminiscências, as crianças se observavam. Oumu e Thomas claramente queriam saber por que Hawa e Maada não tinham braços, mas não sabiam o momento apropriado para interromper os adultos. Então subiram até a varanda, mais perto dos de sua idade, para ver se tinham apenas posto as mãos dentro da roupa, como as crianças às vezes fazem, especialmente de manhã, quando está mais frio. Oumu chegou a encostar no coto de Maada — ele sorriu sem jeito, tentando entender por que aquela menininha parecia não acreditar que não tinha mãos. Thomas começou a imitar a dança dos adultos como desculpa para chegar mais perto de Hawa e Maada e observá-los mais. Os adultos estavam imersos em si mesmos e no seu passado para notar o que acontecia ali. Talvez tenha sido bom as crianças terem ficado sozinhas umas com as outras, sem os adultos, que às vezes tornam a situação mais constrangedora.

"Você deve vir à minha casa esta tarde. As crianças podem brincar juntas." Bockarie deu um tapinha no ombro de Sila e acenou em despedida para as crianças, que riram, sabendo que mais tarde teriam amigos com quem brincar. Sua timidez cedera um pouco, e Hawa, com a mão direita e única, acenou para Oumu e Thomas, que hesitantemente acenaram de volta. Sila não se preocupou; seus filhos haviam passado por situações como essa tantas vezes que nem valia mais uma conversa. Bockarie sabia que os gêmeos lhe fariam perguntas sobre essa família. "A mãe de vocês vai explicar melhor, então esperem até chegarmos em casa", disse antes que soltassem a língua inquisitiva. Seus olhos permaneciam em Sila e em sua família ao se dirigir para casa. Ele precisava dizer alguma coisa, mas não tinha palavras, tampouco sabia explicar por que ou como tinham ficado daquele jeito.

Naquele exato momento um homem chegou correndo o mais depressa que podia e parou junto a Bockarie, quase se escondendo atrás dele e dos filhos. O homem apontou para a trilha e berrou: "Vem vindo alguém para acabar com a gente de novo. Corram, todos!".

Algumas pessoas que haviam saído da varanda voltaram para ver de que se tratava aquela agitação. A outra maioria já carregava suas trouxas, pronta para correr para o mato. Em pouquíssimo tempo, Coronel surgiu da trilha carregando um facão. Caminhava apressado com deliberada intensidade, marchando como soldado, segurando a arma não como um agricultor, mas como alguém preparado para usá-la em combate, os braços fortes erguidos, prontos para atacar. Era puro hábito. O homem o observara de longe; agora Coronel o via apontando para ele e os muitos olhos hesitantes voltados em sua direção. Parou, deixou cair o facão no solo e esperou. Victor, Salimatu, Amadu e Ernest foram então vistos com fardos de lenha na cabeça. O homem suspirou, desculpando-se com os olhos enquanto as pessoas se viravam para ele, algumas relaxando e levando as trouxas de volta para casa. De quem era a culpa? Naqueles dias, um facão na mão de alguém, especialmente nas mãos de um jovem, tinha um significado diferente. O homem foi até a trilha e trocou um aperto de mão com Coronel antes de passar, talvez sua maneira de dizer que não tinha culpa de ter medo dele.

"Temos lenha para vender se sua casa precisar. Por favor, digam a todos que estamos na casa no fim da cidade, perto da mangueira mais velha", Coronel disse ao ajuntamento que se dispersava. Não se apresentou a Bockarie nem a mais ninguém enquanto seguiu caminhando. Mais tarde, Pa Kainesi falou mais sobre ele e os outros a Bockarie.

Assim que chegaram em casa, Thomas e Oumu foram em busca da mãe e perguntaram por que Hawa e Maada não tinham mãos.

Kula olhou na direção do marido, cujos olhos expressavam: *Eu não sabia o que dizer.*

"Bem, foi algo que aconteceu neste país quando vocês eram só bebezinhos, e aconteceu com muita gente", ela disse aos filhos, e antecipou a pergunta seguinte. "As pessoas ainda não querem falar sobre isso. Então, não façam perguntas, certo? Com o tempo, se precisar, vocês saberão." E abraçou as duas crianças.

"Mãe, também vimos um homem fugindo de um rapaz, e aí ele percebeu que estava errado!", Oumu disse.

"Já são tantas histórias esta manhã! Entrem e comam com seus irmãos." Ela soltou as crianças e encostou a cabeça nas costas do marido, apoiando-se nele e enlaçando sua cintura. Ele virou o rosto para Kula. Ela sempre tinha um sorriso à sua espera que o fazia sentir-se em paz. Bockarie pôs as mãos em torno da cintura da esposa e a apertou até ela soltar um risinho e lhe dar pequenos beliscões. Ambos deram risada e ficaram juntos por algum tempo, segurando um no outro para reunir a força necessária para aquele dia, mais um dia de espera.

"Mãe, pai, vou ver Mama Kadie. Ela disse para eu visitá-la sempre que precisasse de uma história para o dia", Oumu disse aos pais, que se entreolharam e assentiram ao pedido. Sabiam que ela iria de qualquer maneira, ou os obrigaria a lhe contar histórias.

"Que história você precisa para hoje, posso saber?", perguntou Bockarie, beijando a testa da filha.

"Mama Kadie vai saber quando vir meus olhos", Oumu disse e foi embora.

Naquele mesmo dia, quando o sol estava no meio do céu, um grupo de crianças aventurou-se no rio. Quando se jogaram, fazendo a água bater com mais força nas duas margens, um corpo que estava pendurado num galho sabe-se lá havia quanto tempo se soltou de uma árvore. Os berros assustados das crianças encheram o ar, despertando a cidade da modorra e chamando os adultos, que correram com o coração pesado. Encontraram uma vara e pescaram o corpo para fora do rio. Tudo o que sabiam era que se tratava de um homem jovem cujos genitais tinham sido cortados. Memórias daquele passado encheram de novo a cabeça de todos, e rapidamente eles cobriram o corpo, como se isso pudesse brecar o convite para as visões desagradáveis da mente. As crianças que nadavam eram todas novas demais para saber o que havia acontecido não tanto tempo atrás. Tinham visto aldeias e casas queimadas e buracos nas paredes, e sua mente lhe dizia que tudo fora causado pelo fogo de uma plantação queimando.

Os adultos ficavam contentes em concordar com essas explicações inocentes. Mas quando todos estavam às margens do rio com as crianças, Oumu, cuja mente ingênua ainda achava que as pessoas só morriam de velhice, perguntou ao pai: "Por que este homem morto está no rio? Ele não parece mais velho que o vovô". Bockarie e todos os outros se entreolharam. Ele limpou a garganta e disse para a filha: "Ele foi afogado por um espírito mau, um espírito da água, porque foi nadar à noite, e sozinho".

As crianças olharam para o rosto dos pais para confirmar a explicação. Os adultos pediram que voltassem à cidade, anunciando que à noite contariam histórias sobre homens e espíritos da água. As crianças ficaram deliciadas — os pais haviam lhes contado de tais reuniões, e agora presenciariam uma delas pela primeira vez. Mama Kadie disse que contaria a história na praça da cidade. As crianças apostaram corrida até em casa, deixando os adultos no rio. Pa Moiwa chamou Coronel, que estivera sentado numa pedra junto ao rio observando tudo.

"Homem no Comando, será que você e seu bando poderiam nos ajudar com um pouco de lenha para a reunião desta noite?"

"Sim, Pa Moiwa, e vocês terão a lenha de graça. Será nossa contribuição para a cidade." Ele se virou para olhar o rio. Pa Moiwa voltou para a discussão dos adultos sobre o corpo.

Antes de levar o cadáver para ser enterrado no cemitério, decidiram pegar canoas bem cedo na manhã seguinte e procurar outros corpos pendurados na beira do rio, limpando-o o melhor que pudessem. Sabiam que não podiam limpar tudo. Um massacre ocorrera ali, e, embora o sangue não cobrisse mais a superfície da água, poderia haver coisas sob ela. Um pescador sugeriu usar suas redes para tirar o que conseguissem do fundo do rio. O que ele não disse em voz alta foi que nesse processo também pegaria peixes, que poderia vender.

* * *

Sila e seus filhos chegaram à casa de Bockarie vestindo roupas tradicionais coloridas e bordadas. O corpo deles, coberto de vaselina, estava brilhante em alguns pontos e seco em outros. Sila levava arroz embrulhado num pano, e o deu a Kula logo que chegaram. Era tradição levar um tipo particular de arroz vermelho para simbolizar gratidão pela amizade do dono da casa. Ela o abraçou e beijou seu rosto, alargando o sorriso dele. Em seguida, pôs os braços em torno de Hawa e Maada, apertando os dois ao mesmo tempo. Eles deram uma risadinha — era a primeira vez que conheciam alguém que não os fazia se sentir desconfortáveis, alguém que os abraçava sem hesitação. Sila admirou a atitude dessa bela e magnífica mulher. Fitou-a, na esperança de captar seus olhos para lhe agradecer, o que seria mais genuíno do que o aperto de mão que lhe era impossível.

"Vi que você veio para tirar minha mulher de mim!", Bockarie gracejou.

"Bem, agora que me falta um braço, as mulheres não me acham ameaçador, e eu não me queixo quando chegam mais perto." Ele riu e pôs o braço esquerdo em volta do ombro de Bockarie, que ficou sem saber se devia abraçá-lo ou apertar sua mão.

"Mas abraços e beijos só são aceitos de mulheres, homem!", disse Sila. Foram até a frente da casa, onde a maior parte da família estava reunida. Miata, a filha mais velha de Bockarie, Mahawa e Oumu tinham ido ao rio para se banhar e pegar água para a noite. Os visitantes começaram a rodada de cumprimentos aos mais velhos. Mama Kadie estava segurando Tornya.

"Aperte minha mão com sua mão esquerda, e faremos isso de agora em diante, pois esta mão tem a responsabilidade das duas", Pa Kainesi disse a Sila.

"Mas não é adequado. A mão direita é a mão dos cumprimentos."

"Os tempos mudaram, e o mesmo deve acontecer com certas tradições. O respeito por elas está em nossos olhos e em nossas maneiras. Então, de agora em diante, escolho apertar sua mão esquerda." Pa Moiwa e Mama Kadie apertaram a mão de Sila e fizeram um carinho na cabeça das crianças. Maada e Hawa sentiram-se à vontade sabendo que os anciãos os tratavam da mesma maneira que a todas as outras crianças.

Enquanto os adultos se instalavam em bancos e redes para conversar, Manawah e Abu, filhos mais velhos de Bockarie, e Thomas levaram Hawa e Maada para o outro lado da varanda. Primeiro esfregaram melhor a vaselina nas partes secas do rosto deles, depois brincaram de jogos de palavras e adivinhações, evitando atividades que exigissem ambas as mãos. Houve momentos em que se sentiram pensando demais no fato de Maada e Hawa serem amputados, esquecendo-se de olhar o rosto deles. Em certa hora Maada levantou-se de modo que o coto de sua mão ficou na altura dos olhos de Manawah. Ele girou, e o coto atingiu Manawah. Maada riu, caindo alegremente no chão. Manawah entendeu o recado. Eles acabariam se acostumando e brincariam juntos com naturalidade.

Quando as meninas voltaram do rio, ajudaram a servir a comida: arroz do campo com galinha, ensopado de peixe com cebolas, e berinjela cozida em óleo de coco com pimenta e especiarias. Enquanto a comida era servida em grandes travessas, Bockarie gabou-se: "Minha mulher cozinha tão bem que, quando você sente o cheiro, fica pensando em roubar a panela, correr para o mato e comer até a barriga ficar tão esticada como um tambor". Todos riram, o cheiro do ensopado era agora tão forte que dava para sentir o sabor. A primeira travessa foi posta na roda dos homens, e eles chamaram os meninos para comer com eles. Mama Kadie deixou os amigos para comer com Kula e as meninas, que tinham sua própria travessa de comida. O banquete começou. Os homens adultos deram de comer a Maada, revezando-se para enfiar arroz e pedaços de carne na boca dele. O garoto estava contente, sentado no chão apoiado na perna do pai. Hawa comeu usando a mão direita, como todo mundo, e era ajudada apenas quando queria água.

Na hora em que terminaram, o sol já tivera êxito em se esconder dos olhos do céu e apagar seu fogo. Resolveram ir para a praça da cidade, os adultos caminhando lentamente enquanto as crianças corriam adiante, escondendo-se atrás de casas e saltando e gritando para assustar umas às outras ao longo do caminho.

A luz do fogo pintava a sombra escura de todos na parede das casas. Os jovens não eram tão numerosos, e alguns se sentavam com relutância junto à fogueira. Os mais ávidos eram a geração de Oumu e Thomas, que tinham ouvido os pais falarem de momentos como aquele, e algumas exceções como Hawa e Maada, que, apesar do que tinham sofrido, carregavam dentro de si uma alegria que tal tradição inflamava ainda mais. Os outros poucos, que tinham chegado à cidade sem os pais e perambulavam de um lado para o outro, oferecendo ajuda aqui e ali em troca de comida, sentaram-se isolados. Escutaram a história com um ouvido na reunião e o outro de guarda. Coronel e seus irmãos estavam entre esses. Ele convocara todos os jovens sem pais na cidade para catar lenha e preparar a fogueira. Durante o trabalho também lhes dissera que era seu dever assegurar que tudo saísse direito e impedir qualquer intromissão, designando para cada um uma posição e uma tarefa para a noite.

Não importava quem estava presente nem por quê. A cidade inteira fora ouvir a história de Mama Kadie e de quem mais se apresentasse para contar. Era a tradição — os anciãos, em sua maioria mulheres, contavam uma história, e outros entravam depois. Algumas noites a sequência continuava até que as crianças fossem chamadas para recontar o que tinham ouvido. Naquela noite, Mama Kadie ergueu-se no meio da roda e andou em volta da fogueira enquanto contava sua história, arrumando a lenha de vez em quando para deixar o fogo mais forte ou mais fraco, dependendo do espírito da narração. Alguns dos meninos que se sentaram afastados foram se aproximando aos poucos.

"História, história, o que devo fazer com você?", ela tinha gritado, chamando-a. O público respondeu: "Por favor, conte-a para nós, para podermos passá-la aos outros". Mama Kadie repetiu a pergunta algumas vezes, até todo mundo estar pedindo para ouvir a história.

"Era uma vez, quando o mundo tinha uma voz comum para todas as coisas sobre a terra e mais além, a chefe dos humanos, uma mulher, era amiga querida do deus dos espíritos da água. Ela ia até o rio todos os dias de manhã bem cedo para conversar com seu amigo, que emergia em diferentes formas e sentava-se na margem com ela. Às vezes aparecia como uma linda mulher, meio peixe, meio humana; outras vezes aparecia como um homem forte e bonito. Todas essas formas representavam aquilo em que a chefe humana tinha empenhado a mente e pensado antes do encontro. Conversavam sobre o mundo e a necessidade de manter a pureza do rio, que era fonte de vida para ambos os povos.

"Naqueles dias, ninguém se afogava nos rios, pois os espíritos das águas ajudavam a todos que nadavam ali. Pedia-se apenas que à meia-noite os humanos ficassem longe do rio por algumas horas para que os espíritos das águas pudessem realizar suas cerimônias de banho sem serem interrompidos. Essa relação se manteve durante séculos, até que uma noite um rapaz insensível, que chegara muito tarde à margem oposta do rio, resolveu que precisava atravessar imediatamente para a cidade, apesar de ter sido avisado para esperar só algumas horas. Ao remar sua canoa na travessia, assustou os espíritos das águas; alguns se esconderam, mas outros se transformaram em fortes correntes por causa do choque. Ele lutou para remar contra a correnteza, e um dos espíritos, na forma de uma linda moça, decidiu ajudá-lo. Ela se fez visível e guiou a canoa para a margem. O jovem humano e o espírito da água se apaixonaram e começaram a se encontrar para nadar quando ninguém mais estava por perto.

"Uma noite, enquanto brincavam juntos no rio, o rapaz, sem dar ouvidos à moça, entrou numa área profunda e turbulenta e se afogou. Isso provocou desconfiança entre os humanos e os espíritos da água. Antes de os chefes de ambos os lados poderem conversar sobre o que havia acontecido, o pai do rapaz, um caçador muito nervoso, já tinha matado um dos espíritos da água com sua flecha."

"O caçador tinha armas de fogo ou só flechas? Ele podia fazer mais com espingardas e granadas, podia atirar e jogar uma bomba na água para matar todos os espíritos", um jovem interrompeu, com os olhos mais vermelhos que as chamas e as memórias do passado recente em sua imaginação. Seu nome era Miller. Coronel não havia reparado no rapaz e tomou nota mentalmente para encontrá-lo no dia seguinte. Mama Kadie encaminhou-se para ele e sentou-se ao seu lado, contando o resto da história como se fosse só para o rapaz.

Contou como naqueles dias não havia espingardas nem granadas, como um pequeno mal-entendido havia mudado a relação entre os humanos e os espíritos da água, e como o ato de uma pessoa cujo coração fora rapidamente consumido por fogo negativo havia feito os espíritos da água se esconderem para sempre dos seres humanos. Agora, vez ou outra, quando um humano punha os olhos num espírito da água, este tentava se proteger afogando-o, especialmente adultos cuja mente conjurava apenas a pior imagem dos espíritos da água. Somente as crianças não eram atacadas, exceto em raras circunstâncias, pois os espíritos da água ainda as viam como os únicos humanos puros.

Era um ponto importante sobre a natureza da desconfiança e sobre como ela podia gerar uma espiral de violência que precisava ser entendido. Era também uma história para reafirmar a alguns dos mais jovens que sua inocência não devia mais ser temida, como passara a ser durante a guerra. Às vezes uma história não faz sentido imediato — é preciso escutá-la e mantê-la no coração, no sangue, até o dia em que se torna útil.

Os suspiros de alívio das crianças encheram a noite quando ouviram que estavam isentas de danos. Os músculos da noite estremeceram com um leve vento, rejubilando-se ao receber de novo esses suspiros inocentes.

A última história, narrada por Pa Kainesi, provocou tremendas risadas no grupo, algo que não acontecia fazia um bom tempo. Ele começou:

"Havia um homem que sempre se queixava da sua condição e que era infeliz em relação a tudo na vida, especialmente em relação a sua única calça, que tinha furos por todo lado. Partes do seu corpo podiam ser vistas através da calça, então de longe parecia que ele usava xadrez. Quando se aproximava, era impossível não dar risada do encanto natural de sua calça. Logo todos os jovens que tinham a calça furada começaram a se referir a isso como uma nova moda, a 'pele com tecido'.

"O alfaiate da cidade obviamente ficou descontente com tudo isso e culpou o homem da calça furada por arruinar seu negócio. Ninguém mais queria remendar as roupas; o encanto natural tinha tomado conta. O alfaiate seguia o homem por todo lugar, esperando a hora perfeita para roubar e destruir a calça dele. Num final de tarde, depois de voltar da lavoura, o homem resolveu tomar um banho de rio. Tirou a calça e lavou-a com cuidado. Então a pôs sobre a grama para secar e entrou no rio. Mergulhou para molhar-se por inteiro. O alfaiate, que estava escondido no mato, concluiu que aquela era sua chance, mas, enquanto se preparava para ir em direção à calça, outra pessoa saiu do mato, pegou-a e desapareceu. Quando o homem saiu do rio, não acreditou que a calça tivesse sumido. Ele gritou: 'Se isto é alguma piada dos deuses ou de algum ser humano, não estou achando graça nenhuma'. Esperou um pouco, mas nada de resposta. Então viu as pegadas do ladrão e começou a rir com tanta força que caiu na água e se debateu para conseguir sair, ainda dando risada. Então disse: 'Deve haver alguém numa situação pior que a minha, e se for assim, por favor, aproveite o que sobra da minha calça. Graças a Deus e aos deuses por não fazer de mim o mais pobre dos homens'. Então dançou na grama enquanto o alfaiate o observava, ainda infeliz porque sabia que o ladrão usaria a calça. Ele a queria destruída.

"Quando o homem seguiu pela trilha rumo à cidade, o alfaiate saiu do esconderijo. Achou que deveria se limpar e se acalmar. Tirou as roupas e mergulhou no rio. O homem nu ouviu o som da água e voltou correndo, pensando que poderia ver quem o tinha roubado. Não viu ninguém, apenas roupas novas: calça comprida e uma camisa. Olhou em volta, mas o alfaiate estava embaixo d'água, apreciando seu frescor — até mesmo a superfície do rio estava parada. O homem nu correu a vestir suas roupas novas, achando que o dia parecia maravilhoso.

"Quando o alfaiate subiu em busca de ar, notou que não tinha nada para vestir. Foi uma coisa estranha ver um alfaiate pelado correndo pela cidade."

O pessoal teve um acesso de riso. Coronel, Ernest e Miller eram os únicos em que o riso não tinha conseguido entrar. Os olhos de Ernest buscavam Sila e as crianças. Observar o estado de felicidade deles trouxe um surto de paz ao seu coração. Coronel olhava ao redor para ver se podia determinar quem era o ladrão. Miller presenciara sofrimentos demais para pensar em histórias, sentir a função delas. Levantou-se e saiu andando, como se as risadas o atormentassem.

As crianças da geração de Oumu riam com pureza e repetiam as frases engraçadas. Os adultos riam ainda mais, porque sabiam que a história era verdadeira. O alfaiate estava entre eles, e o homem de calça xadrez também. Mas quem era o ladrão? Ninguém admitia, embora geralmente as coisas fossem resolvidas nesses encontros.

Depois que o riso terminou, os adultos e anciãos formaram seu próprio círculo, deixando as crianças sozinhas para conversar sobre as histórias. Os adultos e anciãos começaram uma conversa séria sobre divindade. O imã e o pastor concordaram que todos os seres humanos corporificavam Deus dentro de si.

"Então como você explica o que aconteceu durante a guerra?", alguém perguntou. Não houve resposta por um tempo, até que Pa Moiwa falou. "Quando estamos sofrendo muito, acredito que a divindade que está dentro de nós se afasta temporariamente. Durante a guerra e tudo o que ela provocou, nós como povo desta terra nos desfizemos da encarnação de Deus dentro de nós e de todos os traços de bondade que restaram depois que Ele partiu. E agora há muitos que são vasos vazios e, portanto, podem ser preenchidos facilmente com qualquer coisa. Penso que as histórias e os costumes antigos os trarão de volta ao contato com a vida, com o viver, e à divindade. É claro que não são as únicas coisas. Existem medidas práticas que precisam ser tomadas."

Fez-se um silêncio entre eles, mas as crianças estavam brincando, rindo e aplaudindo.

Se Deus podia estar em qualquer lugar, era ali que ele ou ela estava naquela noite.

Ninguém poderia ter antecipado que aquele seria o último

encontro. Os anciãos teriam contado outras histórias se pudessem ver as estranhas mudanças que o vento do tempo trazia. Mas, naquele início, era cedo demais para esperar por mais; eles esperavam apenas pequenas mudanças e a volta dos costumes antigos. Não conseguiam pensar muito longe no futuro.

Oumu não foi para casa com a família naquela noite. Em vez disso, foi com Mama Kadie, e as duas ficaram acordadas até tarde da noite, sentadas em torno de um pequeno fogo, as mãos estendidas para receber o calor. Mama Kadie contou a Oumu muitas histórias, até que sua voz se tornou um sussurro, e o silêncio da noite se aprofundou. Continuou até que os olhos de Oumu disseram que não precisava mais. Para elas foi o começo desses encontros, que continuaram por muitas outras noites. Mama Kadie às vezes pedia a Oumu que recontasse as histórias que ela lhe tinha narrado. A menininha o fazia numa voz que não era da sua idade. Mama Kadie sorria, sabendo que cada história encontrara um novo recipiente e continuaria vivendo.

4.

A espera lançava um feitiço sobre todo mundo em Imperi, que terminava quando se achava algo para fazer. Não necessariamente algo capaz de mudar a vida, mas qualquer coisa que gerasse uma rotina de possibilidades. Aqueles que não encontravam nada partiam para outras cidades em busca de emprego ou ficavam sentados a esmo, inquietos e irritadiços com tudo e todos.

Desde o dia que Mama Kadie pôs de novo os pés em Imperi, a cidade passou a perder sua imagem de guerra, a começar por seu aspecto físico. Agora, um ano depois, era difícil ver que a maioria das residências havia sido atingida por balas ou incendiada. Todo mundo fizera o melhor possível para mudar a condição de sua casa; assim, com tinta amarela, branca, cinza, verde e preta elas recuperaram sua vibração. Aqueles que não pintaram, rebocaram com barro fresco marrom e vermelho.

Os sons também haviam mudado, de ventos hesitantes e silêncios profundos para a voz das crianças jogando, correndo umas atrás das outras, ou brincando no rio. A população crescera, mas todos ainda se conheciam muito bem. Cidades e aldeias vizinhas também tinham ganhado vida, então os anciãos às vezes visitavam amigos e vice-versa. Sentavam-se juntos comendo noz-de-cola e discutindo os velhos tempos, quando eram crianças e andar pelas trilhas era uma prazerosa descoberta. Ouvia-se um homem trabalhando na lavoura, assobiando canções tão lindamente que chegava a envergonhar os passarinhos. Mulheres e meninas cantavam melodias doces enquanto pescavam com rede no rio; agricultores depositavam pepinos frescos na trilha para que os passantes pegassem e comessem. Durante a última parte do primeiro ano do reviver de Imperi, tais coisas tinham voltado a acontecer.

Houve apenas algumas poucas ocorrências inesperadas. Algumas escavadeiras entraram zumbindo na cidade, limpando as estradas que estiveram mortas durante anos. Homens de terno com a testa cheia de suor chegaram com ar de quem se achava importante para discutir a reabertura da única escola da região. Reuniram-se à beira da estrada, de pé, espalhando documentos sobre a terra e prendendo-os com pedras. Não podiam entrar na escola, que ainda estava tomada pelo mato. Resolveram que o local seria limpo, e a escola reaberta. Algumas semanas mais tarde, estava funcionando de novo, embora nenhum grande reparo tivesse sido feito. As velhas estruturas do prédio foram pintadas para parecer novas. Não houve cerimônia de reabertura. Um sujeitinho jovial, baixo e muito escuro, com a cabeça redonda e achatada como a de um girino, de olhos vermelhos, postou-se na encruzilhada da estrada, entregando folhetos com informações que instruíam as pessoas a mandar os filhos à escola. O incentivo estava impresso em negrito, enquanto as palavras que ele temia que afastassem as pessoas apareciam mais finas e em tamanho menor. VOCÊ SOMENTE TERÁ QUE PAGAR AS TAXAS ESCOLARES DE SEU FILHO NO FINAL DO PRIMEIRO SEMESTRE. Aquele mesmo sujeito visitou a casa de Bockarie dois dias depois que a escola foi declarada reaberta. Ainda não havia alunos.

"Meu nome é sr. Fofanah", ele se apresentou a Kula, segurando uma maleta preta e postando-se constantemente na ponta dos pés, como se quisesse alcançar alguma coisa ou parecer mais alto. "Posso falar com seu marido, Bockarie?" Enxugou o suor da testa com um lenço.

Quando Bockarie saiu, o sr. Fofanah não perdeu tempo em lhe oferecer o cargo de professor. Haviam-lhe dito que Bockarie frequentara a escola e que também dera aula. Queria que lecionasse as matérias de antes: inglês, geografia e história.

Depois que o sr. Fofanah se foi, Kula abraçou o marido e ele deu aquele meio sorriso com um murmúrio que só ela sabia que significava que estava extremamente feliz. Ele não era do tipo que demonstra emoção.

"Você vai me ajudar a preparar as aulas, querida?"

"Sinto falta de quando fazíamos isso. Sente-se, vou pegar uma caneta e alguns papéis." Ela sorriu.

"Sim, senhora. Estou com saudade dessa sua liderança de sempre que começamos atividades intelectuais." Ele se sentou, e Kula riu, correndo para dentro de casa.

Enquanto Bockarie esperava, um homem alto com uma barba malfeita foi até a varanda e disse que se chamava Benjamin.

"O sr. Fofanah sugeriu que eu me apresentasse." Ele falava depressa e seus olhos se arregalavam.

"Bem-vindo à minha terra. De onde você é?", Bockarie falou devagar.

"Sou de Kono, na região dos diamantes, mas não me pergunte por que estou aqui. Recebi uma oferta de emprego, homem, então cá estou com minha família. O resto não interessa. Certo, eu o verei na escola ou a caminho de lá. Preciso preparar minhas aulas." Benjamin bateu de leve no ombro de Bockarie e foi embora. Deu uma gingada com a mão no bolso, driblando com uma bola invisível, depois retomou o andar.

"Você estava falando com alguém?" Kula voltou com algumas páginas amassadas e várias canetas, pois sempre tinha que experimentar uma porção até que alguma funcionasse.

"Um tal de Benjamin, que o sr. Fofanah quis que eu conhecesse. Ele voltou para casa para preparar as aulas." Bockarie abriu espaço no banco para Kula sentar-se ao seu lado. Começaram de memória, dos seus dias de escola, dando risadas enquanto um provocava o outro com perguntas.

Na manhã seguinte, Benjamin e Bockarie se encontraram na caminhada de cinco quilômetros até a escola. No começo, andaram em silêncio, o orvalho da manhã umedecendo o rosto.

"Sabe, toda a minha vida tive de andar de manhã. Primeiro era para a plantação, depois para a escola, para o trabalho...", começou Benjamin. Antes de Bockarie responder que ele também tivera a mesma experiência, voltou a falar: "A coisa boa disso é que sempre fiz um bom amigo em cada uma dessas caminhadas. Certo, professor Bockarie, caminhemos como homens jovens cheios de vida". Benjamin puxou o andar de Bockarie ao apressar o passo, e eles riram, andando o mais rápido que podiam. Quando chegaram à escola, o sr. Fofanah, o diretor, reuniu todos os professores e lhes deu o primeiro mês de salário seguido de um discurso de como era maravilhoso que todos estivessem ali. As coisas pareciam promissoras.

"Não se preocupem com a falta de material. O departamento de educação prometeu mandar tudo imediatamente. Por enquanto temos o básico: giz, quadro-negro e algumas carteiras e bancos para começar. E aí vêm os alunos." O diretor distraiu-se com um grande grupo de jovens andando rumo à escola. Presumiu que eram mais de cinquenta, e isso bastava. Mais foram chegando ao longo do dia.

Naquela mesma manhã, Kula fora até o rio para lavar algumas roupas e encontrou uma mulher que ainda não vira na cidade. Ela cantarolava enquanto enxaguava as roupas, afastada das outras. Era muito alta e magra, com grandes olhos castanhos que iluminavam seu rosto fino.

"Você deve ser a esposa do novo professor da cidade. Aliás, qual é o nome dele?" Kula pôs a mão na testa, como costumava fazer para se lembrar de algo.

A mulher parou de cantarolar e respondeu com um sorriso: "Benjamin. E sim, eu sou. Meu nome é Fatu".

"Sou Kula. Por favor, venha até minha casa sempre que precisar de ajuda. Você tem dois pequenos?" Ela lavou o balde.

"Irei, obrigada. Temos uma menina e um menino, Rugiatu e Bundu. Acabamos de chegar e não conheço ninguém, então será bom para eles ter amigos, e para mim também. Meu marido estava procurando alguma coisa diferente e queria deixar a cidade dele, Koidu, em Kono, na região dos diamantes. Você deve ser a esposa de Bockarie. Meu marido falou dele." Ela segurou a roupa entre os joelhos para que o rio não a carregasse e estendeu a mão para Kula. Também elas, como os maridos, tornaram-se amigas.

Já fazia muitos meses desde que o sr. Fofanah fora à casa de Bockarie e o contratara e que naquele mesmo dia ele conhecera Benjamin. O emprego de professor, e a vida em geral de ambos, não se desenrolara como o esperado. Continuavam indo a pé para a escola toda manhã, agora com os três filhos mais velhos de Bockarie, Manawah, Miata e Abu, e a maioria dos alunos e colegas. Os cinco quilômetros de estrada poeirenta com remendos de piche aqui e ali haviam se tornado insuportáveis para eles. Para começar, embora houvesse poucos veículos na estrada, toda vez que ouviam um deles ao longe, professores e alunos corriam para o mato, tapando o nariz. Escondiam-se da poeira que buscava corpos, roupas e cabelos limpos para se assentar. As folhas já estavam tão cobertas de pó que era impossível ver suas cores. Assim, correr para o mato servia apenas para diminuir a quantidade de sujeira capaz de alcançá-los. Durante a estação das chuvas, também corriam, embora não para o mato, e sim para longe das muitas poças, evitando que a água espirrasse neles. Havia poças demais, então era preciso ziguezaguear estrategicamente para este ou para aquele lado do veículo, ou achar um local perto dos buracos mais fundos, onde o motorista fosse quase obrigado a parar, preocupado com a possibilidade de ficar encalhado. Se alguém tivesse um guarda-chuva, segurava-o para o lado. Mas não eram muitos os que podiam se dar a esse luxo.

Os materiais que o diretor prometera no primeiro dia não chegaram durante o ano letivo. Portanto, praticamente sem nada, os professores continuavam a preparar as aulas de memória, dos próprios tempos de escola, e, sempre que havia giz, tentavam anotar o máximo possível no quadro-negro. Senão, ditavam as aulas, e os alunos escreviam no caderno, fazendo interrupções com o braço levantado para perguntar como se escreviam certas palavras. Já fazia onze meses que o departamento de educação de Serra Leoa enviava apenas longas cartas, que o diretor lia em voz alta para os professores, a expressão mostrando descrença na mensagem. "Engajamo-nos numa notável reformulação do nosso sistema educacional", começavam, e terminavam da seguinte maneira: "Ministério da Educação de Serra Leoa, trabalhando para o povo, sempre." Um dia, enquanto o diretor lia uma carta, não conseguiu se conter: "Eles dão um jeito de me mandar essas cartas inúteis toda semana, mas não material escolar, nem mesmo uma caixa de giz". Ele disse isso e parou antes que mais palavras lhe escapassem. Era claro que as coisas agora estavam piores do que no passado. A negligência em relação àquela parte do país havia aumentado. Antes da guerra, pelo menos mandavam algum material escolar, ainda que com um mês, ou mesmo um semestre de atraso. Os salários também estavam atrasados, algo sem precedentes. Em nove meses de ensino, os professores haviam recebido apenas três vezes, a cada três meses. Como resultado, à noite, na varanda, Bockarie começara a vender cigarros, goma de mascar, baterias, espirais contra mosquitos e outros pequenos itens. Dispunha-os numa pequena caixa de madeira com uma lâmpada que lançava uma luz tênue sobre os bens. Era também ali que ele corrigia as lições dos alunos e preparava as aulas, às vezes usando uma lanterna, quando não tinha dinheiro para comprar querosene. Era difícil sustentar a família, e continuou lecionando só porque como professor tinha uma redução na taxa escolar dos três filhos mais velhos. Seu pagamento era de cento e cinquenta mil leones, que mal davam para comprar um saco de arroz. Kula ajudava vendendo gêneros alimentícios como sal, pimenta e cubos de caldo de galinha no mercado, porém mesmo assim debatiam-se para conseguir atender suas necessidades. No entanto, estavam em situação melhor que Benjamin, que, com o mesmo salário, precisava pagar aluguel e alimentar a esposa Fatu e duas crianças pequenas, Bundu e Rugiatu. Por não ser de Imperi, não tinha uma casa como Bockarie.

"Às vezes penso que devia ter ficado em casa, em Koidu. Achei que poderia fazer algo diferente com um bom pagamento, algo menos perigoso que minerar diamantes... E também pensei que minha esposa pudesse achar trabalho como aprendiz de enfermeira", ele dissera uma vez a Bockarie quando foi lhe fazer companhia na varanda.

Na escola, todo mundo trabalhava o melhor que podia. A empolgação da reabertura tinha durado apenas um semestre, até que perceberam que não receberiam o apoio necessário do governo. Quando professores e alunos chegavam ao terreno da escola, qualquer felicidade que pudesse estar estampada em seu rosto havia desaparecido com a longa caminhada, a poeira, o calor, a sede e a fome. Passando os olhos, não dava para saber quem estava mais faminto, os professores ou os alunos, mas a conduta de todos indicava que a maioria queria que a aula terminasse mais cedo; na verdade, no instante em que chegavam já não viam a hora de voltar para casa. Para professores e alunos, vir à escola tornara-se apenas uma rotina para alimentar a esperança que restava. Sentado em casa o dia todo, ficava-se propenso a cair no caminho do vento pesado da má sorte.

A única pessoa que vivia animada na escola era o diretor, que tinha uma motocicleta novinha em folha, e ninguém conseguia imaginar onde conseguira dinheiro para comprar uma coisa tão cara, que podia pagar o salário anual de mais de dez professores. Toda manhã, com seu humor incomodamente exuberante, ele reunia os professores e fazia uma preleção sobre a necessidade de "inspirar os alunos, reacender sua chama de aprendizagem e mostrar-lhes a importância da educação".

"Acredito em vocês e estou aqui só para guiá-los para que deem seu melhor", prosseguia, andando na ponta dos pés, abotoando e desabotoando o paletó e arrumando a gravata, embora suasse.

"Alguma pergunta? Não. Presumo que deixei as coisas muito claras. Certo, vamos lá inspirar esses jovens." E encerrava com um enorme sorriso, que nenhum dos professores retribuía. Arfando, ele suspirava e então erguia novamente a cabeça com a jovialidade estampada no rosto. Os professores pouco podiam fazer com suas mensagens motivacionais. Careciam de todos os ingredientes: salários, material escolar e fé no sistema educacional.

Bockarie tentara falar sobre a importância da educação em sua classe, e um dos alunos perguntara: "O senhor é educado, mas não vejo nenhuma mudança significativa proporcionada pela educação na sua vida. Então por que não aproveitar a vida agora em vez de investir tempo e dinheiro apenas para sermos miseráveis mais tarde?".

"É um bom argumento, mas pense nisso como em plantar uma mangueira. Leva anos antes de começar a ver os frutos. Você também pode plantar algo que cresça mais rápido, como mandioca ou batata, mas quer mangas. Espero que entenda meu ponto, já que também está estudando agricultura." Bockarie andava lentamente de um lado para outro da classe, certificando-se de fazer contato visual com cada aluno nesse último ponto.

"Entendo, mas o senhor percebe que as pessoas educadas que vemos não são nada encorajadoras", persistiu o garoto.

"De fato não é uma questão fácil, mas vale a pena pensar nela." Bockarie quis açoitar o garoto pelo seu tom, mas respeitava a inteligência do seu modo de pensar e sabia da importância da pergunta. Era difícil convencer qualquer um a investir em educação se os que eram educados estavam em pior situação e não conseguiam achar emprego. Então sua resposta foi: "Os tempos são difíceis para muita gente. Houve uma época em que uma pessoa educada vivia melhor. Mas este não é o único propósito da educação. O propósito é muito maior do que simplesmente melhorar a situação econômica. No caso de vocês, todos precisam de educação para poder tirar proveito de oportunidades que surgirão. Não podem esperar pela oportunidade e correr atrás de educação quando ela chegar. Vai ser tarde." Os alunos ficaram em silêncio, mesmo o garoto que havia feito as perguntas.

Bockarie não tinha certeza se acreditava no que dissera aos alunos, mas sentiu que para aquele momento bastava. Em casa, naquela noite, conversou com o pai, Pa Kainesi, e seus amigos Pa Moiwa e Mama Kadie sobre o que acontecera na escola. Lembrava-se de como a escola o empolgava quando era menino e de como as crianças tinham sede de aprender. Tudo o que os anciãos puderam lhe oferecer foi uma máxima popular, "Nenhuma condição é permanente", e a reafirmação de que aquilo que ele fazia era nobre. Bockarie quis responder que, apesar de acreditar na máxima, naquela parte do país as condições de vida e o desespero estavam provocando mudanças nas pessoas que se tornariam permanentes, mesmo depois que as condições mudassem. É preciso ter fé nas palavras dos anciãos e às vezes dar espaço para a esperança respirar. Em vez de responder, ele recorreu ao pensamento.

Saiu para dar um passeio, mantendo sua figura dentro do corpo mais escuro da noite, para evitar cumprimentos e conversas. Logo esqueceu seus pensamentos e começou a observar como alguns encerravam o dia. Parou nos limites da cidade, e seus olhos captaram a base da varanda onde Coronel e seu grupo amarravam fardos de lenha para vender. Chegou perto da mangueira mais próxima, tomando cuidado com o som dos pés para que os passos não o traíssem. Encostou-se na árvore, observando o enérgico grupo de jovens. Estavam calculando quanto poderiam ganhar vendendo a lenha.

"Cinco fardos e um de graça, para ela continuar comprando de nós", Salimatu disse a Amadu, que bateu continência, brincando, e começou a amarrar o fardo extra. Ela riu e continuou instruindo Victor, Ernest e Miller a embrulhar os fardos de modo a deixar claro para que casa cada um iria.

"São seis entregas", Victor gritou para Coronel, que escrevia algo num caderninho, parado em pé num banco acima dos outros. Todos se moviam com rapidez. Coronel sentou-se no chão e começou a contar a renda do dia, tirando-a de um saquinho e olhando em volta para se certificar de que não havia olhos invejosos sobre ele. Bockarie se escondeu melhor nas trevas. Coronel separou o dinheiro em duas pilhas, uma de economias e outra para comida e mais coisas de que precisassem.

"Se continuarmos economizando assim, todos vocês vão voltar a estudar no ano que vem." Ele falou olhando para Salimatu, Victor, Amadu e Ernest. Embora tivesse trazido Miller para seus cuidados, ainda tinha de torná-lo parte da família de fato. Portanto, nada foi dito sobre suas perspectivas de escola. Ele não pareceu se importar.

"Tudo bem, vamos comer. Miller, meu camarada, traga a comida", Coronel mandou, e o garoto correu para dentro da casa, sorrindo um pouco por receber essa função pela primeira vez, sinal da confiança crescente de Coronel. Miller voltou logo com uma grande tigela de arroz com folhas de mandioca. Eles comeram juntos, passando uma garrafa de água para quem estivesse com sede. Bockarie ponderou se o próprio Coronel gostaria de ir à escola ou achar trabalho. Foi então que o rapaz notou alguém no ventre da escuridão e olhou diretamente para onde Bockarie estava parado. O professor foi embora o mais depressa que pôde antes que Coronel se levantasse para ir verificar. No caminho, passou pela casa de Sila. Com letras recortadas de velhas caixas de papelão, que segurava com sua única mão, ele estava ensinando aos filhos o alfabeto. Quando as crianças acertavam a letra, ele lhes pedia para fazer uma sentença, ou encenar uma palavra, sempre com um sorriso no rosto. Sila começara uma lavoura, cultivando mandioca e batata que vendia em troca de coisas de que necessitava. Após diversas visitas à casa de Mama Kadie, conseguira que ela e Mahawa concordassem em cozinhar para ele e tomassem conta das crianças. Tudo começara no primeiro encontro na casa de Bockarie, quando brincaram com ele sobre a comida que dava aos filhos.

"Além do fato óbvio de que me falta uma mão, sou homem e não sei cozinhar tão bem como vocês, mulheres. Então, o que melhor sei cozinhar, que é arroz simples, é o que faço para meus filhos. Se não gostam, ajudem. Por favor, ajudem!" Dando uma risada, ele continuara: "Estou farto da minha própria comida".

E mostrou a língua fazendo uma careta para sugerir gosto ruim. Os filhos participaram, fazendo caretas como se tivessem acabado de tomar um remédio amargo e virando o rosto rápido quando o pai olhou na direção deles.

Bockarie lembrou-se de ter admirado a honestidade de Sila, sem se preocupar com o que os outros pensassem. Continuou a observar, o destino final de seus olhos tornando-se a casa de Mama Kadie. Mahawa e a anciã estavam sentadas juntas diante de um fogo suave, conversando sobre algo que as fez rir e depois se abraçar. A expressão da velha mulher estava plena de alegria ao fitar Mahawa e Tornya. A garota, por sua vez, tinha uma dessas expressões serenas que mostravam satisfação, mas com um profundo tormento em sua quietude. Bockarie suspirou, sem realmente saber se por ele ou pelos outros. O que sabia era que precisava voltar antes que Kula ficasse preocupada. Ao chegar em casa, os filhos e a esposa estavam lendo ou fazendo a lição de casa. Ele os observou em silêncio, visão que mudou seu estado de espírito invocando à sua fisionomia a dança dos espíritos felizes.

"O que você está lendo, Kula?", perguntou, e as crianças acusaram sua presença com os olhos, voltando depois para o que faziam.

"Alguém jogou isto na rua. É um romance em bom estado. Acabei de começar; se for bom, empresto a você por um preço." Ela soltou um risinho abafado e fez um gesto para o marido vir se sentar no banco ao lado de sua cadeira.

No dia seguinte à conversa com os anciãos, Bockarie saiu cedo para a escola, a fim de evitar as expressões melancólicas na estrada, inclusive dos filhos, cujo desânimo o atormentava especialmente. No entanto, encontrou Benjamin, que estava com um humor melhor, e isso o animou. Benjamin simplesmente ficou parado na estrada sorrindo, claramente à espera de Bockarie.

"Tenho uma ideia que vai nos dar algum dinheiro extra, meu jovem amigo professor que sempre está de cara séria." Benjamin começou a andar de costas para encará-lo enquanto falava.

"Que ideia é essa e, por favor, explique devagar." Bockarie tentou alcançar Benjamin, que agora andava mais depressa.

"Às vezes você nem sabe quando é engraçado. Então posso falar devagar e andar mais rápido ou andar devagar e falar mais rápido." Suas ações imitaram as palavras. "Certo, guarde sua resposta. Deveríamos começar a dar aulas de reforço, particularmente para os alunos que vão prestar o exame nacional." Ele deu um salto no ar e agora andava para a frente, num ritmo lento.

"É realmente um plano brilhante, meu amigo", respondeu Bockarie, rindo um pouco.

"Não vi nenhuma empolgação em sua linguagem corporal, foi só sua voz que subiu um pouco. Em todo caso, vamos nos encontrar e discutir mais tarde", Benjamin concluiu à medida que se aproximavam da escola. Decidiram se reunir na pequena sala sem janelas dos professores na hora do almoço.

Quando chegaram à sala, o diretor estava sentado num canto debruçado sobre um livro e uma sacola cheia de dinheiro vivo, notas novas que ainda nem haviam sido manuseadas. Eles congelaram e pensaram: *Finalmente chegaram os salários atrasados.* De costas para a porta, o diretor estava imerso no conteúdo da sacola, molhando os dedos para contar cuidadosamente os maços de notas. Ao lado dele, no chão, fazia uma anotação num livro toda vez que interrompia a contagem.

Bockarie lançou um olhar para Benjamin, os olhos dizendo que teriam de dizer alguma coisa ou ir embora em silêncio. Benjamin achou que qualquer movimento os revelaria, então era melhor anunciar sua presença.

"Boa tarde, senhor." O diretor deu um salto de surpresa e seus dedos se detiveram. Lentamente virou o rosto para olhá-los, ao mesmo tempo garantindo que seu corpo tampasse a visão da sacola. Ao se levantar, cobriu-a com o grande caderno que agora reconheciam como o livro de registro que listava os professores, seus salários e sua presença. O diretor sustentou o olhar, assegurando-se de não deixar a sacola cair no chão. Inspirou profundamente, talvez buscando palavras, sua testa suando. Bockarie e Benjamin se entreolharam, tentando compreender por que agia de forma tão estranha.

"Para mim é uma surpresa ver que os professores estão de fato fazendo uso desta sala, cavalheiros." Seu nervosismo agora era visível até mesmo no seu tom.

"Sr. Fofanah, podemos ir a algum outro lugar. Só precisávamos de um espaço para uma conversa particular." Benjamin apontou os fundos do prédio.

"Não, cavalheiros. Devo deixá-los aqui e ir para meu escritório. Só vim para cá porque estão consertando um armário lá." O diretor se abaixou, colocando-se novamente entre a sacola e os homens, e deslizou o livro contábil entre as alças. Com uma série de meneios nervosos, dirigiu-se para a porta, mas enquanto caminhava suas mãos tremeram e a sacola caiu.

Todos os três pares de olhos pousaram na página que listava o nome de mais de vinte professores, que não estavam na escola. E junto aos nomes estavam os salários que supostamente tinham recebido. O diretor congelou; não conseguiu se forçar a pegar o livro do chão. Bockarie curvou-se e o entregou a ele. O sr. Fofanah o arrancou de seus dedos e os deixou ali parados, sem fala.

Bockarie sentou-se em um dos bancos. "Bem, agora sabemos por que ele está sempre de bom humor."

"O que vamos fazer em relação ao que acabamos de ver?", indagou Benjamin.

"É uma situação difícil, meu amigo. Estamos recebendo o salário. Ele não mexeu nisso, como você viu. Só acrescentou um monte de outros professores aos que estão aqui. E não conhecemos ninguém lá em cima para levar nossa queixa. Todos provavelmente estão fazendo isso." E ponderou: "Vamos pensar no assunto por alguns dias".

"Agora, à nossa reunião", disse Benjamin, para tirar a cabeça daquela situação. Ele detalhou a ideia das aulas de reforço na casa de Bockarie, e eles concordaram em primeiro imprimir folhetos, o que custava dinheiro, para distribuir na cidade e na região da escola. Só precisavam de um quadro-negro, que poderiam tirar da pilha de entulho da escola. No horário de aula, ambos economizariam giz, quando houvesse, escrevendo menos e ditando mais.

Ao final das aulas daquele dia, ficaram para trás e procuraram entre os quadros-negros velhos até que acharam um que poderiam facilmente recuperar. Carregaram-no desajeitadamente, cada um segurando uma ponta, na caminhada até a cidade. De vez em quando paravam para descansar, dizendo em tom de brincadeira que ao menos não precisavam correr para o mato para se proteger da poeira, pois a maior parte dela ficava no quadro-negro. Ao pé do morro, durante uma pausa, o diretor se aproximou na sua motocicleta. Tocou a buzina mais que o necessário para chamar a atenção dos dois.

"Isso é propriedade da escola, e vocês o removeram sem permissão. Portanto, preciso registrar a ocorrência, e vocês serão despedidos por roubo." Ele parou e desceu da moto.

"É um quadro-negro quase podre, que ia ser jogado fora de qualquer maneira." A fúria de Benjamin era visível em sua voz grave e retumbante.

"Cabe a mim julgar se ia jogá-lo fora ou não", o diretor respondeu severamente.

"Então o levaremos de volta", Bockarie disse, pois não queria que ele ou Benjamin perdessem o emprego.

"Não fará diferença. Vocês já o roubaram." Voltou a subir na motocicleta e ligou o motor, como se quisesse que o som cobrisse o que diria em seguida. "Agora, se a memória de vocês puder apagar o que seus olhos presenciaram antes, então não vi nada disto aqui. Aliás, por que vocês precisam dessa coisa velha?"

Bockarie explicou rapidamente o plano, e o diretor concordou que era uma grande ideia não só para ganhar um dinheiro extra, mas também para dar a assistência necessária a alguns estudantes. Disse que, se ficassem de boca fechada, ele até os ajudaria a imprimir os folhetos de graça, usando a impressora de seu escritório. É claro que isso significava que precisariam acionar o gerador a óleo, que ele também forneceria de bom grado, além de algum giz para começar. Foi-se embora sem esperar resposta, pois sabia que eles não tinham escolha; o diretor tinha o poder de demiti-los, e eles não tinham ninguém a quem apresentar sua acusação. Não conheciam ninguém, e não lhes seria concedida nenhuma audiência com o representante distrital da Educação, que atualmente estava sendo investigado por coisa pior. E precisavam do trabalho para cuidar da família. Assim, em silêncio, sentindo-se derrotados e com a moral aprisionada pela necessidade, mobilizaram a pouca coragem que lhes restava para carregar a lousa, que subitamente ficara mais pesada.

Os folhetos foram impressos pelo diretor, que continuava com suas mensagens motivacionais. Ele disse a Bockarie e Benjamin que não estava fazendo nada de errado, então não sentia culpa. E prosseguiu com uma expressão que detestavam, pois a ideia em si já havia destruído o país: "A vaca pasta onde está presa". E acrescentou: "É minha vez de pastar, e a escola é meu pasto, minha porçãozinha de um campo maior que pertence a todos aqueles cuja hora é de comer".

Bockarie postou-se na frente de Benjamin para garantir que não desse um soco no sr. Fofanah. As mãos de Benjamin tremiam quando proferiu sua resposta, arfando: "Se é a hora dele de comer, e as outras pessoas que precisam comer também? Todos precisamos, ou não há paz". Era exatamente o que sentia cada homem, mulher e criança que lutava por viver, mas esse sentimento nunca era ouvido, mesmo quando pronunciado o mais alto possível, pois os que agora comiam tinham ficado surdos, mesmo que pouquinho tempo antes estivessem do outro lado da cerca.

Eles foram para casa derrotados e trabalharam para deixar o quadro-negro em condições de uso. Sabiam um truque da época em que eram estudantes: abrir baterias velhas e tirar a substância preta, depois amassar e misturar com água. Esfregaram meticulosamente a mistura na superfície da lousa e a deixaram secando ao sol. Mais tarde limparam o resíduo para deixá-la mais lisa para escrever.

"Parece nova, homem. Poderíamos vender essa coisa de volta para alguma outra escola da área", Benjamin exclamou.

As aulas começaram alguns dias depois, e algum dinheiro entrou para aliviar o fardo. Ainda assim, para receber o pagamento, tiveram que literalmente ameaçar os pais. Eles prometiam pagar, mas se escondiam toda vez que viam os dois professores na cidade. Bockarie e Benjamin tiveram de fazer uma das coisas que mais odiavam, que era recusar-se a ensinar alunos ávidos e inteligentes. No entanto, se abrissem uma exceção, então todo o negócio fracassaria, porque nenhum pai pagaria sabendo que eles tinham um fraco por estudantes que queriam aprender. Esse era o jogo de malabarismos morais que as pessoas que desejavam mudar de condição precisavam jogar. A única pessoa que pagava as taxas consistentemente sem esperar as palavras impacientes dos professores era Coronel. Ele resolvera matricular Amadu, Salimatu, Victor e Ernest para aulas introdutórias de inglês e matemática. Miller disse que não estava interessado, mas sempre ia junto com os outros e sentava-se a uma distância suficiente para ouvir as aulas. Os professores nunca o mandaram embora.

"Professor B elevado à segunda potência. Gostaria de pagar uma taxa de irmãos para eles começarem a se preparar para a escola no ano que vem." Coronel abordara Benjamin e Bockarie, apontando os outros. Os professores riram com o humor e a sagacidade da frase, mas ele não. Discutiu sobre um desconto e prometeu pagar em dia. Depois os professores consideraram convidar Coronel para assistir às aulas, mas algo em sua conduta os reteve. Quando a discussão surgiu com os anciãos, eles observaram: "Vocês estão falando do Homem no Comando? Se ele quiser frequentar as aulas, vai fazê-lo por vontade própria".

"Bockarie, meu irmão, você é paciente demais. Estamos pensando há tempos sobre o que fazer com o negócio do diretor", sussurrou Benjamin, pois havia alguns alunos por perto, e os anciãos também não estavam longe.

"Falando no diabo..." Com o ombro, Bockarie cutucou Benjamin, que verificava se todos os alunos tinham trazido o caderno. Benjamin ergueu os olhos para ver o diretor chegando em sua motocicleta, a rotação do motor forçando a subida da leve ladeira até parar. Tentou dominar a raiva apressando os alunos, que zanzavam ao lado da varanda esperando e comparando anotações, alguns provocando os amigos, que corriam atrás deles no pátio. Benjamin insistiu que tomassem seus lugares na esteira de bambu no chão da varanda.

"Boa tarde, alunos e professores." O diretor estacionou a motocicleta e andou até a varanda entre dois grupos de alunos separados por uma abertura para os professores poderem caminhar.

"Boa tarde, diretor Fofanah", os alunos disseram em uníssono, como faziam na escola, e viraram a cabeça para o quadro-negro. Precisavam inclinar a cabeça para ver direito a lousa levantada. E fitavam um quadro-negro com duas aulas diferentes. Benjamin usava o lado esquerdo, e Bockarie o direito, com uma linha grossa no meio separando a escrita dos dois. Queriam serrar o quadro-negro ao meio, mas o carpinteiro pedira dinheiro demais pelo serviço.

"Nunca vi um uso tão eficiente de um quadro-negro. Dois professores usando a mesma lousa para ensinar duas aulas separadas? Prossigam, cavalheiros", o diretor disse enquanto se dirigia para onde estavam os anciãos.

Bockarie olhou Benjamin para que mantivesse a calma. Benjamin estava ensinando gramática, e Bockarie ensinava *Rei Lear*, de Shakespeare.

"Você, levante-se e me dê uma sentença com verbo reflexivo e pronome." Benjamin apontou sua longa vareta para uma menina, que se levantou e fez a sentença. Ele apontou para outro aluno, que se levantou para indicar o verbo reflexivo e o pronome na sentença que a colega acabara de fazer.

Bem ao lado da varanda havia alguns garotos sem fazer nada, em sua maioria órfãos, ex-soldados e atualmente fora da escola. Eles apreciavam as aulas e em silêncio adivinhavam a resposta, às vezes apostando dinheiro. Os mais velhos estavam sentados no pátio. Pa Kainesi, que não sabia o que havia acontecido entre o diretor e os dois professores, saudou-o.

"Diretor, seja bem-vindo. É bom o que está fazendo por todas as crianças da área. Por favor, garanta que não fechem nossa escola."

"Obrigado, Pa Kainesi, é bom ter meu pequeno trabalho reconhecido por anciãos tão sábios como você. Continuarei a trabalhar duro pelas nossas crianças." Apontou para a varanda e exibiu seu apoio ao que Benjamin e Bockarie estavam fazendo. Depois foi até os fundos da casa para urinar. Benjamin disse aos alunos para escrever uma sentença, de modo que a atenção deles se voltasse para o caderno. E também se certificou de que ninguém estava olhando quando subiu os degraus e jogou uma pedra na motocicleta. Os olhos de Bockarie o surpreenderam quando a pedra estava prestes a deixar seus dedos. Ela aterrissou no tanque de gasolina, e a motocicleta caiu no chão, a lateral arrastando-se na poeira. O diretor chegou correndo e soube que um dos professores era responsável, mas não podia provar. Não disse nada, só levantou a motocicleta e foi embora. Bockarie olhou duro para Benjamin, que deu de ombros, indicando que ele merecia aquilo.

As aulas foram retomadas com a voz de um menino lendo uma frase de *Rei Lear*: "Quando nascemos, choramos por ter vindo a este grande palco de tolos".

"De novo." Bockarie apontou a régua para o garoto, cuja voz o vento carregou até que a hora determinada pela natureza começou seu chamado pela partida do céu azul daquele dia.

5.

Todos em Imperi lembrariam aquele sábado. Foram despertados por um som que não era parte do chamado diário da manhã. Uma sirene começou a gemer por volta das cinco, e as pessoas saíram para as varandas e para os quintais com expressões confusas e inquiridoras. Olhavam para os vizinhos em busca de alguma explicação, mas ninguém sabia de nada. As mulheres começaram a empacotar algumas coisas e a preparar as crianças para fugir se isso fosse necessário. Entrementes, os homens vestiram-se depressa e se reuniram no complexo do chefe da cidade.

"Não sei o que é isso, minha gente", disse aos homens o velho, que mal virara chefe, antes de terem chance de falar. Todos ficaram parados ouvindo a sirene que recomeçava a cada cinco minutos. Depois de uma hora, viram uma fumaça escura subindo ao longe. Alguns supuseram que vinha do local onde uma companhia de mineração tentara se estabelecer antes da guerra. Enquanto cochichavam, ouviam muitos veículos chegando. Isso era incomum, então os homens se dispersaram, correndo para casa para pegar a família e partir. No entanto, detiveram-se assim que viram que os veículos estavam cheios de homens brancos que pareciam nervosos, mais do que eles próprios. Atrás do comboio de cerca de dez veículos havia diversos caminhões carregados de maquinário, equipamento, geladeiras e caixas de comida. A maioria da população foi para a rua principal assistir à passagem do comboio rumo às montanhas além da cidade, onde tempos depois a companhia mineradora construiu um de seus núcleos de funcionários.

Eles tinham vindo explorar rutilo, um mineral preto ou marrom-avermelhado de dióxido de titânio, que forma cristais como agulhas nas rochas dentro da terra. O rutilo é usado como revestimento em bastões de solda; como pigmento em tintas, plásticos, papel e alimentos; e protege contra raios ultravioleta. Onde quer que se ache rutilo, acha-se também zircão, ilmenita, bauxita e, no caso de Serra Leoa, diamantes. Não que as mineradoras revelem que extraem todos esses minerais. Elas têm permissão de minerar apenas um deles — rutilo. Então somente o rutilo é mencionado nos relatórios, mas os trabalhadores acabam sabendo a verdade.

Logo depois que o comboio passou e as pessoas voltaram para casa, ainda em estado de alerta, assegurando-se de que os familiares estavam ao alcance da mão, os chefes das cidades vizinhas chegaram para reunir-se com o chefe de Imperi. Nenhum deles fora informado da chegada da companhia mineradora, e todos queriam mandar uma mensagem coletiva para a chefe suprema exigindo uma explicação. No mínimo, a população temerosa devia ter sido poupada da ansiedade de pensar que a guerra tinha voltado. Os chefes decidiram fazer uma visita a ela no dia seguinte.

Na manhã seguinte, como se o responsável pela permissão do governo antecipasse o protesto dos moradores de Imperi, onde ficava a terra em que a mineradora começaria a trabalhar, chegaram inúmeros funcionários de segurança privada, carregando pesados armamentos e munições. A visão daqueles homens uniformizados e armados despertou medo e raiva na população debilitada. Não queriam nada parecido com o que acontecera pouco tempo antes. Quando mulheres e crianças a caminho do rio, das plantações e das feiras viram os veículos quatro por quatro cheios de homens armados, largaram o que estavam carregando e correram rumo à cidade para alertar a família ou se esconder no mato. Os estrangeiros no banco da frente de um desses veículos riram do que consideraram uma reação tola e injustificada. Quando eles e seus homens armados passaram pela cidade, os moradores já estavam empacotando o pouco que tinham conseguido juntar para fugir. A comoção de mulheres gritando pelos filhos e dando passos apressados encheu o ar. Quando alguns dos homens ficaram sabendo que era apenas o pessoal da companhia, correram pela cidade pedindo calma, mas metade da população já estava longe, dentro da floresta, e só voltou dias depois. A cidade ficou tensa nessa noite e nos dias que se seguiram.

A tranquilidade que alguns dos meninos e meninas que tinham estado na guerra estavam começando a sentir foi imediatamente substituída por hábitos de sobrevivência, em função das armas e dos homens uniformizados que passavam pela cidade com certa frequência. A maioria dessas crianças já não dormia; seus olhos se tornaram mais vigilantes, e elas passavam noites no mato nos limites de Imperi.

A chefe suprema era a chefe de todos os chefes das várias cidades ao redor de Imperi, e era a representante direta da população junto ao ministro da província, que residia na capital. Assim, todas as reclamações que iam além de questões locais passavam por ela. Todos os chefes locais que tinham concordado em descobrir por que a chegada da companhia de mineração não fora discutida com a população, ou ao menos anunciada, fizeram a viagem para visitá-la dois dias antes do planejado, com a chegada da segurança armada.

Ela vivia em uma das aldeias dilapidadas, e sua casa talvez fosse a única em boas condições, com um gerador. Quando os chefes chegaram, tendo percorrido a pé oito quilômetros desde Imperi, onde haviam se reunido para a viagem, foram recebidos com água gelada, uma raridade naquela parte do país, às vezes suficiente para distrair as pessoas de expressar suas queixas — e foi exatamente isso que aconteceu. A chefe suprema disse aos hóspedes, enquanto lhes servia água gelada e bebidas refrescantes, que ela levaria o assunto a quem quer que estivesse encarregado. Acrescentou que por enquanto deveriam se dar por contentes, pois a chegada da mineradora era uma coisa boa.

"Eles vão dar empregos!", ela exclamou, mas ninguém compartilhou da sua empolgação. A chefe não tinha intenção de examinar a queixa e não mencionaria nada a ninguém. Sabia da chegada da companhia, recebera sua propina e algumas coisas que os estrangeiros haviam trazido. Mesmo assim, os chefes tinham fé nela e acreditaram que representaria seu povo. Talvez, em virtude do que acontecera durante a guerra em sua terra, pensassem que ninguém agiria contra seu povo tão cedo na esteira daquela loucura, ou talvez fosse por outro motivo. De qualquer maneira, estavam enganados.

A semana seguinte trouxe mudanças que ninguém imaginara que viriam tão cedo. Começando na segunda-feira de manhã, antes de o galo cantar, até tarde da noite, quando o mundo estremecia sob o manto das trevas, as máquinas encheram o ar de estrondos e estampidos enquanto eram montadas e testadas. Sempre que os motores voltavam a ser acionados após um breve intervalo, parecia que os sons tentavam alcançar o silêncio cada vez mais longe na terra. O barulho horroroso interrompeu de tal forma o canto dos pássaros que eles silenciaram totalmente e passaram a escutar, acudindo a cabecinha na copa das árvores enquanto olhavam em volta com ar inquiridor. Os sons das máquinas eram seguidos de uma grossa fumaça das entranhas do motor; a fumaça rapidamente encobriu as nuvens e lançou um brilho escuro em volta da cidade. O cheiro fazia até os cachorros espirrar, e alguns mascavam plantas numa tentativa de cura.

Os moradores de Imperi estavam começando a acreditar na nova vida na cidade. Não tinham mais sobressaltos quando as crianças subitamente gritavam de alegria enquanto brincavam. Ficavam relaxados na varanda quando estranhos emergiam das trilhas. Mas esse reviver era frágil. Se os anciãos tivessem sido consultados, teriam aconselhado a mineradora a esperar que Imperi se estabilizasse antes de dar início às operações. Mas não foi o caso, e a presença da companhia levou a cidade e sua gente a uma direção de "muitos caminhos tortos", como diziam os anciãos, suavizando a verdade sobre a devastação que gradualmente tornou-se aceita como a única condição possível. A direção dos caminhos tortos começou com a chegada de homens, em sua grande maioria, inclusive estrangeiros, empregados ou procurando trabalho. Estavam em toda parte com seu capacete — esquadrinhando as estradas com sua longa baliza e outros equipamentos, esperando para ser apanhados por veículos ao fim da jornada de trabalho, sentados na beira da estrada para almoçar, enquanto as crianças se juntavam ao redor maravilhadas.

Então, estudantes mais velhos, em sua maioria rapazes com mais de dezoito anos, pararam de ir à escola e foram buscar emprego. A possibilidade de um salário imediato era sedutora num local onde dificilmente se encontrava alguma maneira de ter rendimento. Logo alguns dos professores seguiram seus alunos e foram trabalhar em condições precárias apenas por alguns leones a mais, uma diferença pouco significativa em relação ao que ganhavam, mas ao menos um pagamento garantido.

As máquinas estavam por toda parte, nivelando apenas as estradas que a companhia necessitava para o trabalho, e nada mais. Canos de água foram instalados pela cidade até os alojamentos dos operários. No fim do dia, os mesmos trabalhadores que tinham colocado os canos mandavam seus filhos procurar água a quilômetros de distância para lavar a sujeira do corpo. Compravam água gelada para beber, se tivessem dinheiro; senão, bebiam a mesma água que usavam para se lavar, o que lhes provocava coceira.

Postes e fios elétricos passavam pela cidade para fornecer energia à mineração, à sede central e aos alojamentos. Os eletricistas receberam lanternas para caminhar após o trabalho na escuridão de volta para casa, onde seus filhos estudavam à luz tênue de lampiões de querosene, os olhos se debatendo para enxergar os velhos cadernos.

"Aqui, filho, use minha lanterna e deixe esse lampião de lado. Posso ver a fumaça escura grudando dentro do seu nariz", disse um pai, pendurando o lampião no pilar da varanda. O garoto sorriu para ele e retomou o trabalho, escrevendo corretamente no caderno sobre a mesa inclinada, que ele segurava com o pé para manter reta. No dia seguinte o pai voltou para casa no escuro; sua bateria tinha terminado e ele foi advertido de que seria despedido da próxima vez que usasse a lanterna para algum propósito diferente de voltar para casa após o trabalho ou penetrar nas áreas onde cabos elétricos ainda precisavam ser instalados. Portanto, não se sentou ao lado do filho na varanda aquela noite, nem nas noites seguintes, com medo de não conseguir se conter e ceder a lanterna.

Novos bares abriram na cidade, e à noite a música retumbava e homens bêbados molestavam as moças que passavam. Os anciãos não contavam mais histórias na praça, porque a algazarra cortava o silêncio necessário para as histórias penetrarem no coração e na mente dos jovens. Sem nada melhor para fazer, os mais novos iam aos bares e ficavam em volta observando os trabalhadores brancos e negros. Diziam que "iam ver televisão". A maior parte das noites acabava em conversas acaloradas e em garrafas sendo jogadas nas paredes ou nas cabeças; ou então em xingamentos acompanhados de gargalhadas tão doloridas aos ouvidos que pareciam vir de almas feridas. Às vezes um dos trabalhadores mais velhos — podia ser negro, podia ser branco — cambaleava para fora do bar e, mal conseguindo se manter de pé, urinava em público, sacudindo o pênis para quem estivesse por perto. Aí subia na sua Toyota Hilux e, sem se importar se havia alguém no caminho, ia embora a toda a velocidade.

Uma noite, um dos operários brancos, de cerca de trinta e cinco anos (ou assim parecia; com homens brancos esturricados de sol, nunca se podia saber), mijou em toda a sede municipal onde se reuniam os anciãos. Numa das mãos tinha uma garrafa de Heineken, e com a outra controlava as partes íntimas enquanto girava em círculos, ensopando bancos, cadeiras, o teto e o chão, e berrava: "Sou Michelangelo e estou fazendo minha obra-prima". Os jovens assistiram àquilo estarrecidos e chocados. O homem lhes jogou algum dinheiro e exigiu "Batam palmas, batam palmas para mim", enquanto continuava. Eles se atropelaram pelo dinheiro e o aplaudiram. Pa Moiwa ouvira a balbúrdia e fora ao local. Com sua presença, os jovens cessaram de bater palmas e o homem parou para ver por que subitamente tinham ficado em silêncio. Seus olhos encontraram os do velho.

"Você claramente não sabe o que sai da sua boca. Se quer ser engraçado, poderia dizer que é Jackson Pollock, não Michelangelo. Mas não é nenhum dos dois." Pa Moiwa sacudiu a cabeça enojado. "Você se comporta desse jeito na terra de onde vem?"

O homem arrotou. "Você fala bem inglês, velho. Eu só estava pintando um pouquinho aqui!"

"Na sua terra, você urina em espaços públicos? Não é uma infração contra a saúde pública?"

"Está querendo bancar o sabido comigo?"

"Ainda não. Não tenho certeza se devo desperdiçar minhas palavras com um idiota que acha que pode pintar com seu mijo."

O homem puxou o zíper da calça e deu um encontrão em Pa Moiwa ao virar-se de volta para o bar. "Vou atrás de mais tinta, minha obra não terminou", ele disse alto. "Quando eu acabar, você sempre vai se lembrar do John." E riu.

Pa Moiwa virou-se para os jovens parados em volta, que tiraram o sorriso do rosto, envergonhados por terem rido dos atos do homem. "Por que eles sempre dão bons nomes a espíritos tão desnorteados? E por que vocês assistem a um comportamento desses?"

Pa Moiwa resmungou consigo mesmo. Pretendera explicar ao homem que ele estava mijando em solo sagrado, onde homens e mulheres sábios haviam se sentado por gerações para discutir questões importantes sobre a terra. Mas não valia a pena contar-lhe tais coisas.

"Vão pegar água e lavar este lugar até ficar limpo, todos vocês. É seu castigo por ficarem aí parados incentivando o homem branco."

Enquanto os jovens saíam para fazer o que lhes fora ordenado, Pa Moiwa foi ver seus amigos e relatou o que tinha acontecido. Pa Kainesi e Mama Kadie concordaram que deviam falar com um dos encarregados de todos os empregados locais e estrangeiros, um sujeito atarracado de pele clara chamado Wonde. Era fácil achá-lo na cidade — sempre estacionava o carro diante da casa da mulher com quem passava a noite.

Coronel chegara ao fim do mau comportamento de John. Ficou parado no escuro, longe da aglomeração na sede municipal, e esperou até que todos tivessem se dispersado. Ele sabia que a arrogância do sujeito o traria de volta após mais cervejas no bar.

Passaram-se horas, e a maioria das pessoas já estava na cama quando soaram gritos. Os homens foram correndo com lanternas. Os anciãos também.

No chão, na frente da sede municipal, estava esparramada a figura de John. Seu rosto estava inchado de socos, e as mãos tinham sido amarradas nas costas com sua própria camisa, que fora rasgada para fazer uma corda. Ele não conseguia falar — estava com uma garrafa de cerveja enfiada na boca, debatendo-se para não engolir o líquido dentro dela, deitado de costas. Quando alguém removeu a garrafa, ele cuspiu repetidamente.

"Vou achar aquele selvagem e matá-lo", berrou.

"De quem você está falando?", Pa Kainesi perguntou.

"Um de vocês me atacou sem razão! Eu só estava brincando por aí..." Um dos homens armados que chegara o desamarrou e o levou embora, os olhos da multidão seguindo-os enquanto entravam no veículo da companhia.

"Tinha xixi na garrafa de cerveja que estava na boca dele", disse Miller, farejando, enquanto segurava-a com o braço esticado. A multidão tirou os olhos do veículo e os voltou para Miller.

John tinha urinado na garrafa com intenção de jogá-la nas paredes de dentro do edifício da sede municipal. Mas, antes de completar o serviço, alguém virara o jogo.

Em seu quarto, Coronel estava deitado de costas, os olhos fixos na teia de aranha no canto do teto. As veias da testa ganharam vida, e seus dentes se apertaram enquanto lutava para manter longe as imagens atormentadas que dançavam em sua cabeça. A teia de aranha tinha um efeito calmante sobre ele. Admirava como a aranha era cheia de recursos para capturar sua presa e viver sem nenhuma ajuda.

Naquela manhã, os anciãos mandaram alguns garotos vasculhar a cidade e localizar o veículo de Wonde. Rapidamente o encontraram e entregaram a mensagem: os anciãos esperavam por ele junto à sua Toyota.

Ele surgiu na varanda, bocejando, e parou quando os viu, depois lhes deu as costas para fechar adequadamente a calça e abotoar a camisa. Quando se virou de novo, sua linguagem corporal e sua fisionomia projetavam astúcia, de modo que os anciãos perceberam que o que ele dissesse não seria verdade.

"Bom dia."

Os anciãos retribuíram o cumprimento, buscando honestidade em sua fisionomia. Pediram uma audiência com ele sobre o comportamento dos seus operários em geral. Limitavam suas palavras quando tinham algo importante a dizer.

"Sim, eu gostaria de ouvir suas preocupações, mais do que qualquer outra coisa", ele disse. "Só que agora estou correndo para o trabalho, mas, por favor, venham à minha casa amanhã que sentaremos e teremos uma conversa respeitosa."

Subiu no veículo e foi embora sem oferecer aos anciãos uma carona para casa. Não era algo respeitoso de se fazer. Era costume oferecer-se para acompanhar os mais velhos, mesmo a pé, e mesmo que os olhos pudessem ver onde moravam, e especialmente depois de terem andado tanto para iniciar uma discussão com alguém mais jovem.

Porém mesmo que a conduta de Wonde tenha feito os anciãos balançar a cabeça de dúvida, sabiam que tinham de tentar, pois havia mais em jogo do que tradição. A tradição só pode viver com o respeito daqueles que a carregam — e desde que estes vivam em condições que permitam às tradições sobreviver. De outro modo, elas têm um jeito de se esconder dentro das pessoas, deixando apenas perigosas pegadas de confusão.

A trilha para a montanha onde ficava a sede da mineradora e onde Wonde morava não existia mais. Fora inundada ou substituída por estradas poeirentas que não ofereciam condições adequadas para pés humanos. Os anciãos conseguiram caminhar lentamente ao lado da estrada. Perguntavam-se por que ele não mandara um veículo apanhá-los, mas foram de qualquer maneira, na esperança de que uma conversa consertasse o que quer que tivesse sido quebrado, evitando problemas futuros. Era fim de semana, portanto não havia muitos veículos na estrada. Os sete quilômetros pareceram mais longos que o habitual. Quando chegaram na sede dos alojamentos da companhia, havia um portão. Ali, os seguranças lhes disseram que deviam ter hora marcada para continuar além da guarita. Eles tentaram explicar que eram convidados de Wonde.

"Por que haveríamos de percorrer a pé toda essa distância se não tivéssemos nada para tratar aqui?", Pa Kainesi perguntou aos guardas.

"Só temos autorização para deixar entrar pessoas com hora marcada, cujo nome consta aqui." Um dos guardas folheou as páginas de um livro.

"Você tem alguma anotação aí que diga três idosos?" Pa Moiwa tentou deixar a situação mais leve. No entanto, ninguém achou graça.

"O nome de vocês estará aqui se a pessoa que vieram visitar quiser vê-los." O guarda verificou o livro de novo com os olhos bem abertos, como se quisesse que o nome dos anciãos estivesse numa das páginas mesmo sabendo que não estaria.

"Você deve ser capaz de chamar Wonde com esse walkie-talkie e dizer que estamos aqui", disse Mama Kadie, apontando para o rádio.

Agora apanhado entre o respeito aos idosos e o medo de perder o emprego, o guarda usou o rádio. Assim que disse alô,

Wonde o instruiu zangado que fosse para o telefone na guarita. Os anciãos ficaram perplexos. Esperaram, os ouvidos captando apenas a voz do guarda, que pressionava o fone contra o ouvido como se não quisesse que as ordens insultuosas de Wonde escapassem e chegassem aos velhos.

"Sim, senhor; sim, senhor; sim, senhor..." O guarda assentia mais e mais. Quando desligou o telefone, seu semblante era de alguém que tinha recebido instruções de transmitir palavras que atormentavam seu espírito. A única coisa que podia fazer era guardar a maior parte da mensagem — a parte que envergonhava seus olhos de estar no rosto — para si mesmo. Simplesmente disse aos velhos que Wonde não os receberia.

Eles não entenderam. Wonde era um sujeito astuto, mas aquilo era algo fora do comum e completamente inaceitável.

"Ele lhe disse quais são suas razões?" Pa Moiwa buscou a franqueza nos olhos do rapaz, que procurou não mostrá-los ao velho.

"Ele não pode ver vocês." O guarda lhes fez um sinal para tomar de volta o caminho pelo qual tinham vindo. Eles poderiam caminhar montanha acima para encontrar Wonde sozinhos, mas havia seguranças em formação ao longo da encosta. Não tinham a pele escura, eram brancos, mas a maneira como reconheceram a presença dos anciãos mostrou que não eram de longe, que entendiam alguns dos costumes africanos. Eram mercenários sul-africanos da antiga Rodésia. A visão deles fez Pa Kainesi pensar sobre a conversa que costumava ter com seu filho e amigos sobre o fato de haver africanos de pele branca no Norte da África e em outros lugares. E alguns deles não gostavam nem um pouco de africanos de pele escura, por nenhum motivo aparente. "É porque são africanos decepcionados! Você sabe que eles não são negros como os africanos devem ser", o filho respondia. Pa Kainesi olhou novamente os homens armados. Havia algo nos olhos deles que detestava o simples fato de terem familiaridade com os costumes do lugar em que agora se encontravam. Os anciãos evitaram fitar demais esse grupo bem armado e se voltaram para o guarda mais uma vez, para expressar seu desapontamento com olhares que feriam mais fundo que palavras.

Um veículo rumando na direção de Imperi aproximou-se do portão, e o guarda tentou convencer o motorista a dar uma carona aos anciãos. Ele recusou, pois não tinha permissão de dar carona a nativos nos carros da companhia. Cochichou isso no ouvido do guarda. Pa Moiwa o ouviu e comentou: "Um nativo no carro diz que nativos não são permitidos no carro da companhia". Um sorriso aflito cruzou seu rosto. O portão foi aberto, e o motorista acelerou e se foi.

Os anciãos começaram a caminhada de volta para casa, seus velhos ossos ficando mais fracos sob o calor do sol. Não disseram nada um ao outro ao longo de toda a viagem, e se separaram logo que chegaram à cidade. Bockarie viu seu pai coberto de pó arrastando os pés. As roupas pareciam pender sobre uma velha figura, e pela primeira vez seu rosto perdera o brilho.

Nunca vi a fisionomia do meu pai desse jeito, como a de um homem que acabou de perder seu último quilo de dignidade. Ele passou por tanta coisa, por que agora?, Bockarie pensou. Pegou a mão do pai na sua por alguns instantes antes de entrar para lhe buscar um copo de água gelada. Pa Kainesi tomou a água e olhou para o filho.

"Voltamos para cá para nos recuperar, mas essa não é a maneira de começar. Precisamos manter o modo de nos sentar respeitosamente uns com os outros." Não disse mais nada e se acomodou na sua cadeira sob a mangueira no pátio durante toda a tarde e o começo da noite, murmurando para si mesmo, com os olhos fixos na distância.

Nessa noite, Amadu foi entregar lenha do grupo de Coronel para Kula. Coronel, com muitas ofertas de fardos de lenha gratuitos, conseguira torná-la uma de suas muitas freguesas. Enquanto Amadu empilhava os fardos junto à mangueira, ouviu Kula falando com a filha Miata sobre como os anciãos tinham sido maltratados.

"É por isso que seu avô está tão quieto esta noite. Ele é um homem de poucas palavras, ou nenhuma, quando está zangado ou profundamente incomodado com alguma coisa", ela disse. Kula virou para olhar na direção de Amadu, mas não porque ele estivesse escutando às escondidas. Ela reservara um prato para Coronel e seu grupo, algo que fora acordado entre os anciãos e seu marido. Era costume em pequenas cidades e aldeias que as mães e as mulheres em geral reservassem porções da comida que haviam preparado para a família às crianças sem família e às vezes até mesmo aos homens solteiros. Coronel sempre mandava mais lenha do que Kula havia pagado, e ela queria retribuir o favor.

"Por favor, leve isto para seu Homem no Comando, para todos vocês." E entregou a Amadu uma tigela de arroz com favas e peixe seco, cobertos com sopa de óleo de palmeira. Miata riu do nome Homem no Comando, mas também de Amadu, cujo rosto se iluminou ao sentir o cheiro da comida.

Quando Amadu retornou, Coronel assobiou com os dois dedos na boca, num sinal para os rapazes e a moça se reunirem imediatamente. Miller, Ernest, Salimatu e Victor largaram suas várias tarefas e correram para o balde para lavar as mãos. Victor, que tinha dificuldade de comer comida quente, sempre trazia uma tigela, assim podia pegar sua porção enquanto todos cavoucavam, e esperava a comida esfriar.

Essa noite, porém ele não levou a tigela, o que fez com que os outros rissem e lhe dessem os parabéns. Então, devoraram a comida como se não comessem há dias.

"Ela cozinha melhor que Salimatu. Sinto que realmente comi

depois desta refeição", Ernest disse, e Salimatu lhe deu um tapa na nuca. Coronel virou-se para o outro lado para sorrir apenas por um segundo antes de sua expressão voltar ao estado costumeiro. No fim da refeição, Amadu contou a Coronel o que ouvira. Ele escutou pensativo e não disse nada.

Nas profundezas da noite, quando as próprias estrelas estavam sonolentas, embotando o brilho do céu e fazendo todos cochilarem, Coronel saiu do quarto e foi à cidade. Parou junto à oficina do carpinteiro, onde em silêncio pegou emprestados alguns pregos, um martelo e uma chave de fenda. Procurou até encontrar o veículo de Wonde, o único em boas condições, estacionado displicentemente na frente da casa de uma mulher. Ele pôs mãos à obra, enfiando pregos em todos os pneus. Usando a chave de fenda, abriu o veículo e removeu a bateria do walkie-talkie que estava sobre o assento do passageiro. Jogou a bateria no mato e sem fazer barulho fechou a porta do carro. Voltou para casa passando pelo bar para ver se havia algum homem se comportando mal, de modo que pudesse emboscá-lo depois. Estavam bebendo e berrando, mas nada além disso, pelo que pôde ver. Devolveu as ferramentas do carpinteiro e foi para casa passar mais uma noite, pois ainda estava aprendendo a dormir.

Wonde, como de hábito, emergiu da casa pela manhã e na varanda terminou de enfiar a camisa dentro da calça e fechar o cinto. Tinha uma garrafa de água na mão e enxaguou a boca e cuspiu antes de beber um pouco e lavar o rosto redondo e barbado. Andou empertigado rumo ao carro, assobiando como quem se acha importante. Seu humor logo acabou quando viu os pneus furados. Olhou em volta, coçando a cabeça em busca de respostas, depois se ajoelhou para ver se os pneus ao menos estavam em condições de dirigir. Confirmando que em nenhum deles havia nem sombra de ar, depois de repetidamente apertá-los, chutou um em frustração, então pegou o rádio no interior do carro para pedir ajuda, mas o aparelho não ligava. Quando notou que a bateria sumira, jogou-o de volta no carro, bateu a porta e foi sentar-se na varanda da casa em que dormira para pensar, segurando a cabeça entre as mãos. Ergueu-a com um sorriso quando lhe veio a ideia de pagar alguém para entregar um bilhete na central da companhia. Com certeza alguém ia buscá-lo imediatamente.

O que ele não sabia era que a notícia de como tratara mal os anciãos se espalhara, e ninguém quis ajudá-lo. Wonde começou balançando dinheiro na frente das pessoas que passavam dizendo: "Você pode ficar com tudo isso se fizer um servicinho rápido para mim". Ele tentava convencê-los: "Vamos lá". Mas todo mundo o ignorava, mesmo os que estavam a caminho de trabalhar para ganhar em uma semana muito menos do que ele estava lhes oferecendo.

"Não posso acreditar que ninguém quer dinheiro por um serviço simples", resmungou após muitas tentativas frustradas de seduzir alguém com seu maço de dinheiro. Depois de mais ou menos uma hora, Miller se aproximou, e Wonde tirou ainda mais dinheiro, enxugando o rosto suado, acostumado com o ar-condicionado do carro, mas não com o sol e a umidade que espantavam o ar fresco da manhã.

"Meu rapaz, pegue este dinheiro por um servicinho rápido. Seja esperto." Wonde estendeu o dinheiro, a voz exausta. Miller foi até ele, assentindo. Wonde explicou suas exigências e lhe deu um bilhete para entregar, e Miller assentiu de novo, embolsando o dinheiro. Então rasgou o bilhete e jogou os pedaços no ar antes de ir embora. Wonde ficou olhando num estupor de descrença, tão acostumado estava a conseguir com todo morador as coisas a seu modo.

Foi então que Wonde decidiu pegar a trilha para o centro de mineração. Todo mundo estava trabalhando, então ele não conseguiu uma carona com um de seus colegas. Veículos de passageiros passavam por ele, e, como se a poeira também quisesse se vingar, erguia-se rapidamente e cobria seu rosto atarracado. Ele tossia, cuspia no chão e xingava, andando como se seus pés tivessem esquecido essa tarefa natural. Durante dias, a história de Wonde foi contada e recontada por toda a cidade. As pessoas riam. Isso as fazia acreditar que o mundo ainda tinha um arsenal de consequências para aqueles que desrespeitavam os idosos.

Miller entregou o dinheiro a Coronel e descreveu a surpresa na cara de Wonde quando rasgou o bilhete.

"Eu queria que ele me seguisse atrás do dinheiro, para poder levá-lo até a floresta e lidar com ele ali", disse enquanto tirava mais dinheiro que tinha no bolso. Coronel procurou não sorrir, mesmo tendo adorado a história. Os dois haviam feito coisas que os uniam muito mais do que eram capazes de dizer a qualquer um dos outros jovens. Com frequência reagiam aos mesmos sons e demonstravam reconhecimento mútuo depois. O ato de hoje, porém, a entrega do dinheiro a Coronel sem que ele nem sequer pedisse ou tivesse conhecimento daquilo, foi o nascimento de sua sociedade em ações futuras.

"Esse dinheiro é seu e você pode fazer o que bem quiser com ele", Coronel disse a Miller.

"Eu sei, homem, e resolvi entregar para você. Pode usá-lo da melhor forma para o grupo. Só vou me meter em mais encrenca gastando esse dinheiro nesta cidade", Miller disse, olhando para a goiabeira em busca da fruta que estava esperando amadurecer. Coronel conteve outro sorriso. Ele sabia exatamente a que Miller se referia, ao hábito de administrar memórias do passado. Concordaram em acrescentar o dinheiro à pequena pilha que estavam economizando para pagar as taxas escolares dos outros. Ficaram sentados em silêncio, e Coronel deu uma batidinha no ombro de Miller antes de desaparecer na noite para sua caminhada habitual nos limites do mato em volta da cidade, garantindo que nem mesmo a luz da lua, para não dizer os lampiões, destacasse sua sombra do escuro abraço da noite.

Tudo estava em desordem durante os preparativos para o início da mineração em escala total. Caminhões enormes, escavadeiras e outras máquinas que pareciam monstros surgiram do nada e viajavam a toda a velocidade pelas estradas para começar o trabalho. Não deixaram passagem adequada para os viajantes, que eram obrigados a caminhar, de modo que, com a persistência dos pés descalços abrindo caminho para contornar as estradas bloqueadas, as pessoas acabaram fazendo trilhas no mato ao lado das estradas. Mas os veículos da mineradora iam em grupo, deixando atrás de si uma espessa nuvem de poeira. Levava alguns minutos para que se conseguisse ver por onde se ia, estivesse você no mato ou na estrada.

Bockarie começara a fazer seus filhos Manawah, Miata e Abu saírem para a escola junto com ele, mais cedo do que o habitual, para evitar os perigosos tumultos que chegavam com a luz do dia. Benjamin, porém, esperava até estar claro lá fora. "Que diferença faz, homem? Pelo menos posso vê-los chegando e correr para me salvar", dizia, e então dava risada.

Certa manhã, quando Bockarie e seus filhos andavam nas últimas pinceladas da noite, ouviram garotos berrando em agonia mais adiante na estrada. Seguido pelos filhos, ele correu o mais depressa que pôde na direção dos gritos. Quando chegaram, viram o que havia acontecido. Um garoto de dezesseis anos, um dos alunos de Bockarie, pisara num fio elétrico ligado, no escuro. O sangue do seu corpo ficara totalmente ressecado e seus restos mortais davam a impressão de que morrera muito velho. Quando os amigos conseguiram puxá-lo do fio, que continuava a soltar faíscas, tendo queimado a pele que ficara presa nele, era tarde demais.

Era a primeira morte desde que a vida recomeçara depois da guerra. Os garotos ficaram ali chorando, e quem chegava perto fazia o mesmo. Alguns homens gritavam para os veículos que passavam; outros jogavam pedras neles, quebrando as janelas laterais e traseiras, mas os veículos não paravam. À medida que o grupo crescia — alunos, professores a caminho da escola, mães e pais que foram ver o motivo da comoção —, mais agitada a multidão ia ficando. Começaram a arrancar postes elétricos e a destruir qualquer coisa onde houvesse o logo da mineradora.

Bockarie pôs os braços em torno dos filhos. Era o único meio de assegurar-lhes de que estavam a salvo, pois podia ter sido qualquer um deles. Benjamin veio andando um pouco mais tarde. Fazendo um meneio para Bockarie, ele se juntou aos que berravam para os veículos transportando trabalhadores estrangeiros e locais.

Não demorou muito para que três policiais chegassem, com equipamento antitumulto. Jogaram gás lacrimogêneo na multidão até que o grupo se dispersou, tossindo, com olhos e nariz ardendo. Nesse dia não houve aula. Sob a nuvem de gás, um grupo de homens levou o corpo do menino consigo para a cidade, onde o chefe de polícia e seus homens patrulhavam as ruas, anunciando por um megafone: "Tomem cuidado por onde andam nas estradas e não haverá mais mortes nem problemas".

A polícia não fez mais nada. Em vez de investigar o que tinha acontecido, culparam o garoto morto por falta de cuidado. Deixaram de mencionar que não havia placas de perigo alertando para a presença de fios elétricos, ou que, para começar, os fios deveriam estar encapados.

O trabalho da companhia mineradora continuou sem interrupções. A cidade foi ficando mais tensa com a fúria silenciosa da população. A atmosfera era tão rígida que o vento nem sequer se movia, e pelo resto desse dia reinou a sensação de que algo estava prestes a se quebrar. A polícia, sentindo que alguma coisa poderia ocorrer, emitiu uma advertência direta de que qualquer um pego sabotando o equipamento da companhia seria preso.

Em silêncio quase total, a cidade formou uma procissão para levar o corpo do garoto ao cemitério. Mas, para piorar ainda mais as coisas, foi impedida por outra procissão, das máquinas da mineradora. Os homens locais operando as máquinas pararam para deixar passar a procissão fúnebre. Mas logo um dos estrangeiros pôs seu veículo em movimento. Estava exasperado e ordenou que todos voltassem às máquinas para prosseguir. Senão, disse, seriam despedidos. Os homens argumentaram que a procissão levaria apenas alguns minutos para passar e que ele devia ter respeito pelos mortos. Mas o homem já estava ao telefone chamando a polícia, que chegou imediatamente em dois caminhões, com cassetetes e rifles com munição. Começaram a empurrar a multidão para fora do caminho, para que as máquinas pudessem passar.

"Por que estão fazendo isso, meus irmãos? Vocês deveriam nos proteger", algumas pessoas disseram, estendendo os braços para os policiais que conheciam tão bem.

"Você deixaria isto acontecer se seu irmão tivesse morrido, ou seu filho?", as mulheres mais velhas rogavam. Um grupo de homens protegeu os que carregavam o caixão, cassetetes batendo nas costas, para que o corpo do garoto não caísse em meio ao tumulto. Os policiais conseguiram forçá-los para o lado de modo que as máquinas pudessem seguir adiante. Chegaram a disparar alguns tiros no ar.

A mãe do menino soltou um lamento que foi encoberto pelo rugido das máquinas. As mulheres tentaram consolá-la, puxando-a para mantê-la de pé quando seus pés foram incapazes de sustentar o corpo. Ela balançava nos braços das outras, permitindo que os pés tocassem o chão de vez em quando, como que para se certificar de que ainda estava nesta terra.

As máquinas prosseguiram, os homens operando-as em meio às lágrimas, impotentes e cheios de tristeza. Era um dia que já parecia longo demais, e cada hora deixava o mundo mais pesado. Os homens ficavam parados escondendo o rosto, pois nada podiam fazer para ajudar.

Mais tarde, naquele dia, Wonde foi à casa funerária com um saco de arroz para a família do garoto. Da traseira da sua Toyota, largou o saco no pátio e foi embora sem cumprimentar os enlutados. O gesto deixou clara a equação: a companhia e o ministro das Minas sentiam que a vida das pessoas de Imperi valiam um saco de arroz. E, o que foi mais triste ainda, a família não teve alternativa a não ser pegar o arroz e usar. Rogers, o pai do garoto, logo depois aceitou um emprego na companhia para fazer serviços gerais, e mais tarde tornou-se motorista de um dos caminhões.

Como de hábito, naquela noite o bar estava cheio de operários estrangeiros, e Wonde também estava lá. Os homens de Imperi que trabalhavam para a companhia estavam todos na casa funerária, prestando suas condolências. Mas a música do bar e a conversa tempestuosa encobriram as orações que estavam sendo ditas para o menino. Enquanto Coronel e Miller observavam, Sila foi ao bar e pediu ao dono para baixar a música, o que ele fez. Então Sila virou-se para os homens: “Por favor, por uma noite apenas, será que podem baixar a voz em respeito ao funeral aqui perto?”.

Mas os homens o ignoraram, e um deles disse ao dono do bar que, se não aumentasse a música, todos iriam embora. Os homens começaram a berrar com ele: “Aumente aí o volume, cara, o que há com você, está querendo impedir que a gente se divirta?".

As vozes foram ficando ainda mais ásperas que a música, então o proprietário aumentou o volume para acalmá-los, na única contribuição que pôde fazer. Um estrangeiro levantou-se e enfiou uma das mãos dentro da camisa para imitar o coto de Sila. Ninguém foi capaz de dizer de onde Ernest surgiu, mas de repente ele estava lá, jogando o homem sobre as mesas, derramando cervejas e quebrando uma cadeira. O estrangeiro se pôs de pé e estava prestes a desferir dois socos em Ernest quando Sila e o dono do bar se colocaram entre eles.

"A próxima rodada é por conta da casa, cavalheiros", o dono disse, e acompanhou Sila e Ernest para fora. Nenhuma palavra saiu dos lábios de Sila, mas, antes de se dirigir de volta para o funeral, ele olhou Ernest nos olhos. Aquela foi a primeira vez. Ernest se embrenhou na noite rumo ao rio, aonde em geral ia para sentar-se numa rocha, longe de todo mundo.

"Wonde e seus amigos são muito desrespeitosos. Estão impedindo os ouvidos de Deus de escutar a mãe do garoto morto e suas orações", Coronel disse a Miller, os olhos vermelhos de raiva. Pediu que o amigo o seguisse até o barracão que construíra nos fundos da casa, onde juntava coisas com objetivos que Miller foi descobrindo com o tempo. Coronel entregou a ele uma mangueira de borracha e alguns galões. Caminharam de volta para o bar. Enquanto se aproximavam, Coronel cuidou para que permanecessem sem ser vistos, e os dois se esgueiraram para os veículos estacionados na frente do bar. Indo de um carro a outro, abriram o tanque de gasolina e, usando a mangueira, chuparam o combustível para os galões. Fizeram diversas viagens para guardar a gasolina em baldes e, quando acabaram, Coronel pegou alguns litros e foi a pé até a mina.

Miller não perguntou aonde estavam indo; simplesmente o

seguiu. Coronel sabia onde ficava o quadro elétrico que ligava a energia dos alojamentos dos homens que estavam no bar. Sabia também que a luz do bar estava conectada ao mesmo quadro. Por que a mineradora não podia fornecer a mesma energia às outras casas da cidade, ou às escolas? Coronel instruiu Miller a fazer vários montes de grama seca. Ele embebeu esses montes meticulosamente de gasolina e os jogou na parte interna do quadro elétrico cercado. Então acendeu um fósforo.

Os dois correram depressa para longe das faíscas que voavam e explodiam os fios. Rapidamente a escuridão tomou conta dos morros onde estavam os alojamentos, junto com o bar e até mesmo alguns escritórios. Quando os homens do bar saíram para pegar o carro, não puderam dar a partida, e não tinham como chegar a lugar nenhum, pois as luzes estavam apagadas. Pediram ajuda pelo rádio, mas levou horas até que um ônibus fosse encontrado no escuro e despachado para buscá-los.

Levaram uma semana para religar a energia, e só então o bar voltou a funcionar. Durante esse tempo, os sons noturnos naturais da cidade lentamente retornaram — os grilos, o riso dos mais velhos acordados conversando, a vigorosa orquestra de sapos chamando para as preces. Coronel, que ainda raramente dormia, escutava todos esses sons. Ninguém sabia como a falta de energia fora provocada, embora Wonde suspeitasse de Miller, mas não conhecia o nome do rapaz nem de quem era filho. Alguns dos operários desconfiaram de Ernest, mas não tinham provas. Ele também não era filho de ninguém que trabalhava para a companhia — ou que estivesse vivo. Geralmente nesses casos Wonde demitia o pai ou ameaçava fazê-lo para conseguir o que desejava. Por conta disso, ele e alguns dos estrangeiros começaram a ter um pouco de medo, embora ainda tomassem liberdades, pois uma cabeça acostumada à arrogância tem espaço limitado para a memória.

Uma vez a companhia tendo retomado as operações, o barulho da mineração mais uma vez expulsou os sons naturais de Imperi, e a cidade voltou ao seu caminho torto. As máquinas estavam de novo em toda parte, especialmente naquelas que a população chamava de "bela mulher", querendo dizer "mulher grávida", o que de fato pareciam. Muitos veículos estavam ficando grávidos da terra e de tudo que dela provinha. Davam à luz nas docas onde navios transportavam os proventos para algum outro lugar — riquezas geradas por sua terra, que eles jamais poderiam saborear, para lugares que as pessoas de Imperi jamais conheceriam. Aceitavam atrações imediatas, porém temporárias. Não acreditavam mais que tivessem controle sobre qualquer coisa na vida; o desespero tornou-se seu senhor. Mas ele não assenta fundações. E os anciãos se debatiam, pois sua presença e importância iam sumindo, para encontrar palavras que pudessem chegar aos ouvidos de qualquer que fosse o Deus ou os deuses no coração dos mandatários.

Coronel e Miller, porém, recusavam-se a ceder o controle de sua vida para a companhia e para aqueles que haviam dado a ela o poder de tornar a vida das pessoas barata e descartável. Faziam o que podiam por meio de métodos que haviam adquirido com o tempo. Alguns poderiam considerá-los violentos. Mas o que era mais violento do que fazer as pessoas desacreditar do valor da própria vida? O que era mais violento do que fazê-las acreditar que mereciam menos e menos a cada dia?

Na noite seguinte, o galo começou a cantar às nove, chamando o dia.

6.

"Bom dia. Serei o mais breve possível."

Fazia mais de um mês que um aluno morrera por causa dos cabos elétricos no caminho da escola. O costume era fazer uma cerimônia quarenta dias após um falecimento, ou pelo menos falar da pessoa para que não fosse esquecida. Assim, quando o diretor da escola foi para a assembleia naquela manhã com uma expressão melancólica, os alunos acharam que ele diria algumas palavras sobre o rapaz. Todo mundo evitara discutir o que acontecera, e não porque fosse difícil. Afinal, todos conheciam a morte e a tinham visto de perto durante a guerra. Mas não precisavam ser lembrados do que ocorrera porque todos, professores e alunos, tinham de passar pelos mesmos fios elétricos diariamente a caminho da escola, e isso bastava.

O diretor esperou alguns avisos antes de chegar sua vez de falar. Estava com a mente dispersa, então sua atenção ia e vinha em relação ao que se desenrolava naquela manhã. Desde a chegada da companhia de mineração, ele desistira de tentar encorajar a equipe a inspirar os alunos. As operações da companhia estavam agora a todo vapor, e ela era eficiente em seduzir os rapazes a trabalhar usando a força física, e não a mente. Num desses dias, ele vira dois ex-alunos, Vincent e Khalilou, que agora usavam capacete, bota e macacão, o rosto jovem já ficando velho, com o semblante de quem aceitava que aquilo era o melhor para sua vida. A visão da juventude desperdiçada o incomodou. Agora, diante da escola inteira, tendo dito que seria breve, queria contar-lhes o que vira, mas não julgava que era o momento apropriado, e talvez nunca fosse. Nem tudo na mineração era ruim; quando menino, ele fora educado com uma bolsa de estudos de uma mineradora em outra parte do país. Mas aquilo acontecera havia muito tempo, quando os que estavam no poder viam a mineração como serviço, não negócio, e, portanto, mantinham os olhos abertos para o futuro do povo. Foi na esteira da independência. O que aconteceu com o orgulho e a sabedoria daquele tempo?

A expressão do diretor fora consumida pelo desespero, além do controle. Mas ele conseguiu dar um sorriso rápido e expirou forte, libertando a mente dos muitos lugares por onde ela estivera. Enxugou a testa com o lenço, pôs os óculos e trouxe os folhetos que segurara atrás de si para diante do rosto. A assembleia estava totalmente quieta.

"O departamento de educação decidiu instituir padrões de decência para as escolas. E, com essa finalidade, ontem me forneceram uma lista de novas regras." Segurou um papel sobre a cabeça. Os alunos e professores suspiraram de alívio por não se tratar de um lembrete do garoto que tinha morrido.

"Preciso que todos se sujeitem ao que estou prestes a ler, senão a escola poderá ser fechada para sempre, em especial se aparecer um inspetor sem aviso prévio."

Seus olhos percorreram a extensão do papel. Ele começou pelo alto: "'Daqui por diante, todos os alunos precisam usar meias brancas e sapatos pretos. Nada de sandálias ou de sapatos abertos para meninos e meninas'".

Desviou os olhos antes de prosseguir: "'Todos os alunos devem vir à escola de uniforme. O novo uniforme para os meninos será calça azul e camisa branca lisa de manga curta. As meninas devem vestir saia azul e camisa branca lisa de manga comprida'".

Fez uma nova pausa. As palavras que dizia obviamente o perturbavam. Limpou a garganta de modo a deixar a voz mais forte paras as sentenças seguintes. "Temos duas semanas para fazer a mudança. Há outras regras novas, mas estas são as imediatas. Por favor, informem seus pais no fim do dia para que possam começar a fazer os arranjos."

O diretor tirou os óculos e saiu sem dizer mais nenhuma palavra, voltando rapidamente à sua sala. Ele sabia que isso seria um problema para a maioria dos alunos. Os pais mal eram capazes de pagar as taxas escolares. A maior parte do público agora preferia que o diretor tivesse falado do menino morto, por mais difícil que tivesse sido administrar os pesadelos que se seguiriam. O que ele apresentara era um fardo pesado demais para carregar.

"A pobreza é pior que pesadelos. Sempre se pode acordar de um pesadelo", Benjamin sussurrou a Bockarie, enquanto os alunos retornavam lentamente à classe, com os professores — a maioria deles também pais — demorando-se atrás, buscando forças para enfrentar o dia.

Bockarie estava perturbado. Não podia pensar num meio de conseguir o dinheiro para comprar novos uniformes e sapatos para seus três filhos em idade escolar. Mesmo um corte de gastos extremo — reduzir a quantidade de comida feita em casa — bastaria apenas para o uniforme de um deles. Como poderia explicar aos outros dois que teriam de parar de ir à escola? Como escolheria qual dos filhos receberia o primeiro uniforme? Não havia respostas satisfatórias para as perguntas que tinha em mente.

Durante o almoço evitou todo mundo e sentou-se atrás de um dos três prédios da escola. Olhando para os morros, imaginou uma vida melhor. Benjamin o encontrou e sentou-se quieto ao lado do amigo antes de começar a conversa: "Podemos perder alguns dos alunos — não só aqui, mas nas aulas de reforço".

"Eu sei, homem. Os pais vão precisar tomar algumas decisões duras."

Benjamin assentiu e recostou-se ereto contra a parede. "De certa forma estou contente que meus filhos ainda estejam na escola primária. Só receio que isso acabe acontecendo lá também."

"Que tipo de 'melhoria' é essa que só aumenta o fardo dos pais? Que diferença vai fazer ter um uniforme se a escola não tem material, se os professores não recebem salário decente, se a qualidade deles é baixa porque não recebem treinamento há anos?" Bockarie tinha mais a dizer, mas parou.

Benjamin riu. "Esta é a primeira vez que o vejo exasperado. Nada mal, homem!" Deu um soco no ar. Mas o humor de Bockarie não mudou, então Benjamin adotou um tom mais sério. "Temos idiotas no comando. Em todo lugar. É por isso que o mundo é do jeito que é. Lembra-se de quando estávamos na escola? Bons tempos aqueles, homem! Na minha primeira semana de aula, cheguei sem camisa e sem sapatos — só de shorts esburacados —, e eles me aceitaram na classe. O professor disse a todo mundo: 'Agora, isto é um exemplo do mais forte desejo de aprender. Ele andou dez quilômetros a pé desse jeito para vir estudar'."

Benjamin finalmente fez Bockarie rir. Os dois bateram as mãos, estalando os dedos no final. Ele continuou: "Não tinha ideia do que as palavras queriam dizer, mas gostei do som delas. O professor e a classe me fizeram sentir que eu tinha feito algo bom. No fim do dia, ele me sentou no guidão da sua bicicleta e me levou para casa. Teve uma longa conversa com meu pai, e eu comecei a escola em tempo integral. Todo dia depois disso, o professor me levava e me trazia de volta até que eu tivesse idade suficiente para percorrer aquela distância sozinho".

As simples memórias do passado fizeram ambos sorrir. "Quer saber como eu comecei a escola?", perguntou Bockarie.

"Por que você sempre pergunta antes de falar?" Benjamin ralhou calorosamente. "Diga o que tem a dizer, homem."

"Eu estava na mesma condição que você, mas não tive coragem de entrar na sala de aula. Então achei uma mangueira ao lado da escola. Trepei na árvore e, de uma posição confortável nos galhos, pude ouvir as aulas e ver o quadro-negro. O professor me viu e começou a abrir a janela da classe, para que eu pudesse ver direito." Bockarie deu uma risadinha. "Fiz isso um mês inteiro, recitando tudo o que ouvia, repetindo, repetindo, treinando escrever o alfabeto no chão. Uma manhã, o professor estava me esperando sob a mangueira, pegou-me pela mão e me levou para dentro da classe. Bons tempos aqueles, de fato, quando tínhamos pessoas decentes num ambiente decente e que faziam essas coisas."

O ventinho do passado tinha feito o dia parecer mais leve, e eles ficaram sentados felizes até tocar o sinal para a aula. Cada toque afastava parte da alegria até que nenhuma restasse. Levantaram-se e limparam a poeira da calça.

Antes de se separarem, Benjamin estendeu a mão ao amigo para um aperto. "Estou pensando seriamente em me candidatar para trabalhar na companhia", disse. "Quero seguir ensinando, mas com o pagamento irregular, e tudo ficando cada vez mais caro, não tenho certeza de que posso continuar."

Bockarie não disse nada. O que podia dizer?

Não muito tempo antes, Benjamin estava atirando pedras nos carros da companhia. Agora ia trabalhar para eles.

* * *

Todo mundo tinha medo do que aconteceria quando a nova política da escola fosse efetivada. Os professores tentaram adiantar as aulas ao máximo para prover anotações para os alunos que as perderiam durante a transição. Concordavam que a única forma de ajudar era abastecer os alunos com uma profusão de leituras e tarefas para poder estudar em casa enquanto os pais guardavam dinheiro para comprar os uniformes ou mandá-los costurar no alfaiate da cidade. Este provavelmente era a única pessoa feliz, porque tinha mais trabalho do que conseguia fazer. Cobrou preços mais altos pelos serviços, e as pessoas protestaram, mas no fim tiveram de pagar. Seu raciocínio, conforme explicou para Mama Kadie, era o seguinte: "Vai levar um bom tempo antes de eu ter outro serviço, então quero garantir renda suficiente que me dure sabe-se lá quanto tempo".

Ele fez alguns uniformes de graça — mas não deixou ninguém saber. O diretor o visitou uma semana antes de os novos uniformes se tornarem obrigatórios. Foi a pé, sem a motocicleta e a lanterna, e disse ao alfaiate que pagaria para todos os alunos cujos pais pudessem dar apenas uma pequena fração do pagamento, ou nada. Deu ao alfaiate dinheiro para comprar o tecido e começar a trabalhar.

"Esta foi uma visita e um acordo de Nicodemo. Você e eu temos que levar esse segredo para o túmulo." Apertou a mão do alfaiate e a segurou com firmeza.

"Mas e se eu levantar dos mortos como Lázaro, posso então contar o segredo?" O alfaiate puxou a mão do aperto do diretor.

"Será o único segredo que não ressuscitará se você retornar dos mortos como Lázaro." Com um meio sorriso, o diretor entrou nos braços das trevas, que rapidamente o abraçaram e o ocultaram dos olhos de todos. Mesmo com todas as contribuições, e houve outras, alguns alunos não puderam ir às aulas antes de algumas semanas. E, mesmo quando todos tinham uniformes, restava a questão dos sapatos pretos. Sapatos pretos eram caros, muito mais que tênis.

Bockarie conseguira arranjar uniformes para todos os filhos, mesmo tendo pagado apenas o de Miata. Ele não entendeu a súbita generosidade do alfaiate, mas ficou agradecido. O homem o elogiou: "Você é um bom professor — então ensine aos nossos filhos como sair daqui". O alfaiate disse que estava brincando, mas seu tom sugeria outra coisa.

Mesmo com o auxílio, porém, Bockarie não tinha dinheiro para comprar sapatos para o segundo filho. Então Abu ficou em casa no primeiro dia das novas regras. Mas ele e Manawah, o mais velho, tinham um plano. Iam dividir o par de sapatos. Um dia Manawah os usava na aula; no dia seguinte, era a vez de Abu. Os sapatos eram certamente grandes demais para Abu, mas não a ponto de se perceber, ou foi no que ele quis acreditar.

"Então, o que acha da nossa ideia, pai?", Manawah perguntou baixinho. Sua voz era parecida com a do pai, assim como seu comportamento tranquilo.

"Talvez pudéssemos..." Abu, que era mais rápido para fazer as coisas, mesmo no jeito de falar, estava a ponto de apresentar outra solução quando o pai disse: "Isto é temporário. Vou comprar outro par de sapatos para você, Abu, em breve. Obrigado, meninos, por compreender". Então os puxou para perto de si, um de cada lado, apertando-os. Para aliviar o clima, fez cócegas nos dois até eles gritarem de tanto rir.

O que aconteceu no primeiro dia do uniforme novo foi "necessário", como diriam mais tarde os anciãos. Foi necessário despertar os músculos alegres do coração de professores e alunos, ainda que por um dia. E houve outro tipo de lição a ser aprendida: mesmo coisas horríveis podem contribuir para a criação de uma comédia natural. Mesmo as situações mais absurdas podem ser atravessadas.

A princípio foi uma visão maravilhosa. Todos os alunos — ao menos os que estavam com trajes apropriados — em seu uniforme azul e branco novinho em folha, com meias brancas e sapatos pretos, chegando de diversas partes da cidade e áreas vizinhas, para andar juntos até a escola. A cena trazia um sorriso até o rosto dos que passavam. Em agudo contraste, os professores que caminhavam ao lado tinham um aspecto maltrapilho, o que só serviu para lembrar-lhes da sua condição. Antecipando isso, Bockarie e muitos outros saíram cedo de casa. Mas quando os alunos começaram a chegar, arrastando displicentemente os pés enquanto se alinhavam para a assembleia, os professores — o diretor inclusive — não puderam conter o riso. Olharam para os estudantes em seus novíssimos uniformes, suas novíssimas meias e seus novíssimos sapatos, e riram tanto que até os alunos começaram a rir também. Durante toda a assembleia de quarenta minutos todos riram, e continuaram rindo o dia todo.

Eis por quê. A companhia mineradora começara a escavar um novo sítio para suas operações, não longe da escola. Então naquela manhã havia mais caminhões que nunca, talvez uma dúzia ou mais, um depois do outro, um depois do outro. E não era possível escapar da poeira que levantavam. Poeira vermelha. Todas as camisas brancas estavam agora da cor da poeira, bem como o cabelo dos alunos. Os sapatos pretos estavam irreconhecíveis. Lado a lado, pareciam ter se molhado e depois rolado na poeira. Mesmo as pálpebras estavam cheias de pó. Alguns tentavam limpar-se batendo nas roupas, mas aí a poeira simplesmente se soltava do corpo em nuvens e esvoaçava sobre a cabeça apenas para assentar-se em outros alunos. Eles lutavam para evitar que o pó manchasse seus trabalhos, pois caía dos uniformes sobre os cadernos e as páginas brancas cobertas de escrita esmerada. Por mais que espanassem, os uniformes permaneciam empoeirados. Quanto mais tentavam limpar a poeira com as mãos imundas, pior a coisa ficava. E os professores não podiam fazer nada. Não podiam mandar todo mundo para casa por desmazelo.

Com o tempo, pensaram num modo de contornar o problema. Forrariam os livros com plástico; e também embrulhariam em sacos plásticos os uniformes, sapatos e meias, vestindo roupas comuns para ir e voltar da escola, lavando os pés e trocando de roupa um pouco antes de chegar. E começaram a chegar mais cedo, saindo de casa às seis da manhã para evitar o acúmulo de poeira pesada. Era arriscado, porque não podiam ver os fios elétricos no escuro, e os veículos que passavam, nos estertores da noite, não podiam vê-los.

Abu estava cheio de planos, mas não discutia nenhum deles com os pais ou irmãos. O objetivo de todos era simples: assistir às aulas todo dia, custasse o que custasse.

No primeiro dia dos uniformes novos, depois que o pai e os irmãos saíram para a escola, ele ajudou a mãe com as tarefas domésticas. Ela tentou explicar que o pai estava realmente tentando, e que ele não devia se sentir muito mal por não ir à escola.

"Sabe, seu pai teve de tomar uma decisão difícil, pois queria que todos vocês estivessem lá. Posso lhe dar lição de casa para fazer, se você quiser", ela disse enquanto empacotava os produtos para o mercado.

"Eu sei, mãe, eu sei que não é fácil, então não se preocupe demais." E deu um sorriso tranquilizador, oferecendo-se para ajudá-la a carregar os cestos.

Assim que voltou para casa, pegou o caderno e a caneta, e vestindo suas roupas comuns e andando descalço para evitar arruinar seus tênis brancos, seguiu pela trilha da floresta até a escola. Era o caminho mais curto, mas passava por dentro de dois pântanos com lama até a cintura; portanto, não era frequentado por muita gente. Abu despiu as roupas e atravessou a lama, parando para lavar-se antes de subir o morro que o levava para os fundos do terreno da escola.

Ao chegar à clareira, trepou até o caixilho da janela da classe. Ela sempre ficava aberta de manhã, depois de o professor remover as tábuas que impediam os animais de entrar à noite.

Sob a janela, Abu sentou-se e escutou a aula, tomando nota diligentemente. Quando tocou o sinal para o almoço, ele saiu correndo, de cabeça baixa, e entrou no mato para evitar que alguém o visse; ali esperou, estudando suas anotações. Quando as aulas recomeçaram, ele se esgueirou de volta para o lugar.

No fim do dia, tomou o rumo de casa, correndo mais rápido, antes que o pai, o irmão e a irmã retornassem. Eles o regalaram com a história dos uniformes, e juntos riram a noite toda. Pensativo, o avô sugeriu que talvez o Ministério da Educação devesse consultar as escolas e pedir aos professores que prescrevessem o vestuário adequado para cada região. Permaneceu deitado na rede, empurrando delicadamente o chão com a bengala para se balançar.

"Podemos ajudar você a balançar, vovô", ofereceram-se os gêmeos.

"Da próxima vez", ele respondeu, "mas vocês podem vir sentar comigo." Oumu e Thomas aninharam-se com o ancião.

No dia seguinte, foi a vez de Abu calçar os sapatos compartilhados para ir à escola. O pai lhe disse que estivesse pronto para sair mais cedo que de hábito, para evitar a poeira. Abu esperou, todo sorriso, a manhã seguinte. Enfiou meias adicionais por dentro do bico dos sapatos para seus pés não ficarem escorregando para a frente e para trás ao caminhar, mas a família riu quando começaram a andar, e sugeriram que tirasse os sapatos até chegar perto da escola. Isso realmente tornou a caminhada menos cansativa. Na escola, os amigos de Abu fizeram troça, chamando-o de "pés de canoa" — ele literalmente parecia estar de pé em duas canoas pretas em miniatura. Mas ele não se importava, pois estava feliz de ir à escola.

Quando retornou para casa naquele dia, já divisara outro plano para o próximo. Entregou os sapatos a Manawah, fez a lição de casa, e então começou a trabalhar no objetivo novo. Para evitar suspeitas da família, deu a desculpa de que ia à casa de um colega de classe para copiar anotações que perdera durante sua ausência. Em vez disso, jogou os tênis brancos numa sacola plástica cheia de marcadores de tinta preta que encontrara num caixote de entulho nos fundos dos alojamentos da mineradora, correu até os limites da cidade, perto da cabana do ferreiro, e começou a trabalhar. Sacudindo os velhos marcadores para tirar o resto de tinta que sobrava, pintou cuidadosamente os tênis até cada pedaço estar totalmente preto. Depois, deixou-os secar aos últimos fortes raios do sol da tarde e os embrulhou com todo o cuidado. Correu excitado para casa, jogou os tênis pela janela que deixara aberta, e foi sentar-se com a família na varanda.

Kula estava ajudando os gêmeos, Thomas e Oumu, com a lição de casa. Ela quase tirara seu diploma em enfermagem e educação antes de a guerra irromper. Trabalhara alguns anos como enfermeira e lecionara nos campos de refugiados em que tinham vivido durante os anos de guerra. Não se obtinha certificado para essas coisas, mas ela gostava de usar a cabeça e, quando o marido corrigia redações e as mostrava para ela para que desse sua opinião, Kula ficava feliz.

"Esta é minha parte favorita do dia, quando todos os meus papéis, minhas experiências e minha educação são postos em uso simultaneamente", Kula dizia a Bockarie, o rosto exausto se iluminando, revelando a beleza que às vezes se perdia na implacável função de manter a família unida. Ela pegava as redações que ele lhe estendia, fazia seus comentários em tinta vermelha e as devolvia. "Preciso ver o arroz."

* * *

Os estudantes da tarde e Benjamin chegaram para a aula, e a família se retirou para os fundos da casa. Mais tarde, quando os alunos voltaram para casa, Benjamin contou a Bockarie que se candidatara a um emprego na mineradora e estava aguardando resposta. Disse que preferiria lecionar, mas não podia mais fazê-lo.

"Se eu conseguir o emprego, instruirei todos os motoristas a reduzir a velocidade e a evitar lançar poeira num professor esguio, pensativo e com ar faminto andando pela estrada!", brincou Benjamin.

"Você vai me economizar o dinheiro do sabão! Boa sorte, irmão. Com certeza vou sentir falta da sua companhia e do seu humor", disse Bockarie.

"Mas ainda não consegui o emprego, então vejo você amanhã de manhã."

Ele e Bockarie apertaram as mãos, e Benjamin estava prestes a ir embora quando Coronel emergiu do manto escuro da noite criança. Sem dizer uma palavra, entregou aos dois professores o pagamento pelas aulas. Tinha embrulhado o dinheiro num jornal velho, e logo depois de entregá-lo virou-se para ir embora.

"Você não fala muito, jovem", disse Benjamin, estalando os dedos para obter a atenção de Coronel.

"Deixe-o ser do jeito que é", intrometeu-se Bockarie.

"Sempre fico quieto para saber o que dizer quando precisar falar." A voz de Coronel pegou-os de surpresa.

"E também é muito esperto. Por que você não vai à escola?" Benjamin virou-se para Bockarie e, no instante em que voltou os olhos, Coronel já tinha ido embora.

"Ele é como um fantasma — mas aparece para pagar!", disse Bockarie.

"Um fantasma honesto. Não há muitos por aí." Benjamin pegou sua parte do dinheiro e deu o resto ao amigo.

No dia seguinte, Bockarie, Miata, de dezesseis anos, e Manawah, de dezessete, saíram para a escola deixando — ou assim pensavam eles — Abu em casa. No entanto, quando estavam reunidos na assembleia antes do início da aula, seus olhos deram com ele. E Abu sorriu ao ver o ar confuso dos três.

O pai o puxou de lado. Onde, perguntou, ele tinha arranjado aqueles sapatos pretos esquisitos?

"Criatividade e determinação estão nos meus genes, pai", disse Abu enquanto corria para a classe. Bockarie riu — em casa, com frequência dizia essas palavras, que seu filho agora lhe repetia. Não pôde acreditar no que acabara de ouvir, mas ficou emocionado com a saída do garoto, ao mesmo tempo que sua mente procurava responder à própria pergunta. *Onde ele arranjou dinheiro para comprar um par de sapatos pretos?*

No fim do dia, enquanto caminhavam para casa, começou a chover. Todo mundo estava feliz, mesmo ensopado. Preferiam a chuva, porque ela amansava a poeira por algum tempo. Alunos e professores cobriam os livros com sacos plásticos e corriam para se proteger. Foi durante a chuva que Bockarie viu o que o filho fizera. A tinta do tênis de Abu começou a sair com a água, e de repente eles estavam brancos com manchas pretas aqui e ali. Enquanto se espremiam debaixo de uma cobertura de zinco deixada pela companhia mineradora, Bockarie, Miata e Manawah olharam para baixo, para os tênis de Abu, e caíram na risada. E então começaram a elogiá-lo.

"Criatividade e determinação, hein? Venha cá!" Bockarie abraçou o filho, enxugando a água da chuva de seu rosto. Abu não disse nada sobre o plano que já tinha em andamento para o dia seguinte: ele convencera outro garoto a emprestar-lhe os sapatos, pois anotava melhor a matéria.

No fim do ano letivo, Abu foi o primeiro da classe, assim como seus irmãos. O pai permaneceu intrigado com o garoto. Mas ficava satisfeito com o entusiasmo que tinha por aprender. Orgulhava-se de todos os filhos e da forma madura como lidavam com as suas condições de vida. E sabia que tinha que fazer o melhor por eles.

7.

Kula cantarolava. Seu espírito ainda estava dançando de felicidade pela noite anterior, quando se sentara com a família. Ela prezava esses momentos, que haviam se tornado raros. Não tinha lembranças de sua própria família, apenas da mãe.

"Vamos até o rio, minha filha?" Ela imitou um sotaque inglês, fazendo Miata rir.

"Como é possível que você sempre fique contente com momentos simples, mãe?", Miata perguntou enquanto prendia a faixa de pano na cintura e preparava-se para pegar os baldes, um deles cheio da roupa suja que precisava ser lavada.

"Gosto deles porque são puros", respondeu Kula. "Vêm sem exigências ou explicações, e são significativos, ou pelo menos deveriam ser. Como deve ser a própria vida." Fechou os olhos e virou o rosto para a brisa matinal. Miata às vezes não entendia a mãe, mas podia sentir ao seu redor a felicidade que emanava dela, e isso era o suficiente. Kula percebeu a confusão da filha, mas apenas sorriu e fez um gesto para que saíssem. Ela ia ao rio toda manhã para se banhar e lavar as roupas, para que não acumulassem. Bockarie a chamava de "mulher incremental", pois não permitia acúmulo de trabalho em nenhuma área. Às vezes a filha ia junto, especialmente nos fins de semana, quando não saía para a escola antes do amanhecer. A caminho do rio naquela manhã, Miata carregando dois baldes — um na cabeça, outro balançando no braço —, cruzaram com Benjamin sentado na trilha, esfregando as mãos para aquecer os dedos do ar frio da manhã.

"Bom dia, senhoras. Como está sua saúde e a de sua família?"

"Todo mundo está com saúde, e bom dia para você também. Como está sua família?", Kula respondeu. "Estamos tão bem quanto a vida permite, e esperamos continuar assim."

Benjamin levantou-se e pegou sua vara de pescar. "Vou pescar mais para cima e tomarei cuidado ao pisar para não sujar a água de vocês. Minha esposa também está no rio, e quero que ela tenha a água mais limpa do mundo. Porém não prometo nada depois que ela for embora!"

Ele lhes deu um sorriso, fixando-se em Miata. Era uma menina calada, e Benjamin gostava de provocá-la.

"A senhorita está ficando muito bela, Miata, ainda mais que sua mãe, o que é difícil de acreditar! Já devíamos tê-la escondido de todos esses garotos da cidade. Vai criar encrenca para seu calmo pai."

Miata sorriu timidamente e escondeu-se atrás da mãe.

"Deixe minha filha em paz e vá para sua pescaria", brincou Kula, jogando pedrinhas em Benjamin enquanto ele saía correndo, rindo alto.

Quando as duas chegaram ao rio, as coisas pareciam estranhas. A água estava completamente suja, turva e com cheiro de ferrugem. E estava alta, como se houvesse entrado uma maré. Transbordava e corria a uma velocidade incomum. Outras mulheres estavam reunidas na borda gramada do rio, o tranquilo rosto matinal agora aceso de preocupação. Olhavam rio acima para ver o que estava acontecendo.

"Não estava desse jeito quando vim pegar água mais cedo esta manhã", Fatu disse a Kula. E mencionou que havia pouco começara a correr com aquela força, mas as mulheres acharam que passaria. "Perdi as roupas dos meus filhos que tinha acabado de colocar sobre aquela pedra de lavar", disse uma mulher.

"O rio levou embora meu único balde. Como é que vou pegar água agora?", disse outra para ninguém em particular, com lágrimas nos olhos.

"Talvez possamos achar o seu balde um pouco mais abaixo no rio", uma mulher mais jovem disse, consolando-a. "Nesse meio-tempo, empresto o meu quando tiver esvaziado."

Outra mulher com rugas naturalmente bonitas nas maçãs do rosto falou em seguida: "De onde pode estar vindo água nesta época do ano? Nunca vi o rio se comportar de modo tão estranho".

Todas suspiraram concordando. Não havia nada a fazer a não ser esperar que a água acalmasse. A espera quase esgotou a paciência delas. Ao primeiro sinal de normalidade, lançaram-se no rio sem prestar muita atenção, para seguir com o dia o mais rápido possível.

Kula e Miata voltaram para casa e penduraram as roupas no varal para secar, deixando um balde de água no quintal. Seria usada mais tarde para cozinhar. Ao meio-dia, quando Miata foi virar as roupas para que o sol as secasse completamente, notou que havia ferrugem nelas e que tinham um cheiro estranho. Não havia sinal daquela fragrância que o sol geralmente deixava nos tecidos. Miata não conseguiu entender; sua mãe fazia aquilo havia anos e nunca lavara nada com falta de cuidado. A menina chamou-a: "Mãe, você pode vir aqui dar uma olhada?".

Amarrando a faixa na cintura, Kula saiu de casa para verificar. As roupas brancas, uniformes em sua maioria, estavam piores. Esfregando o tecido, ela sentiu a ferrugem nos dedos, e havia uma substância oleosa que continuava a manchar cada pano que tocava. Aproximou o nariz e sentiu o cheiro de algo que a fez se retrair. Levou o pano até a língua e instantaneamente sentiu um gosto ácido. Sua boca se encheu de saliva e ela cuspiu aquilo fora.

"Deve ser a água. O que aconteceu com o rio?", murmurou.

Tirando uma das camisas brancas do varal, dirigiu-se à casa da vizinha. *Preciso ver como estão as roupas dela*, pensou. Parou junto ao balde no quintal. Miata juntou-se à mãe e, agachando-se, puderam ver que estava límpida em cima, mas sob a superfície havia uma camada turva de ferrugem.

"Cuide para que nenhum dos seus irmãos beba dessa água. Já volto", ela disse, e saiu apressada para a casa da vizinha, onde, como era de esperar, as roupas no varal estavam com ferrugem e cheiravam mal.

"O que você acha?", Kula indagou.

"É a água de hoje de manhã", a mulher respondeu.

Juntas, elas começaram a ir de casa em casa, examinando mutuamente as roupas lavadas arruinadas e o sedimento depositado no fundo dos baldes e barris.

O ajuntamento de mulheres chamou a atenção dos homens, cuja reação imediata foi suspirar profundamente, pois era óbvio que agora teriam de comprar uniformes novos para os filhos, especialmente se o rio continuasse daquele jeito.

"Os homens precisam descobrir o que causou isso", Fatu disse em voz alta o bastante para que todos os que espreitavam ao redor ouvissem. Eles assentiram, concordando.

Alguns, inclusive Bockarie, ofereceram-se para percorrer o rio explorando as margens. Miller estava entre eles, juntando informações para Coronel. Não demorou muito para descobrirem a fonte do problema. Várias represas artificiais tinham sido criadas para a mineração do rutilo; elas estavam transbordando, inundando e destruindo as estradas de que a companhia precisava para os veículos. Então começaram a jogar a água excedente diretamente no rio, contaminando-o.

"Era a nossa única fonte de água limpa e potável", os homens disseram. "Por que não direcionaram a água contaminada para outro lugar?"

Os agricultores ficaram lívidos. Suas terras para o plantio da próxima estação tinham sido escavadas e inundadas sem consulta. "Isso quer dizer que nossos campos de arroz também foram contaminados", um deles acrescentou, ao enfiar a mão na água e cheirá-la.

Entre os que estavam ali reunidos havia aqueles que tinham assentado os canos que agora despejavam água suja da mineração no rio coletivo. Tinham operado as máquinas que escavavam a terra e a inundavam. Mas não disseram nada. Apesar de estar envergonhados e perceber o que seu trabalho tinha provocado, precisavam do emprego.

Os homens começaram a caminhar de volta para a cidade, mas Miller ficou para trás, para inspecionar se havia algum jeito de evitar que a água fosse despejada no rio. Sabia que Coronel perguntaria a esse respeito.

Ele percebeu que seria impossível reparar a situação com rapidez usando apenas mãos humanas. Em seguida, correu atrás dos homens.

Desse dia em diante, água limpa e potável tornou-se um bem altamente requisitado na cidade. Canos de água boa passavam por Imperi diretamente para os alojamentos da mineradora, mas nada foi feito para fornecer essa água aos moradores da cidade. Teria sido uma simples questão de assentar mais alguns canos, mas isso não foi feito.

No caminho de volta para relatar o que haviam descoberto, os homens encontraram Benjamin. Ele deu um salto ao ver tantas pessoas na trilha e parou.

"Há um problema com o rio", Bockarie disse ao amigo.

"Eu sei", retrucou Benjamin. "Olhe estes peixes que pesquei." Ele abriu o saco que carregava.

"É isso, é isso, você tem que mostrar a todos." A reação de Bockarie levou todos a espiar dentro do saco.

Benjamin pôs os peixes no chão para que pudessem vê-los direito. Os homens engasgaram em uníssono quando viram o que ele pescara. Um peixe tinha um olho só. Outros tinham só uma barbatana ou não tinham cauda.

Ninguém jamais vira tais deformações. Os homens se recusaram a acreditar no que seus olhos viam e permaneciam fitando os peixes, como se fazendo isso pudessem acabar por perceber que seus olhos não os enganavam. Benjamin deu três dos piores peixes para alguns homens levarem à reunião que estava sendo convocada na cidade. Correu até sua casa para dar à esposa outros peixes em condições ligeiramente melhores para fritar para o almoço. Ele não tinha mais nada para comer e achava que o óleo quente poderia matar as possíveis bactérias que os peixes contivessem.

A maioria dos habitantes da cidade se reuniu na sede municipal, um edifício sem paredes coberto por um velho telhado de zinco sustentado por quatro pilares de ferro. Miller alimentara os ouvidos de Coronel com o que vira e ouvira, e ambos agora estavam ali, sentados na goiabeira mais próxima para poder ouvir.

Os anciãos — Mama Kadie, Pa Kainesi e Pa Moiwa — explicaram à multidão o que as mulheres tinham vivenciado pela manhã no rio e o que os homens encontraram. Depois acrescentaram sua própria sabedoria.

"Quando eu era menino, meu pai me disse que há três coisas importantes com as quais o coração deve se satisfazer antes de escolher a localização de uma aldeia — agora uma cidade, mas continua valendo", disse Pa Kainesi, a voz terrivelmente trêmula.

Já fazia algum tempo que ele não falava em público. Permanecera em silêncio desde que Wonde os humilhara. "Deve haver uma boa fonte de água, boa terra para cultivar e um lugar adequado para sepultar os mortos. Estamos perdendo as duas primeiras, e isto está atormentando meu velho espírito." Ele parou aí.

Houve murmúrios na multidão. Então começaram a estourar discussões. Alguns argumentavam que o assunto devia ser levado à chefe suprema, que provavelmente não sabia o que estava ocorrendo. Outros, que previam que perderiam o emprego se o trabalho da mineradora fosse ameaçado, advertiram que a reação de todos talvez fosse exagerada.

"Pode ser que a água não seja mais jogada no rio no fim do dia, e talvez não haja necessidade de fazer disso um problema", disse um homem, ainda segurando o capacete.

Alguns assentiram, concordando; outros discordaram veementemente, dirigindo berros ao sujeito: "Você ouviu o que os anciãos disseram, estamos perdendo o que nos torna o povo desta terra. O que virá depois que nossa fonte de água tiver sido destruída?".

"Você é um tolo de pensar que algo vai acontecer", outro berrou. "Aceite o que é inevitável."

Um homem deu um soco, outro o seguiu. Mas a briga não evoluiu, porque a voz de Mama Kadie soou acima da comoção.

"Meus filhos, por que brigamos entre nós por algo que outros nos fizeram? Será que todos vocês perderam o último punhado de inteligência? Nós, os anciãos, decidimos levar o caso à chefe suprema amanhã cedo. Vamos precisar de rapazes ou homens para carregar baldes de água e peixe para mostrar a ela. Ofereçam-se para usar sua força para alguma coisa além de brigar."

A reunião silenciou. As crianças ficaram estarrecidas com a capacidade de Mama Kadie manter uma cidade inteira em silêncio. A maioria nunca vira uma mulher fazer uma coisa dessas. Coronel também ficou impressionado, e fez um sinal com os olhos para que Miller e Ernest se oferecessem como voluntários para levar a carga. Eles ergueram as mãos, e os anciãos os chamaram para dizer onde se encontrariam na manhã seguinte. Murmúrios voltaram a surgir na multidão quando os anciãos disseram que os dois rapazes bastavam para a tarefa.

Mama Kadie silenciou a multidão dizendo que estava tão zangada quanto qualquer um deles. "Meus pés já estão na estrada enquanto meu coração permanece em chamas, e eu gostaria de esfriá-lo." Então encerrou a reunião. Ela não acompanhara os homens na última vez em que foram ver a chefe suprema. Esperava que, agora, com os olhos e ouvidos de outra mulher, teriam mais sucesso — esperava ser capaz de fazer a chefe suprema ouvir o passado, e assim voltar seus olhos para o futuro.

Enquanto as pessoas se dispersavam, a esposa de Benjamin, Fatu, adentrou a reunião segurando uma panela. "Olhem. Tentei fritar os peixes que meu marido trouxe, os que estavam em melhores condições. Vejam o que aconteceu." Tudo que restava na panela eram espinhas no óleo. A carne do peixe tinha se dissolvido completamente.

As pessoas fizeram fila para espiar uma a uma a panela de Fatu, a mente e o semblante oprimidos pelo que viram. Os que tinham dinheiro compraram água potável para beber aquela noite; o resto — a maioria — ferveu a água ferruginosa e a esfriou antes de bebê-la ou usá-la para cozinhar.

"Se a bactéria que está nessa água sobreviver à fervura, ela merece me infectar", Bockarie brincou com a família. Seu pai estava sentado na varanda falando consigo mesmo, fazendo perguntas para a escuridão como se houvesse respostas dentro de suas fendas, ou ao menos uma brisa que pudesse acalmar o sangue ansioso correndo em suas velhas veias. Finalmente, a noite encontrou o ar apropriado para seduzir seus velhos olhos com o sono.

* * *

Saíram de manhã bem cedo enquanto a noite entregava os problemas dos seres vivos para o dia. Caminharam em trilhas que agora estavam interrompidas pelas largas estradas que haviam sido cortadas nas profundezas da coluna vertebral da terra. Caminhões perigosos com pneus mais altos que humanos passavam correndo pelas estradas o tempo todo. Eles precisavam olhar para ambos os lados antes de atravessar, e do outro lado procuravam por onde a trilha prosseguia. Sempre que chegavam num cruzamento, Ernest e Miller iam na frente, tiravam a carga da cabeça e se postavam de frente para direções opostas. Vasculhavam ao longe e, quando tinham certeza de que não havia nenhum caminhão à vista, faziam sinal para que os velhos cruzassem.

"Meu lado está limpo, e o seu?", Miller dizia a Ernest.

"Nada aqui", ele respondia, mas ambos ficavam atentos e conferiam repetidamente. Depois de fazer os anciãos atravessar em segurança, voltavam para pegar as cargas e seguir atrás.

Antes de o sol terminar suas negociações com as nuvens e assumir o comando do céu, chegaram à aldeia da chefe suprema. Enquanto percorriam a rua esburacada que levava ao conjunto de prédios em que ela morava, pessoas saíam de casa para acenar e saudá-los. Gradualmente, como se tivessem sido informados do motivo que levara os anciãos até lá, passaram a acompanhá-los, e em pouco tempo havia uma multidão com eles. A chefe também sabia de sua chegada, e mesmo antes de terem chance de se sentar deixara claro que tinha olhos e ouvidos em toda parte de seus domínios.

Nada havia mudado na aldeia da chefe suprema, a não ser sua casa, que acabara de ser pintada de verde-claro e tinha um novo telhado de zinco. As casas vizinhas, minúsculas e apodrecidas, pareciam ainda mais tristes em comparação. A cor verde pouco natural da casa parecia fazer as árvores virarem as costas para a aldeia, dançando com o vento numa direção diferente. A chefe, porém, parecia bastante contente com ela, e ofereceu aos hóspedes água gelada em garrafas, que beberam avidamente. Depois de soltarem as garrafas, a chefe lhes ofereceu refrescos leves, que deviam ter vindo das despensas da mineradora.

Mama Kadie não permitiria que tal artimanha os distraísse. Tomou a mão da chefe: "Nós lhe agradecemos pela água e pelas outras ofertas, mas agora precisamos utilizar seus ouvidos e seu coração, e narrar acontecimentos que estão quebrando a espinha da nossa cidade". Antes que Mama Kadie pudesse terminar, o telefone da chefe tocou: "*the city is getting hot and the youth dem ah get so co oh oh old...*".

O som do toque era o refrão de um reggae popular que seria esperado no telefone de alguém mais novo. Provavelmente algum jovem configurara o telefone dela, e a chefe suprema não tinha ideia de que música era aquela. Naqueles dias esse tipo de coisa era comum.

Ela retirou a mão das mãos de Mama Kadie, abriu o celular e o levou ao ouvido. Após uma série de *sim, tudo bem, sim*, fechou o aparelho novamente, voltou-se para os visitantes e disse:

"Precisamos esperar a polícia chegar aqui antes de começar a reunião."

"Por que precisamos da polícia para discutir questões da nossa terra?", Mama Kadie perguntou, um pouco confusa e irritada.

"Vocês precisam me contar o que aconteceu na frente deles, e eles precisam anotar o nome dos que viram essas ocorrências às quais se referem", disse a chefe suprema.

"Não viemos aqui para nomear as pessoas que viram o que aconteceu. Viemos discutir o que você, como nossa representante junto ao governo, pode fazer para interromper o que está acontecendo com esta terra, para tomar decisões que melhorem o modo como a terra e seu povo estão sendo tratados." Mama Kadie, agora claramente exasperada, o rosto rígido de descrença, as mãos tremendo, tentava achar calma no tom de voz.

"Kadie, vamos mostrar a ela o que trouxemos conosco." Pa Kainesi chamou Miller e Ernest para mostrar o balde de água, as roupas cheias de ferrugem e os peixes deformados.

"Por favor, remova o véu que porventura tenha sido colocado diante dos seus olhos e olhe para estas coisas", Pa Moiwa implorou.

A multidão que se juntara em torno da casa da chefe começou a murmurar que coisas similares tinham ocorrido até mesmo naquela aldeia e que tinham fracassado em conseguir uma audiência com a chefe. Finalmente, Mama Kadie não aguentou mais, então disse aos amigos que deviam partir. Instruiu os rapazes a derramar a água na residência da chefe e deixar o peixe e as roupas no chão em frente a ela.

Sem se despedir nem executar os rituais tradicionais de partida, começaram silenciosamente a tomar o rumo para fora da aldeia, quando ouviram veículos se aproximando. Do lugar onde estavam, podiam ver a poeira se erguendo na distância. A maior parte da multidão saiu correndo, e os visitantes pareceram um pouco confusos. Uma menininha tagarela que estava parada perto do muro de uma casa de barro disse aos velhos que algumas pessoas haviam sido surradas pela polícia por levantarem preocupações acerca da terra. Quando seus olhos finalmente puderam reconhecer os veículos, eram todos Toyota Hilux da mineradora, e estavam cheios de policiais e seguranças armados. Cercaram os visitantes e lhes ordenaram que retornassem à residência da chefe.

Ernest e Miller, bufando de raiva, enfiaram as mãos nos bolsos, possivelmente em busca de facas. Mama Kadie pôs as mãos sobre os ombros deles, e seus olhos lhes disseram para se acalmar. Eles tiraram as mãos dos bolsos, mas continuaram a fitar com cautela os homens armados, que empurraram os anciãos, assim como Ernest e Miller, para a casa da chefe. Ali, foi solicitado aos anciãos que repetissem suas preocupações para que a polícia pudesse tomar seu depoimento.

Mais uma vez, Mama Kadie falou pelo grupo: "Viemos aqui esta manhã para ter os ouvidos da nossa chefe, e não para relatar nada a homens com armas. Fizemos o que viemos fazer, embora nosso coração não esteja satisfeito. Não temos nada a dizer para vocês. A chefe tem nosso relato, e se ela quiser contá-lo aos senhores, ao menos estará cumprindo um dever para com seu povo, para variar."

"Mãe, você vai ter de nos contar de novo." O chefe da polícia tentou segurar a mão dela enquanto rogava.

Mama Kadie empurrou a mão dele. "Não deixe sua língua me chamar falsamente de Mãe. Você usaria armas para fazer sua mãe falar com você? Terminei aqui e estou indo embora." Levantou-se do banco, e Pa Kainesi, Pa Moiwa, Ernest e Miller a seguiram.

"Vocês não podem ir embora sem contar suas mentiras contra a companhia para a polícia!", gritou a chefe. Era uma conduta que pessoas no papel dela não deveriam ter em público. "Contem-lhes sobre a água que vocês e seu povo misturaram com ferrugem e sobre os peixes que deformaram só para criar problemas! Vocês não veem que a companhia dá empregos para nossa gente?"

"Bem, aí vocês têm o depoimento com a interpretação da nossa chefe." Mama Kadie suspirou e continuou, dirigindo-se a ela pelo primeiro nome: "Hawa, esta terra também é sua, e tenho certeza de que fragmentos da sabedoria dos nossos ancestrais permanecem dentro de você. Seus olhos me dizem que não acredita no que diz. Queremos, sim, que nossa gente tenha um emprego que proporcione uma vida melhor para eles e seus filhos. Queremos melhorias — mas não aquelas que destroem nosso espírito, nossas tradições e literalmente nos matam ainda em vida. Agora, adeus."

Quando Mama Kadie virou-se para ir embora, um dos seguranças tentou pôr as mãos nela, apontando sua arma para impedi-la. Para surpresa de todos, inclusive dos seguranças, um jovem policial parado ao lado dele deu alguns golpes em sua cabeça, derrubando o guarda particular no chão. O policial foi rapidamente contido com golpes de coronha. Sua cabeça sangrando pousou no chão poeirento, mas sua fisionomia parecia satisfeita ao observar os anciãos indo embora. Nenhuma nuvem se movia no céu. O vento nada tinha a dizer. Apenas o som dos pés dos visitantes podia ser ouvido. Eles foram embora com lágrimas nos olhos, especialmente os velhos.

Se fosse durante a guerra... Poderíamos ter resolvido a situação direito, pois também teríamos armas. Ernest e Miller se entreolharam com olhos cúmplices que falavam a língua silenciosa de seus pensamentos.

De volta a Imperi, a multidão esperava as notícias. Quando os anciãos surgiram da trilha através da cidade velha, no início não disseram nada. O rosto deles calou a multidão, e as pessoas souberam que o vento da felicidade não dançara para eles. Mama Kadie foi para casa, deixando as explicações para Pa Moiwa e Pa Kainesi. Eles contaram a todos o que se passara em poucas palavras, a língua amarrada de tristeza e impotência. No dia seguinte, os homens que trabalhavam para a companhia e que haviam participado da descoberta da origem dos problemas no rio foram demitidos sem motivo nem pagamento. Foram para casa apenas com o cheiro do trabalho no corpo. A única coisa que podiam fazer era vender as botas, os macacões e os capacetes para outros operários cujas roupas haviam sido roubadas.

Uma semana depois que os homens foram demitidos, uma boa quantidade deles foi mandada para a prisão. Tinham ido à noite até as máquinas estacionadas nas clareiras e com mangueiras sugaram o combustível para galões plásticos no intuito de vendê-lo para dar de comer à família.

Foram pegos e brutalmente surrados pelos seguranças, depois arrastados para a traseira dos caminhões e levados para a delegacia. A polícia não tomou depoimentos nem perguntou por que os homens estavam sangrando. Eles foram trancafiados por alguns dias, depois transferidos para outra prisão em algum lugar do país sem que as famílias fossem informadas.

Quando Ernest e Miller chegaram, Coronel não pôde sentar-se logo com eles para ouvir com todos os detalhes o que acontecera, pois o negócio da lenha exigia sua atenção. No fim daquela semana, depois da última refeição do dia, ele estava pronto. "Contem-me tudo que aconteceu durante a visita à chefe suprema. Contem-me tudo — mesmo que achem que não é importante", exigiu. Os outros deixaram os três sentados juntos até a noite profunda, Coronel escutando atentamente o que Ernest e Miller diziam, o corpo ereto e o rosto severo, sem permitir que emoções se manifestassem.

8.

A noite agora começava com caminhões cheios de homens voltando do trabalho. A maioria, se não todos, ia direto para o bar, onde logo recebia a companhia dos que viviam nos alojamentos. As conversas não faziam sentido — eles berravam uns com os outros —, e o barulho tomava conta da calmaria noturna da cidade.

Em Imperi, as noites costumavam ser recebidas com os mais calorosos apertos de mão. Faziam-se visitas a amigos, e as histórias contadas pelos anciãos mais tarde eram um meio de purificar o coração para o que quer que o dia seguinte reservasse. Mas pessoas gentis não podiam mais desfrutar a chegada da noite. Essa doçura fora azedada pelo comportamento dos bêbados. Era como se os trabalhadores, estrangeiros e locais fossem ao bar para curar os tormentos soltando sua raiva em cima das pessoas desafortunadas da cidade. No começo da noite, sentavam-se na varanda aberta do bar, de frente para a estrada que dividia a parte nova e velha da cidade. À medida que o álcool diluía o sangue e falsamente fortalecia o senso de que era possível se safar de tudo, eles começavam a liberar a natureza indesejada, chamando mulheres e moças que passavam a caminho de comprar querosene, pegar água ou fazer algum outro serviço para a família.

"Mulher, olha aí o dinheiro, eu pago para você passar a noite comigo", disse um homem local.

"Sou casada, e mesmo que não fosse você não faz meu tipo. E acho que precisa usar sua língua direito se algum dia quiser arranjar mulher", uma disse. A resposta não deteve o sujeito, e seus amigos o incentivaram a continuar. Ele deu um gole na cerveja, enxugou a boca com as costas da mão e foi atrás dela.

"Pago seu marido também, para ele alugar você para mim por esta noite." Então tirou mais dinheiro do bolso e o exibiu abertamente.

Esse tipo de comportamento continuava por algum tempo e, à medida que os homens iam ficando mais bêbados, começavam a sair do bar para tocar as mulheres em locais em que é preciso pedir e obter permissão para tocar. Eles ficavam tão agressivos que chegavam a arrancar a roupa delas. A primeira vez que isso aconteceu, a mulher correu para casa e levou seus irmãos, marido e tios, que atacaram o sujeito que se comportara mal. Seus amigos bêbados foram em seu auxílio, e teve início uma briga enorme que acabou com muitos homens machucados. Foi o primeiro incidente, e a polícia não prendeu ninguém. No entanto, essas situações eram cada vez mais frequentes, e as brigas foram ficando mais violentas; logo os espectadores começaram a se ferir com as garrafas voando na bagunça. Foi aí que a polícia agiu. Prendia gente local, especialmente os que não trabalhavam para a companhia. Os responsáveis eram apenas mandados para os alojamentos, sendo lembrados de que tinham trabalho na manhã seguinte.

Durante uma dessas brigas, Sila e seus filhos estavam passando quando um estrangeiro arremessou uma garrafa quebrada. A garrafa atingiu Maada e cortou a testa do menino. Sila correu para o sujeito e acertou-lhe a cabeça com tanta força que o homem desmaiou. Nesse momento, ouviu-se ao longe o carro da polícia a caminho de Imperi. Alguém com walkie-talkie ou telefone celular devia tê-lo chamado.

Ernest, que estava por perto, foi ao encontro de Sila. "Leve seu filho para casa para não ir para a cadeia", disse. Sila hesitou, talvez decidindo se deveria confiar no rapaz que os amputara. Mas resolveu fazer o que ele aconselhava, já que o ferimento do menino necessitava de cuidados. Puxou os filhos consigo enquanto olhava para trás para ver o que Ernest faria, mas seus olhos o perderam na multidão.

Ernest juntou algumas pedras grandes, foi para o meio da estrada e acocorou-se de modo que a luz de um carro chegando não revelasse seu rosto. Quando o carro da polícia se aproximou, jogou algumas pedras com tamanha força e precisão que quebrou o espelho dianteiro e lateral. Então se pôs de pé e correu, coberto pela noite. A polícia o perseguiu, esquecendo-se do estrangeiro com nariz sangrando, que se recobrara. Não conseguiram pegar Ernest, e ninguém disse quem era ele. O estrangeiro estava envergonhado por ter sido derrubado por um homem de um braço só, então se recusou a falar.

Sila soube o que Ernest fizera e quis lhe agradecer. Mas ainda precisava de tempo para ser capaz de apertar sua mão.

Depois de meses de brigas no bar e homens encarcerados sem que a família soubesse onde estavam, esposas e filhas, sem recursos e desesperadas, começaram a aceitar dinheiro, primeiro dos estrangeiros, depois de qualquer um, em troca de seu corpo. E em pouco tempo começaram a chegar mulheres jovens de outras partes do país para fazer o mesmo, e a prostituição tornou-se um negócio florescente em Imperi. Os anciãos nada puderam fazer a respeito e recolheram-se para não ver esse tipo de coisa.

Num fim de semana, um grupo de homens — dois estrangeiros e dois locais — pegaram à força uma moça que voltava do rio com um balde de água. Reduziram a velocidade do carro e lhe ofereceram uma carona até a cidade. Ela recusou, então eles a agarraram, jogaram-na na traseira e subiram o morro até os alojamentos. Seu nome era Yinka, e ela não era de Imperi, mas poderia ter sido a filha de qualquer um. Na manhã seguinte, foi achada ao lado da estrada junto ao bar, com a pélvis quebrada. Incapaz de ficar de pé, ela se arrastara rumo à casa, mas não conseguira chegar. As mulheres trouxeram roupas e cobriram seu corpo nu e ensanguentado. Carregaram-na para casa e cuidaram dela, mas Yinka não queria mais viver naquele mundo. Ninguém sabia de onde era e ninguém reclamou seu corpo. Foi sepultada e choraram por ela, pois era filha de alguém, e aquilo poderia ter acontecido com qualquer menina ou mulher da cidade. A polícia nada fez, mesmo quando foram à delegacia para dar o nome dos quatro homens.

"Sabemos quem eles são e vocês não fazem nada! Isso quer dizer que os incentivam a fazer mais coisas desse tipo", uma vizinha de Yinka berrou do meio das pessoas que foram à delegacia exigir uma investigação. A polícia jogou gás lacrimogêneo na multidão.

Esta cidade — onde não muito tempo antes, mesmo depois da guerra, a filha de alguém podia brincar ao luar com outras crianças; onde, mesmo que as coisas não estivessem sequer perto de perfeitas, uma mãe e um pai não ficavam descalços numa panela de óleo quente toda vez que a filha saía de casa para pegar um balde de água — esta cidade... o que era agora e o que viria a ser de seu povo?

Logo passou a haver estupros dos quais ninguém falava, não

só porque as mulheres tinham vergonha, mas também porque as famílias se sentiam impotentes e a única dignidade que restava era o silêncio. Às vezes, a barriga crescendo de uma moça abalava a falsidade, e a criança a quem ela dava a luz tinha a cor de um operário, branco ou negro, e parecia com ele. Nada se dizia acerca dessas coisas. A criança tornava-se parte da população esquecida de Imperi.

Por enquanto, algum riso chegava através do vento. Então, a vida ainda vivia ali afinal.

Uma noite, uma forte explosão calou todas as conversas — inclusive no bar. As pessoas saíram, olhando em volta à procura de algum sinal de fumaça, mas não havia nada, então voltaram para o que estavam fazendo. Na manhã seguinte, não havia água no sítio de mineração nem nos alojamentos da companhia, e levou uma semana para que o problema fosse descoberto. Alguém havia dinamitado o cano de água principal nos morros dentro do mato. A companhia o consertou, mas a água que então chegou às torneiras e aos chuveiros estava contaminada por gasolina e ferrugem.

Foi assim até que todo o combustível que Coronel e Miller tinham sifonado dos carros da companhia acabou, e eles se cansaram de tirar água da represa à noite. Eles vinham alimentando o cano com água suja e gasolina por meio de um buraco que tinham feito. Miller ria enquanto faziam isso; Coronel não demonstrava emoção.

Ele nunca demonstrou emoção — exceto uma vez. Num final de tarde, Salimatu voltou para casa com o rosto inchado e o vestido rasgado; estava quase nua. Coronel a pressionou a lhe contar quem eram os homens que haviam feito aquilo. Ela contou e, embora a conduta dele não tivesse mudado muito, foi a primeira vez que lhe vieram lágrimas aos olhos, e todo o seu corpo tremia de raiva. Ele ferveu um pouco de água e cuidou de Salimatu. Então, enquanto ela descansava, enfiou a baioneta no bolso e se dirigiu ao bar, parando numa loja para comprar uma pequena lata de tinta vermelha.

Antes de prosseguir, passou pela casa de Bockarie e deu a ele todas as suas economias. Era para os outros, disse; eram as taxas escolares para o próximo ano. Então comprou uma caixa de fósforos na barraca dele.

"Tudo bem com você, homem?" Bockarie sentiu que algo aborrecia o jovem.

"Claro que sim. Sabe, eu aprendi algo durante a guerra." Coronel afastou-se da luz do lampião. "Aprendi que você não é livre até impedir os outros de fazer você se sentir sem valor. Porque, se não faz isso, acaba aceitando que não tem valor."

E foi embora antes que Bockarie pudesse encontrar palavras para responder.

Chegando perto do bar, Coronel observou a área com cuidado. Viu os quatro homens — os dois estrangeiros e os dois locais, os mesmos que haviam atacado Yinka e agora Salimatu, e possivelmente muitas outras. Agachou-se perto dos veículos e com um pano velho escreveu ESTUPRADOR nos carros, em tinta vermelha, com letras garrafais. Os homens ainda estavam bebendo, rindo e molestando as mulheres que passavam. Ele esperou no escuro onde sabia que iriam quando a cerveja não tivesse mais espaço dentro deles.

Um dos estrangeiros saiu para urinar. Coronel o atacou com vários socos na têmpora, levando-o a desmaiar. Arrastou o estrangeiro para trás do bar, tirou sua roupa e amarrou seu pênis com uma corda que atou a um galho da mangueira. Rasgou a camisa e a calça do sujeito e usou as tiras para prender seus braços e pernas, e amordaçar sua boca. O sujeito voltou a si depois que

Coronel terminou, e cada vez que se mexia a corda esticava, alongando seu pênis. Seus olhos marejaram, mas sua voz não ia a lugar nenhum.

Coronel fez o mesmo com outros dois, amarrando-os à mesma árvore. Mas o último homem, um local, ficou no bar mais tempo do que ele esperava. Finalmente, observando-o dentro do recinto iluminado, desde onde estava, no escuro, a ira tomou conta dele. Precisava terminar o serviço antes que vissem os outros três. Então tirou a baioneta do bolso e a segurou com força junto às costas. Entrou no bar e sentou-se ao lado do sujeito.

"Será que foi você que deu de cara hoje com uma moça que tem umas marcas tribais aqui e é muito bonita?", perguntou, tocando as bochechas para indicar onde ficavam as marcas de Salimatu.

"E se fui eu? Dou de cara com moças e mulheres o tempo todo. Você é da polícia, rapazinho?" O homem se levantou da cadeira e se curvou sobre Coronel.

"Ela é minha irmã, e eu sou melhor que a polícia." Coronel pressionou a baioneta contra o corpo do homem, sem feri-lo, mas fazendo com que soubesse que o faria, e pediu-lhe que saísse do bar. O homem pensou em recusar, mas mudou de ideia ao sentir a lâmina prestes a penetrar sua carne.

Então recebeu o mesmo tratamento que os outros.

Coronel tinha um pacote de açúcar que espalhou sobre eles. Tirou as chaves do bolso de cada um e se foi.

No começo eles não entenderam o que ele fizera, mas logo descobriram, pois formigas assassinas começaram a chegar e a escalar os corpos despidos, picando-os em todo lugar, até que ficassem vermelhos, inchados e dormentes. Nesse ínterim, usando as chaves deles, que tinham o nome do alojamento e o número do quarto, Coronel invadiu os dormitórios e ateou fogo, queimando tudo o que havia dentro.

Os homens só foram descobertos pela manhã. Pessoas se juntaram em volta deles até que a polícia apareceu com alguns seguranças armados e uma ambulância. Um dos locais atacados descreveu o rapaz que fizera aquilo, e as pessoas foram forçadas a dar o nome de Coronel. Poucos sabiam seu nome verdadeiro, e ele não pôde ser encontrado em lugar nenhum. Os que sabiam seu nome nada disseram. Quanto a onde estava, só Miller sabia, e certamente não ia dizer a ninguém.

Os estupros cessaram, e os homens deixaram de ficar tanto tempo no bar. E passaram a olhar ao redor antes de usar palavras desnecessárias com mulheres e moças que passavam.

9.

O fim do ano estava chegando e todos os professores pareciam desesperados. Não tinham recebido o salário "quadrimestral" ao qual tinham se acostumado e ajustado sua vida. Já eram quase seis meses sem pagamento, e estava chegando o Natal — quando, por causa do feriado, obviamente não chegaria nenhum dinheiro. Isso iniciou uma onda de pânico. Já tinham de fazer milagres com o salário, mas eles se tornavam impossíveis se tivessem que durar por mais tempo ainda. Ao mesmo tempo, enquanto os nervos dos professores que pregavam a relevância do estudo aos alunos eram retesados pelas circunstâncias, a companhia de mineração anunciava a abertura de empregos para funcionários de escritório, operadores, mecânicos e seguranças.

Os professores decidiram fazer uma reunião com o diretor, que também tinha sido afetado pela falta de salário. Não podia mais se dar ao luxo de ter gasolina para a motocicleta, e alguns dias chegava à escola empurrando a coisa, suando a ponto de encharcar o terno. Às vezes, os alunos empurravam a moto, e ele ia sentado em cima. Os garotos achavam divertido e, como eram em muitos, não se importavam. De vez em quando o diretor lhes dava alguns leones para o almoço. Ele chamava os garotos de seu "motor híbrido".

A reunião terminou depressa, e qualquer ânimo positivo que os professores tivessem retido dissipou-se num instante. O diretor não sabia quando viria o próximo pagamento e tentou apelar aos professores para que não abandonassem o trabalho, que era "mais do que apenas ganhar um salário". Mas seu pedido, embora genuíno, caiu em ouvidos que eram agora controlados pelo desespero e só ouviam coisas desagradáveis. Todo mundo desconfiava do diretor, especialmente porque em outra escola secundária perto dali os salários haviam sido pagos antes do feriado. E mais: ele estava terminando uma casa de cimento na cidade que se tornara motivo de inveja para todos cujos olhos viam aquela construção de quatro quartos.

Pela primeira vez, Bockarie começou a pensar seriamente em trabalhar na mineradora. Não via outro jeito de cuidar da família. Quando contou a Benjamin o que estava pensando, o amigo lhe disse que já tinha feito uma entrevista e esperava ser contratado logo. Também contou algo que vinha planejando e queria realizar antes de parar de lecionar.

"Vou roubar o livro de registro do diretor e usá-lo contra ele, para forçá-lo a fazer coisas boas para a escola", disse. E não estava brincando, como de hábito. Falava sério.

"E como você vai fazer isso? Posso ajudar?" Depois de dizer isso, Bockarie hesitou. Não estava seguro de que deveria ter se oferecido. A ideia o atormentava, mas também fazia sentido. E, pensou, talvez houvesse um jeito de se beneficiar pessoalmente do plano de Benjamin. Talvez as exigências pudessem incluir o uso do salário dos professores inexistentes para pagar a taxa escolar de todos os seus filhos. Não mencionou isso ao amigo.

"Para dizer a verdade, preciso, sim, da sua ajuda — para

ficar de vigia e distrair, se for necessário, e para um trabalho que terá de ser feito depois. Andei estudando os movimentos do diretor e sei exatamente quando atacar. Vai ser amanhã, na hora do almoço."

Ele mudou de assunto abruptamente. "Espere por mim hoje depois da aula, para podermos parar na sede da companhia, onde você pode pegar um formulário de inscrição." E forçou um sorriso, mas foi embora logo, como se quisesse encarar apenas o que fosse puro por dentro.

Depois da aula, Bockarie disse a Manawah e Miata que os veria mais tarde e que podiam ir para casa sem ele. (Abu já estava correndo pela floresta, tendo passado mais um dia sob a janela da classe, escutando as aulas e tomando notas.) Enquanto esperava por Benjamin, o diretor passou, com dois garotos empurrando a motocicleta. Acenou para Bockarie com um sorriso que mostrava estar gostando do que acontecia. Os meninos se revezavam fazendo o ruído da motocicleta, e o mais alto dos dois buzinou para Bockarie quando o diretor acenou. Ele acenou de volta e sorriu pela habilidade dos dois jovens de encontrar prazer numa atividade tão trabalhosa e ridícula.

Por que ele traz a motocicleta para a escola se não tem gasolina?, perguntou a si mesmo, como já fizera muitas vezes.

"Desculpe, homem. Eu estava pegando isto aqui." A voz de Benjamin chegou aos ouvidos dele. Estava ligeiramente distante, dando uma corridinha, com dois livros contábeis debaixo do braço. Bockarie vasculhou a área, com ar preocupado. "Relaxe, homem. Estes estão em branco." Benjamin riu. Disse que os tinha roubado, um de cada vez, de um almoxarifado algumas semanas atrás. No dia seguinte, planejava trocar o livro real que ficava na sacola do diretor por um daqueles. Dessa maneira, a sacola pesaria a mesma coisa, e ele não notaria que o livro tinha sumido. Então, durante a noite, com ajuda de Bockarie, Benjamin poderia copiar o conteúdo de todo o livro de registro no segundo livro em branco. E aí, no dia seguinte, o livro seria devolvido com um bilhete dizendo: "Nós temos o original e estas são nossas exigências!".

"Então, os planos mudaram. Vou precisar de você amanhã perto do fim das aulas para trocar o livro, pois isso vai garantir que o diretor não perceba de um dia para o outro, e nós podemos desfazer a troca na manhã seguinte, durante a assembleia, enquanto ele estiver falando." Benjamin parecia bastante orgulhoso de seu plano.

"E se ele notar que o livro real não está lá antes de ir para casa?"

"Ainda assim, o livro estaria conosco. E acharíamos um jeito de deixar nossas exigências no escritório dele. Vou garantir que saiba que sou eu — especialmente depois que conseguir o emprego na companhia."

Caminharam lentamente com os dois livros numa sacola plástica preta. Aproximaram-se da sede da mineradora, parando na estrada para falar com um sujeito que conheciam pelo nome de Ojuku.

"Os homens do ensino, professores de conhecimento! O que os traz ao meu humilde posto?", Ojuku perguntou, mesmo que desconfiasse de por que estavam lá. Apertaram-se as mãos.

"Meu homem Ojuku, estamos aqui para pegar um formulário de inscrição", Bockarie disse.

"É isso mesmo, e sabemos que você é o encarregado!" Benjamin bateu na mão de Ojuku e deram outro aperto de mão.

"Não há formulários por enquanto", Ojuku disse rindo, uma risada breve que sugeria suspensão, daí em diante, de qualquer amizade que houvesse entre eles.

"Os formulários estão bem aí, homem, na prateleira. Dá para ver daqui." Benjamin apontou para eles.

"Aqueles papéis são papéis. Estou dizendo que só há formulários quando eu quero. Por enquanto são apenas papéis, simples papéis!" Ojuku brincou com o cassetete pendurado na lateral do corpo, e abriu o portão para um sujeito de macacão.

"Então nos dê um simples papel", disse Bockarie.

"Esses simples papéis estão sob minha guarda e são propriedade da companhia. Não são de graça." Ojuku estava dentro do portão, fechado à sua frente, enquanto falava com os professores. "Aqueles papéis em branco, porém, não vão durar muito. Por algum motivo as pessoas gostam dele e apertam minha mão com notas que me fazem ver que não são simples papéis."

"Você sabe que os formulários são de graça, e mesmo assim cria problemas para sua própria gente", Bockarie disse, erguendo um pouco a voz.

"Eu digo o que é de graça por aqui. Você não vê que o encarregado sou eu, homem?" Ojuku recusava-se a dar o formulário de graça a Bockarie, mesmo sendo gratuito. Bockarie sabia que era inútil continuar argumentando, então lhe deu algum dinheiro e, zangado, pegou os papéis dos dedos de Ojuku.

"Você tinha razão, meu irmão. São mesmo formulários! Eu estava cego, mas agora vejo formulários e *hummm*." Ojuku cheirou as notas e riu novamente. Disse a Bockarie que devia lembrar-se de que se veriam outra vez quando ele devolvesse o formulário preenchido. Esfregou o polegar e o indicador um no outro, como que o advertindo de que devia se comportar, ou teria de pagar mais ao retornar.

Nessa tarde, antes do cair da noite, Bockarie andava de um lado para outro na varanda, confuso, segurando uma caneta e o formulário de inscrição. Ele havia perguntado a Kula sobre candidatar-se a um emprego na companhia.

"Se você acha que poderia ajudar a família, então experimente. Pode sempre largar o trabalho se partir demais seu coração." Sua resposta deu-lhe a segurança de que ela ficaria ao seu lado independentemente de qualquer coisa, mas ele ainda sentia que não estava certo. Porém, aquilo tinha de ser feito. Perguntou também a seu pai, Pa Kainesi, que por alguns momentos não disse nada, talvez porque tivesse ocultado sua voz dentro de si, já havia algum tempo. Então, após um longo suspiro, que foi ainda mais torturante do que ouvir seu penetrante silêncio, ele disse:

"Sim e não são a mesma coisa nesta nossa terra de hoje. Boa sorte, meu filho." Calou-se novamente e saiu para encontrar os amigos, com quem se sentava para observar as idas e vindas dos habitantes da cidade. Bockarie não entendeu o que ele quis dizer. Resolveu preencher o formulário antes que a noite abraçasse totalmente o límpido céu azul.

Será temporário, e pode ser que eu nem consiga o emprego, garantiu a si mesmo, as mãos trêmulas ao começar a escrever seu nome. Preencheu cuidadosamente, pensando em cada palavra antes de escrever. Ele tinha apenas uma cópia e sabia que, se cometesse algum erro, teria de dar mais dinheiro a Ojuku. Mal tinha o suficiente para que o homem recebesse o formulário preenchido e o colocasse numa caixa de onde seria tirado e examinado. Não podia ser dar ao luxo de ter de pegar outro.

Entrementes, naquela noite, como em muitas outras, a polícia e os seguranças armados apareceram na cidade procurando por Coronel. Chegaram a interrogar Salimatu sobre seu paradeiro, mas nada sobre o que acontecera com ela. Miller e Ernest assumiram o comércio de lenha na ausência dele, e Kula começou a cozinhar para os garotos em período integral, algo que aparentemente Coronel discutira com ela. Kula, Mama Kadie, Miata e especialmente Mahawa, que se tornou uma amiga próxima, cuidavam de Salimatu. As duas moças estavam sempre juntas em todo lugar, rindo e se revezando para carregar Tornya. Às vezes não dava para saber quem era a verdadeira mãe da criança.

* * *

Durante uma semana, Bockarie e Benjamin tentaram sem êxito trocar o livro de registro do diretor. E todo dia, após outra tentativa frustrada, passavam pelo quadro de avisos na sede da mineradora para ver se a lista de novos contratados fora afixada.

Era uma quarta-feira, e estavam mais uma vez verificando o quadro, sem nenhuma esperança. Era só uma nova rotina para retardar a ida para casa, uma brincadeira com a possibilidade de alguma coisa, qualquer coisa, acontecer. Teve início entre eles uma conversa sobre o que aconteceria se conseguissem o emprego. Falaram sobre o impacto que isso teria sobre os alunos, que ficariam sem professores por todo o período que levaria para arranjar substitutos, por mais longo que fosse. Sabiam também que ninguém procurava um cargo de professor não remunerado e que um de seus colegas provavelmente seria manipulado pelo diretor para assumir o lugar deles. Ficaram inquietos com as consequências de suas decisões, e ainda mais tristes quando pensaram no brilhantismo de alguns alunos e no entusiasmo pelo estudo que as crianças tinham mesmo naquelas condições difíceis.

Bockarie pensou especificamente num menino e numa menina que todos os dias vinham do município vizinho, percorrendo doze quilômetros a pé, para frequentar as aulas e tiravam cem por cento em todas as matérias. Os alunos tinham lhe dito que se revezavam lendo as anotações um para o outro enquanto iam e voltavam para a aldeia. Era o único jeito de terem tempo para estudar, pois quando chegavam em casa estavam cansados demais para isso. Eles também tinham convencido os professores a lhes dar lições nos fins de semana, quando deveriam descansar das longas caminhadas.

"Acho que deveríamos continuar dando aulas mesmo quando não formos mais professores", disse Bockarie.

"Concordo. Ainda podemos cobrar, ou vai ser de graça?"

"Temos que cobrar. Você conhece nossa gente. Se é local e é de graça, acham que não presta. E alguns alunos vão sair." A resposta de Bockarie fez os dois se sentirem ligeiramente melhor em relação a deixar a escola.

"Olhe — eu não esperava que isso acontecesse hoje." Benjamin apontou, e eles se apressaram, quase correndo. Uma multidão de homens e rapazes — alguns cuja juventude lutava para se apegar ao rosto desesperado — estava em volta do quadro de avisos vazio. Havia mais de cinquenta homens e vinte rapazes, a maioria deles novos na área.

Quando Bockarie e Benjamin se aproximaram, puderam ouvir a voz baixa dos homens desejando boa sorte um ao outro, os desejos repletos de ansiedade. Ojuku, ficaram sabendo, em breve traria a lista com o nome daqueles a quem os deuses haviam abençoado e amaldiçoado ao mesmo tempo.

Enquanto aguardavam, optaram por encarar a possibilidade do emprego como uma bênção. Foi na verdade uma espera breve, mas pareceu mais longa, e Ojuku brincou com as emoções do grupo, mostrando-lhes o pequeno poder que tinha sobre eles. Ficou atrás da grade fingindo dar um telefonema enquanto esquadrinhava a lista de nomes e erguia a cabeça para examinar os rostos na multidão. Tendo se cansado de zombar do grupo, e preocupado com a possibilidade de os patrões estrangeiros o surpreenderem no ato, finalmente saiu pelo portão.

A multidão se juntou ao redor, o peso aglomerado o empurrando mais depressa para o quadro onde afixou uma lista de vinte nomes. O grupo, não mais reconhecendo a importância de Ojuku, quase o atropelou para olhar o documento.

Benjamin e Bockarie esperaram atrás, observando, e, lentamente, homens e rapazes que tinham corrido para a frente com entusiasmo começaram a dispersar, desapontamento em cada parte do corpo. A decepção podia ser vista na forma como seus braços se recusavam a balançar, grudados rigidamente à lateral do corpo, resistindo ao ritmo natural. Podia ser ouvida pela forma como os pés pisavam mais fundo no chão de poeira, como que querendo enterrar o corpo que carregavam. Depois que aqueles muitos homens e rapazes miseráveis (que de algum modo reacenderiam o espírito e voltariam ali para se candidatar de novo) haviam partido, alguns poucos rostos jubilosos se congratulavam, forjando amizades instantâneas, especialmente se os postos fossem os mesmos.

Benjamin foi na frente de Bockarie rumo à lista e, virando-se, pegou o amigo e o ergueu no ar antes de colocá-lo de volta no chão diante do quadro de avisos. Ambos haviam sido contratados. Fariam um trabalho pelo qual receberiam. Benjamin seria operador e mecânico, e Bockarie seria funcionário de escritório e técnico de laboratório.

"Você tem alguma ideia do que significam esses empregos ou o que exigirão de nós?", indagou Benjamin.

"Estou desorientado — mas estamos empregados!"

O restante da caminhada para casa não pareceu tão insuportável como de hábito. Assumiriam os cargos em breve, embora em dias diferentes — Benjamin primeiro, depois Bockarie. Então precisavam escrever a carta de demissão antes do fim da semana. Porém, o mais importante: tinham de pegar o livro de registro do diretor.

"Temos de pegar o livro amanhã se quisermos ter tempo de copiar o conteúdo e entregar nossa carta de demissão na sexta-feira", disse Benjamin.

"Concordo, e podemos devolvê-lo nessa mesma manhã." A resposta de Bockarie foi mais rápida que o habitual, o que fez Benjamin levantar a cabeça para encontrar o olhar do amigo. Com outro aperto de mão despediram-se e foram para casa num estado de espírito de causar inveja a muitos homens da cidade. Benjamin e a família iriam à casa de Bockarie naquela noite para comemorar.

"Sei que você tem boas notícias quando chega com essa cara linda e radiante", Kula disse ao pôr os olhos no marido. Envolveu-o nos braços, apertando com força cada parte de seu corpo.

"As crianças estão olhando", ele avisou ao beijá-la.

Bockarie pediu à esposa para fazer guisado de galinha para a família e mais arroz para comemorar o novo emprego. Mandou o filho mais velho, Manawah, comprar refrescos para todos e pilhas para o toca-fitas. Pa Kainesi olhou para o filho em advertência. Ainda assim, o velho não pôde resistir quando Manawah chegou com as pilhas e Bockarie pôs para tocar Salia Koroma, um músico antigo, o predileto do pai. Acompanhado de acordeão, ele cantava parábolas dos velhos costumes, e as canções fizeram Pa Kainesi levantar-se e começar a cantar e dançar. Ele mandou a neta Miata convidar Pa Moiwa e Mama Kadie. Ambos foram com relutância, mas logo se animaram e dançaram, cantando e lembrando os dias da juventude.

Benjamin, Fatu e os filhos Bundu e Rugiatu chegaram. Ela havia preparado comida, que carregava em uma cesta. Entregou-a para Kula, que a chamou de lado para uma conversa particular. Ambas davam risadinhas enquanto serviam a comida, preparando uma travessa grande para os meninos e homens, e outra para as mulheres e meninas. Então se sentaram todos juntos na varanda e comeram. No fim da ceia a música foi retomada e a festinha continuou durante horas.

Mama Kadie reuniu as crianças. "Um homem chegou ao rio com uma cabra, folhas de mandioca e um leão. Ele precisava cruzar o rio e só podia fazê-lo com um item de cada vez. O leão comeria a cabra se os dois ficassem sozinhos, e a cabra comeria as folhas de mandioca. Como ele conseguiu atravessar o rio?"

A brincadeira estendeu-se noite adentro.

Em dado momento, Thomas e Oumu ladearam o pai enquanto se deleitavam com a garrafa gelada de fanta que dividiam. Cada um dava um gole, depois passava para o outro, animadíssimo.

"Pai." Thomas chamou a atenção de Bockarie — e de todo mundo.

"Nós" — o garotinho apontou para a irmã Oumu e para os filhos de Benjamin, Bundu e Rugiatu — "queremos que você e tio Benjamin arranjem um emprego novo todo dia. Adoramos a festa, especialmente a fanta!" As outras crianças bateram palmas para Thomas, e para seus pais, e para seus irmãos, e para seus amigos... e a noite prosseguiu rumo ao nascer do dia, como deve ser.

No dia seguinte, na escola, Benjamin foi ver o diretor. Bateu na porta semiaberta, ele levantou-se de um pulo e caminhou rapidamente para ela.

"O que posso fazer por você?", indagou, irritado.

"Posso imprimir uns folhetos para nossas aulas no fim do dia?" Benjamin postou-se na porta, mas o diretor não o deixava entrar.

"Por que no fim do dia?" O diretor secou a testa com o lenço.

"É o único tempo livre que tenho, e não quero usar o horário de aula para fazer o serviço", Benjamin explicou. "Ou o senhor prefere que eu faça isso?" E arregalou os olhos para o diretor, que permaneceu calado por alguns instantes.

"É claro que você não deve usar seu horário de aula. E prometi ajudar você e seu simpático e calado amigo. Você, no entanto, é um rebelde." O diretor olhou para Benjamin com o objetivo de intimidá-lo, mas não conseguiu.

"Não vim aqui para ouvir insultos, mas, se é isso que o senhor quer, ficarei feliz em trocar o máximo de palavras grosseiras com o senhor."

"Você não gosta de ser subordinado, hein? Tudo bem, basta de conversa inútil. Venha ao meu escritório quando tiver acabado. Estarei aqui", o diretor disse. "Há muito pouco combustível no gerador, e não vai durar mais que cinco minutos. Temos que terminar antes disso. Qualquer coisa para ajudar meus alunos e seus dedicados professores!"

Benjamin assentiu com um sorriso torto. O diretor continuou parado na porta, observando o passo rápido e confiante de Benjamin ao se afastar.

Mais tarde, durante a impressão, que durou três minutos até o gerador começar a engasgar, Bockarie se aproximou e pediu para falar com o diretor em particular. Antes de saírem, o diretor lançou a Benjamin, que ia ficar tomando conta da impressora, um olhar que reiterava que não gostava nada, nada dele.

Benjamin o ignorou e, assim que o diretor virou as costas, reassumiu sua postura curvada sobre a impressora, juntando os papéis e colocando-os dentro da sua sacola aberta, por cima do livro de registro, para que este não ficasse visível.

"Então qual é esse assunto particular que você gostaria de discutir comigo?", o diretor perguntou enquanto olhava para o escritório, observando Benjamin.

"Adoro ensinar, senhor, mas estou tendo dificuldade de fazer isso com o mesmo entusiasmo que eu costumava ter." Bockarie garantiu assim sua atenção. Estava prestes a continuar quando o gerador fez um som engraçado e tudo desligou.

"Falo com você outra hora", o diretor disse, retornando ao escritório. Para escapar da conversa que não queria ter, usou a desculpa de que precisava se assegurar de que Benjamin conseguira imprimir folhetos suficientes. Bockarie fez que sim, concordando. No escritório, o diretor encarou Benjamin, que lhe mostrou o interior da sacola com os folhetos sobressaindo.

"Bem, isto deve quebrar o galho por algum tempo." O diretor forçou um sorriso e pegou sua própria sacola para ir para casa. Diante da sala, apertou de novo as mãos de Bockarie e Benjamin antes de empurrar a motocicleta, na qual montou no topo da ladeira para a descida. Os dois amigos caminharam para casa em silêncio; Benjamin não perguntou o que Bockarie dissera ao diretor, e Bockarie não indagou como Benjamin conseguira pegar o livro de registro.

Naquela noite, ficaram acordados quase até o amanhecer. Juntaram todos os lampiões a querosene e lanterna das duas casas e se revezaram segurando a luz para que o outro copiasse o registro nos mínimos detalhes.

Então redigiram sua concisa carta de demissão, ambas terminando com a promessa de que "continuariam a contribuir com o crescimento de seus alunos por meio de aulas de reforço". E inseriram exigências finais, que garantiam o segredo do livro de registro do diretor em troca de... de... de quê, exatamente?

"Precisamos fazer exigências que possamos monitorar", disse Bockarie.

"Quero garantir que ele mantenha a escola aberta aconteça o que acontecer, e que todos os alunos — especialmente aqueles que são inteligentes e não têm dinheiro para pagar — recebam apoio com o dinheiro que ele está surrupiando", Benjamin disse com um bocejo.

Bockarie acrescentou aquilo, atiçando os pedaços de carvão para reiniciar o fogo e ferver água para um chá. Com as costas viradas para Benjamin, disse: "Acho que devemos ser específicos. Manter a escola aberta, isso ele pode fazer em certa medida sem que o forcemos. Quanto aos alunos, precisamos dar o nome daqueles pelos quais queremos que pague, e precisa ser um número razoável".

"Espero que você não esteja com pena desse sujeito. Se eu tivesse filhos nessa escola, eu os incluiria nos termos. Portanto, não tenho certeza de por que você não trouxe isso à tona."

O comentário de Benjamin, apesar de surpreender Bockarie, o liberou do fardo de parecer egoísta. "Vamos então fazer essa parte dos termos", ele disse imediatamente, com um sorriso que chegou bem a tempo de vencer um bocejo que queria tomar conta do seu maxilar. Também concordaram em adicionar o nome de todos os amigos de Coronel — Amadu, Salimatu, Victor, Ernest e Miller.

"Aliás, onde você acha que o Homem no Comando está?", perguntou Bockarie.

"Não sei, mas não me preocupo com ele. Sabe cuidar de si melhor do que você e eu!" Dando lentos goles no chá, terminaram de redigir as exigências, que incluíam conseguir material para os professores, pagar as taxas escolares para todos os filhos de Bockarie e quinze outros alunos, arranjar giz para as aulas de reforço e garantir que a escola permanecesse aberta a todo custo. Calculando aproximadamente o custo de todas essas coisas, perceberam que seria metade dos salários dos professores inexistentes que o diretor tinha na folha de pagamento.

"Ele ainda vai poder comprar gasolina para a motocicleta, mas não vai sorrir nem metade do que sorri agora", Benjamin disse com uma risadinha.

Naquela noite não dormiram, e a caminhada até a escola no dia seguinte foi morosa e arrastada. Mas a distância e o calor gradualmente apagaram o sono de seu semblante, ainda que o corpo se recordasse de ter sido privado de uma noite de repouso. Perto da escola, Benjamin foi ficando com um humor bem melhor do que o do amigo. Bockarie ainda estava ansioso, e assim permaneceria até terem devolvido a cópia do livro de registro. Começou a ficar menos preocupado, porém, quando Benjamin desapareceu enquanto os alunos se preparavam para a assembleia. E, quando voltou, estava sorrindo ainda mais que antes.

A assembleia finalmente teve início, e o diretor colocou-se perante os alunos, segurando o livro de registro sob o braço. Era algo bastante incomum, ele carregá-lo abertamente, e Bockarie ficou aliviado por terem devolvido o livro antes. Depois que o diretor terminou seus avisos e deu um passo atrás para que todos cantassem a canção do colégio e o hino nacional, ele começou a folhear o livro. Os olhos de Bockarie e Benjamin estavam cravados nele quando puxou o papel que continha seus termos. Seu maxilar se enrijeceu enquanto lia, e ele olhou imediatamente para Bockarie ao acabar. O professor evitou seu olhar. O diretor dobrou o papel e o enfiou no bolso direito, enquanto seus olhos varriam os professores para ver quem era o responsável por aquilo. Excluiu Bockarie da equação pela menção explícita às taxas escolares de seus filhos. Mas, quando seus olhos finalmente encontraram os de Benjamin, o professor deu um sorriso torto e bateu continência em zombaria.

O diretor foi até o fundo do grupo reunido e postou-se ao lado de Benjamin. Por debaixo da voz dos alunos cantando, disse: "Então é você que está por trás desta loucura, meu amigo? Tem ideia dos problemas que eu posso lhe causar?".

"O senhor quer dizer que pode me demitir. Esse é o único problema que pode me causar agora."

"Não só demiti-lo, mas assegurar que não lecione em nenhum lugar deste país."

"Neste caso, vou facilitar para o senhor. Eis aqui minha carta de demissão." Benjamin entregou-a ao diretor.

Ele sabia que não tinha mais controle sobre Benjamin, mas precisava dizer alguma coisa para não revelar completamente a derrota que sentia. "Não terminei ainda com você. Está sob meu comando hoje e vou fazer do seu dia um inferno."

O diretor se afastou, amassando a carta de demissão, mas sem jogá-la no chão. Benjamin quis responder algo como "O senhor só pode ameaçar alguém com o inferno se essa pessoa nunca o viveu", mas deixou para lá. Durante o dia, o diretor passou diante da janela da classe, distraindo Benjamin e os alunos. Fez o professor sair e lhe disse num sussurro: "Quero ver você no fim do dia".

"Não há nada para discutir. O senhor viu meus termos", Benjamin retrucou, começando a voltar para a classe.

"Quem mais está envolvido nisto? E como vou saber que não fará mais exigências?" O diretor postou-se gentilmente diante de Benjamin e virou-se de lado para os alunos não considerarem aquilo um confronto.

"Não há mais ninguém envolvido. Guardei seu segredo num local seguro, e os termos permanecerão os mesmos. Mas o senhor não está em posição de negociar nada, então pare de me perturbar." Benjamin forçou a passagem pelo diretor e voltou à sala de aula.

Ele não contou aos alunos que era seu último dia. Mas eles estavam acostumados à natureza inconstante das coisas e sabiam por instinto quando as circunstâncias estavam prestes a mudar. Não precisavam de explicações. Portanto, no fim da aula, alguns alunos aproximaram-se do professor, um de cada vez, apertaram sua mão e saíram. Aqueles que não gostavam de despedidas simplesmente foram embora, evitando o contato visual. Benjamin sentiu ligeiramente que os estava abandonando. Sentou-se na sala de aula vazia e lembrou-se do que havia se passado ali.

"Tudo um dia chega ao fim, como a própria vida", murmurou como consolo antes de se levantar para partir.

Bockarie esperou por ele para fazer a caminhada rotineira para casa juntos. Seria sua última como professores.

"Tenho que pegar meu material de trabalho. Venha comigo, amigo", disse Benjamin.

"Como você se saiu com o homem hoje?"

"Ele tentou me ameaçar. Queria descobrir quem mais fazia parte da trama. Mas não conseguiu nada!"

"Você acha que desconfia de que participei?"

"Ele não tem nada, então está preocupado em descobrir quem participou. Não se inquiete. Você vai começar a trabalhar na companhia logo, de toda maneira." Benjamin cutucou o amigo. Estavam ao lado das minúsculas lagoas de pesca que a mineradora tinha criado para reabilitar a terra.

"Quantas lagoas você vê aqui?", perguntou Benjamin, apontando para a água lodosa e para os peixes exaustos, nadando de uma ponta a outra, com movimentos pouco naturais das barbatanas, num indício claro de que queriam sair.

"Não mais que cinco."

"Você alguma vez já comeu peixe desta lagoa?"

"Não, e não conheço quem tenha comido."

"Eles dizem que essas lagoas foram feitas para criar peixes para as pessoas cujo rio foi destruído, mas esses peixes não são suficientes nem para alimentar uma criança por um dia", Benjamin disse, rindo.

"Por que criar barracudas num país que tem mais peixe dessa espécie do que pode comer? E você vai trabalhar para essa gente?" O sarcasmo de Bockarie fez o amigo sorrir.

"Sim! E você também. Temos que nos apressar antes que a loja de suprimentos feche."

Quando Benjamin retornou, dez minutos depois, carregava uma sacola de estopa com seus novos materiais de trabalho, e um crachá balançava pendurado no pescoço. Bockarie deu alguns tapinhas no ombro do amigo para congratulá-lo. Então se sentaram junto à cerca de arame e Benjamin examinou o conteúdo da sacola, mostrando a Bockarie o novo uniforme: um macacão, capacete amarelo e botas pretas mais pesadas do que qualquer sapato que já tinham calçado. A insígnia da empresa, com uma cabeça de leão distorcida, estava no capacete e na sacola. Benjamin vestiu o capacete enquanto começavam a percorrer o último trecho para casa. Pessoas sorriam quando eles passavam. Encontraram um velho que disse: "Vocês não são mais professores. Isso aí vai proteger sua cabeça?". O velho riu com sarcasmo.

Separaram-se para ir para casa. Bockarie contou resumidamente para a família sobre Benjamin, e instalou-se ao lado de sua lamparina de querosene para corrigir lições e preparar as aulas para o dia seguinte. Pela primeira vez, sentiu um grande desgosto com o que estava fazendo e teve que se esforçar para terminar. Não conseguia parar de pensar em começar a trabalhar para a mineradora. Mesmo sem saber em que consistia o trabalho, a perspectiva de uma renda maior e estável era suficiente para abandonar o ensino. Kula sentiu a mudança de humor no marido. Tirou a maioria dos papéis da mão dele e os corrigiu ela mesma.

Quando acabou, entregou-lhe tudo e caminhou lentamente, para assegurar que os olhos dele encontrassem as sedutoras qualidades de seu corpo. "Você ainda é professor, e para seus filhos sempre será. Nunca tente apagar isso. Agora vou para o quarto e preciso das suas instruções, professor Bockarie!" Ele a seguiu.

Nesse meio-tempo, Benjamin e Fatu tinham acabado de pôr os filhos na cama e discutiam alegremente o que fariam com o dinheiro adicional. Concordaram em economizar para construir uma casa. Ele insistiu que ela deveria voltar ao curso de enfermagem que abandonara por falta de dinheiro.

Foi uma noite cheia de sonhos com o que estava por vir. Sonhos que ainda eram possíveis, mesmo que o caminho para realizá-los não fosse necessariamente o melhor. Mas quem sabe que caminho percorrer quando todos são tortuosos ou foram bloqueados? Uma pessoa simplesmente tem que continuar caminhando.

10.

Benjamin acordou antes das cinco, hora que o despertador ia tocar. Acendeu a lanterna e examinou suas velhas anotações e seus planos de aula ainda na cama, sem querer se levantar, para não acordar Fatu. Leu:

"Nesta aula, ensinei-lhes como absorver conhecimento em oposição a simplesmente memorizar. Ensinei-lhes como se tornar um pensador individual, e não parte da maioria que concorda com tudo o que é popular, com medo de ficar sozinho em seu modo de pensar." Deu uma risadinha pelo otimismo que tinha então, pela certeza do impacto positivo que podia ter sobre os alunos. Ainda acreditava naquelas palavras, mas não tinha mais fé na maneira de ensiná-las a outros, especialmente em Imperi... em seu país... na terra, em geral. Fatu virou-se no sono, e Benjamin desligou a lanterna e não se mexeu. Ela voltou a dormir profundamente. Ele ficou lendo suas anotações até chegar a hora de a mulher se levantar. Ela foi até o fogo e ferveu a água, deixou-a esfriar até a temperatura adequada e chamou o marido para se lavar. Depois, sentou-se com ele, acariciando seu rosto enquanto comia o guisado de galinha com arroz que havia preparado na noite anterior e esquentado enquanto Benjamin se lavava. Alguns dos vizinhos, que não dormiam bem perguntando-se como fariam para manter a família viva mais um dia, acharam o cheiro do guisado um tormento. Reviraram-se na cama, cobrindo o nariz com o lençol, que não cheirava a nenhuma promessa. Era um bom modo de começar o dia, num lugar onde as doses de decepção eram abundantes.

Quando estava totalmente vestido com seu novo macacão, capacete, botas e meias, Benjamin praticou o andar, indo de um lado para outro na frente da esposa, cujo sorriso competia com o fulgor das chamas que vinham do fogo. Depois de permitir que seus pés se familiarizassem com as novas meias e botas, com o preto brilhante das botas, que significava que era um trabalhador da companhia mineradora, ele comentou: "Bem, acho que as amaciei e agora já sabem quem eu sou".

Benjamin sorriu para Fatu. Sua expressão dizia que estava pronto para o trabalho, qualquer que fosse ele.

"Vou me despedir das crianças", disse, dirigindo-se ao quarto onde dormiam.

"Não as acorde", Fatu sussurrou. Benjamin acocorou-se e pôs a palma da mão na testa dos filhos, depois puxou a coberta sobre o corpo miúdo de cada um e saiu.

Fatu estava pronta, com um balde numa mão, e com a outra segurou a mão do marido. Caminharam juntos até o entroncamento onde outros homens esperavam para ser apanhados para o trabalho. Logo que viram o casal, deram risada, porque também se lembravam do primeiro dia de trabalho e da alegria naquele momento.

"Você está com cheirinho de novo! A gente sempre tem cheiro de novo no primeiro dia", Rogers saudou Benjamin.

Benjamin ficou surpreso de vê-lo. Depois que seu filho pisara no fio elétrico que a companhia deixara exposto, Rogers evitava encontros sociais.

"É bom vê-lo, senhor", disse Benjamin, apertando a mão dele.

Fatu abraçou o marido e seguiu seu caminho para o rio. O caminhão chegou, e os homens saltaram na traseira. Os bancos eram tão duros quanto o chão do veículo, e o macacão novo de Benjamin já estava um pouco sujo. Ele tentou limpar as botas e partes do macacão com o lenço. Os homens riram.

"Não perca seu tempo", Rogers disse. "Logo que você entra aqui, tudo que era brilhante fica sujo e empoeirado. Já, já você vai cheirar a produto químico."

Com o caminhão correndo pela estrada, a poeira e as pedras atrás dele, às vezes alcançando-o, Benjamin começou a perceber por que os macacões e os capacetes eram necessários, mesmo antes de chegar ao trabalho.

O veículo não foi para o sítio de mineração. Passou pelo local, costurando entre intermináveis represas, que iam ficando cada vez maiores, enquanto a terra se tornava mais e mais vermelha, expondo suas feridas, e os homens cada vez mais quietos. O riso parecia mais forçado quando aceitavam os últimos gracejos da manhã. O caminhão parou numa grande clareira no meio das represas, que podia ser vista a quilômetros de distância. Um dia houvera ali florestas, que haviam sido empurradas para as montanhas verdes ao longe. Outros veículos estavam descarregando. Os homens cumprimentaram-se, e logo a clareira foi tomada pelas conversas.

"Qual é a draga e qual é a usina?", Benjamin perguntou a um sujeito ao seu lado. O homem apontou a usina, que parecia uma casa de ferro de vários andares flutuando na água, e a draga, uma estrutura similar, mas que também parecia uma escavadeira, pois na frente tinha dentes.

Para onde vou?, pensou Benjamin. Os operários brancos chegaram logo depois em suas Toyotas brancas, e a animada conversa parou abruptamente. Os locais que eram supervisores abandonaram os homens com quem estavam conversando e assumiram um ar de autoridade ao se aproximar dos chefes estrangeiros.

"Formem filas aqui e aqui — agora", um dos supervisores berrou para os companheiros, que fizeram filas, com estrangeiros na frente e supervisores locais atrás deles, seguidos pelo resto dos trabalhadores. Benjamin escolheu uma das filas, a mente ansiosa para o que o aguardava no trabalho.

Duas barcaças se aproximaram das margens da represa, carregando tantos homens que, se algum pusesse a mão para o lado, elas se arrastavam na água. Uma vinha para a usina, ligada à draga por uma fila de caçambas de ferro que giravam. A outra vinha da draga. Os homens, alguns com o rosto mais escuro que o resto da pele, desceram e ocuparam os caminhões vazios, que partiram.

Os estrangeiros entraram nas barcaças, e um supervisor local dirigiu o resto dos operários para uma das duas. Benjamin foi mandado para a barcaça que ia para a draga. Lá estavam alguns de seus ex-alunos. Fizeram meneios com a cabeça em sua direção. Um dia, Benjamin discursara para eles sobre a importância da educação. Agora se sentia ligeiramente envergonhado, mas espantou esse sentimento.

O motor parou e a barcaça roçou a lateral da draga. Um depois do outro, e o mais depressa possível, os homens subiram os degraus de ferro para o deque principal. Os brancos imediatamente foram para escritórios dotados de espelhos que serviam para enxergar todas as operações, deixando os supervisores assumirem o comando. Benjamin olhou em volta. Por todo lado havia placas de aviso que diziam PERIGO. Eram tantas que ele imediatamente soube que precisava ficar alerta o tempo todo. Alguns cartazes não tinham palavras: apenas mostravam um esqueleto e um X vermelho em cima.

O barulho era ensurdecedor. Um dos alunos de Benjamin entregou-lhe pequenas coisas indicando que deviam ser colocadas nos ouvidos. Ele o fez, e o barulho melhorou um pouco.

"Você é novo?", um dos supervisores berrou.

Antes de Benjamin poder responder, o homem berrou outra vez: "Venha comigo". Ele o seguiu e foi posicionado perto de alguns canos para observar as caçambas de ferro que carregavam minerais encharcados; se saíssem do lugar, deveria alinhá-las.

"Seu treinamento está começando. Foco, meu bom homem." O supervisor estalou os dedos para ter sua atenção plena. "Diga-me, professor, onde neste país você consegue achar um trabalho que lhe pague enquanto está em treinamento?" Ele deu uma palmadinha no ombro de Benjamin e se foi.

Benjamin quis fazer perguntas, mas o supervisor já tinha ido embora, andando pelos degraus de ferro sobre os canos, através das partes móveis da draga, com tanta facilidade que era como se estivesse em terra firme.

"Aqui. Pegue isto e vou ajudá-lo. É hora do meu intervalo, então não se preocupe." Um dos ex-alunos de Benjamin deu-lhe óculos de proteção e recostou-se contra um dos postes de ferro que segurava uma escada.

"Alguma instrução para um novato?", Benjamin indagou.

"Certifique-se de sempre estar usando luvas e óculos de proteção. Além disso, preste muita atenção onde se encosta ou onde se segura, porque uma boa parte desses canos e metais estão quentes. Quer dizer, quentes de verdade. Tão quentes que se você encostar neles a única coisa que não vai queimar serão seus ossos. Mas até os ossos ficarão marcados."

"A maior parte do trabalho exige ficar de pé durante grande parte das oito horas ou mais?"

"Sim, professor. A gente só descansa durante breves intervalos e no almoço, mas o senhor vai se acostumar. Fica mais fácil trabalhando perto de um cara que gosta de contar histórias e piadas!" O jovem enxugou o suor da testa. Seguiu os olhos distraídos do professor e viu que ele observava dois homens rezando. Ambos recitaram primeiro a prece islâmica, a Al-Fatiha, virados para o nascente. Depois seguiram com a Prece do Senhor. Hesitaram e em seguida entraram numa área de onde saltavam chamas.

"O que foi aquilo?", Benjamin perguntou ao aluno.

"Algumas pessoas fazem isso antes de entrar em alguma área de risco. Dizemos por aqui que é tão perigoso que é preciso rezar duas ou mais orações — porque assim pelo menos uma delas vai chamar a atenção de Deus!"

Ele deu risada. E, assim que riu, um som alto e dolorido rasgou o ar. Vinha do local onde os dois homens tinham acabado de entrar. Um deles surgiu, o macacão parcialmente em chamas, a carne severamente queimada de um lado, desde a axila até a cintura. As mãos e o rosto davam a impressão de que o fogo tinha sugado a carne dos ossos. Homens o deitaram sobre um cano frio e esfregaram areia molhada sobre as áreas queimadas que ainda tinham pele. Alguém eliminou o que quer que estivesse dando vida às chamas, e todos os homens, inclusive Benjamin e o aluno, amontoaram-se para ver o que tinha acontecido. Havia sangue na pequena área, e lá estava o corpo do outro homem. A mão direita ainda estava presa nos dentes da máquina, que continuava a virar e revirar seu corpo. O rádio do supervisor ficou mudo, e ele o aproximou dos ouvidos. "Sim, senhor", disse, erguendo os olhos para os escritórios cobertos de espelhos.

"De volta ao trabalho, todo mundo. Agora", ele berrou, e os homens se dispersaram, voltando para o posto de serviço. O ex-aluno que fizera companhia a Benjamin bateu-lhe nas costas, e eles seguiram caminhos separados. Ainda não era hora do almoço, e Benjamin perguntou-se o que mais o dia lhe traria — talvez algo de bom para compensar uma vida perdida.

Na escola, Bockarie estava imerso em devaneios sobre começar a trabalhar. Imaginava o que Benjamin estaria fazendo. Invejava o fato de ele estar livre do tédio que agora sentia. O clima na escola estava ficando mais tenso. O único homem que sempre dava um jeito de sorrir, o diretor, andava de mau humor, e não fazia mais seus discursos motivacionais.

Enquanto os alunos de Bockarie trabalhavam em silêncio em suas redações, ele meteu a mão na sacola da mineradora e sentiu o macacão, as botas, o capacete. O cheiro de novo em folha tomou conta de seu nariz. Ele começaria a trabalhar em três dias, e mal podia esperar.

Ao entardecer, Bockarie cancelou as aulas de reforço, porque um músico vinha à cidade. Kula, Benjamin, Fatu e Bockarie haviam combinado de ir dançar. Ao sentar-se na varanda corrigindo rapidamente as redações para poder aprontar-se para sair, Bockarie viu Benjamin voltando do primeiro dia de trabalho. Seu macacão e seu rosto estavam completamente enegrecidos.

Sorrindo, Bockarie levantou-se de um salto e apertou a mão do amigo. “E então, como foi, rapaz?”

Benjamin queria contar ao amigo o que acontecera no trabalho, mas Bockarie parecia alegre demais. Então, em vez disso, respondeu com uma pergunta: “Houve um funeral na cidade hoje?”.

Aquilo não fez sentido para Bockarie. “Não. Do que você está falando?”

Benjamin cobriu o rosto com um sorriso, que no fundo era

frágil. "O serviço pode ser extenuante, mas é ótimo, rapaz. Sou pago enquanto estou em treinamento para o serviço que devo fazer!"

"Mal posso esperar para começar, rapaz. E vamos dançar esta noite!" Bockarie bateu no ombro dele e começou a andar para trás, voltando à varanda, dando ao amigo tempo de ir ver a família.

Benjamin acenou em despedida, ainda sorrindo, mas consumido em seus pensamentos pelo que acontecera ao corpo do homem que havia morrido no trabalho. Por que ninguém sabia daquilo? O que aconteceria à família?

Andou até sua casa mantendo o sorriso no rosto, para a esposa e os filhos. *Tenho sorte de ter um emprego que me paga um pouco mais*, pensou, forçando o sorriso para ficar ainda mais largo ao ver Fatu à sua espera na varanda. Ela havia trançado e untado o cabelo, e se pusera muito bela para ele. Usava um vestido verde bordado com um padrão de palmeiras na bainha, e as crianças estavam ao lado dela com a pele limpa e reluzente de creme hidratante, em trajes tradicionais de algodão leve com estampas de heróis africanos.

"Bem-vindo ao lar, querido. Estou tão feliz! Como foi seu primeiro dia de trabalho?" Ela puxou uma cadeira para o marido se sentar.

"Bem-vindo ao lar, papai! Nós lhe desejamos uma noite agradável e obrigado pelo trabalho duro!" As crianças tinham ensaiado aquilo a tarde toda. Com risinhos, abraçaram o pai e saíram correndo.

"Não foi nada que um ex-professor não pudesse encarar. Somos abençoados." Ele sorriu ainda mais forte para garantir que a impressão de felicidade em seu rosto não sumisse.

"Esta noite vamos comemorar, então você precisa ir tomar

um banho. Deixe o macacão aqui, vou passar uma água nele." Fatu foi até o fogo para preparar água quente para o marido.

"Obrigado, querida, mas você não deve se preocupar com o macacão. Amanhã ele vai ficar sujo de novo. Só deve ser lavado quando meu nariz não aguentar mais o cheiro!" Ele riu, e ela balançou a cabeça, diante do jeito sempre engraçado do marido.

No fundo da casa, Benjamin não conseguiu desfrutar o prazer de jogar cumbucas cheias de água na cabeça e no corpo. O sabão ficou sobre a pele mais tempo, e suas mãos se esqueceram do que fazer; seus movimentos, que eram uma segunda natureza, foram invadidos por pensamentos sobre o que acontecera no trabalho. Como podia trazer o assunto à tona quando todos os colegas se calavam? No caminho de volta a Imperi, todo mundo fizera suas brincadeiras como se nada tivesse acontecido. Ele parecia ser o único atormentado. Quem sabe essas ocorrências tivessem se tornado comuns para eles? A poeira atrás do caminhão parecia ter um ar de brutalidade no caminho de volta. As pedras que voavam com tamanha determinação davam a Benjamin a impressão de querer atingir os operários.

No caminhão, outro trabalhador lhe disse: "Se levar tudo a sério desse jeito, não vai durar. Acredite em mim, já houve coisa pior, bem pior". E então voltou a sentar-se, o corpo dançando ao ritmo do veículo galopante.

"É o banho mais demorado que você já tomou. O que está fazendo aí?" A voz de Fatu despertou Benjamin de seu tormento. Ele terminou de se banhar depressa para poder comer e se aprontar para o encontro com Bockarie e os outros.

Todo mundo — Benjamin e Fatu, Bockarie e Kula, e vários outros da cidade — estava animado ao caminhar para o campo da escola, que fora cercado por varas e palhas para criar um salão de dança a céu aberto. Um longo pano pendia sobre a entrada para manter afastados os olhos dos que não podiam se permitir esse luxo simples. Ainda assim, rapazes e moças zanzavam do lado de fora, curtindo a música, mesmo que de vez em quando os gritos de animação vindos de dentro fizessem com que detestassem sua juventude, sinônimo de falta de dinheiro, o que significava que não podiam entrar no espaço de dança. Lá dentro, Benjamin, Fatu, Bockarie, Kula e a maioria das pessoas de Imperi e das áreas vizinhas dançavam como se não houvesse amanhã. A música embriagante, a boa companhia e a bebida que corria em abundância aos poucos foram eclipsando o tormento de Benjamin.

De todos os dançarinos, Sila era o melhor, e dançava todas as músicas sozinho. O suor encharcava seu corpo e então secava, e ele não se importava. Benjamin e Bockarie viram Coronel em algum momento da noite. Usava um boné de beisebol vermelho, a aba disfarçando o rosto, e estava muito bem vestido, melhor do que lembravam. Trajava uma camisa branca lisa sem pregas de mangas compridas com uma gravata pendurada folgadamente no pescoço. Chegou perto de Kula e, de costas para ela, disse: "Obrigado por tomar conta dos outros. Eles me disseram que nunca comeram comida tão deliciosa quanto a sua".

"Disponha sempre. Quem é você?", Kula disse, sabendo muito bem que podiam ser muitas pessoas lhe dizendo aquelas palavras. Coronel começou a dançar e usou um movimento para virar-se e levantar a aba do boné, fazendo uma rápida revelação.

"Penso ter visto um sorriso aí. Será que vi mesmo, meu jovem?" Ela virou-se brevemente para o marido a fim de lhe contar e, quando se virou de volta, Coronel, como de hábito, desaparecera.

Naquela noite ele foi ver Mama Kadie para dizer-lhe que podia contar com ele para qualquer coisa que precisasse.

"Obrigado, Kpoyeh, ou Nestor. Qual dos dois você usa atualmente?", ela disse com um sorriso.

"Aceito qualquer um que a senhora escolher", ele respondeu.

Coronel falou calmamente. *Kpoyeh* significa água salgada, e ele recebeu esse nome porque a água salgada não permite que nada permaneça dentro dela, jogando tudo para fora. E Nestor veio porque o tabelião que registrou seu nascimento não conseguiu pronunciar ou escrever Kpoyeh, mas tinha se deparado com Nestor e adorado o significado do nome.

Perto das cinco da manhã os portões foram abertos para todos poderem entrar e ver o músico que viera da capital. Todo mundo conhecia suas canções, e uma em particular, chamada "Yesterday Betteh Pass Tiday" (Ontem foi melhor que hoje), provocou um urro de comoção. As pessoas ganharam vida talvez pela verdade contida na canção, e que conheciam tão intimamente, apesar de nunca conseguir encontrar as palavras certas para comunicá-la a si mesmos. Dançaram fazendo a terra tremer, de modo que até os espíritos perturbados ficaram mais felizes.

A última canção falava a todos os homens, mulheres e jovens que lutavam no dia a dia para fazer algo da vida. Era uma canção chamada "Fen Am" (Encontre), e encorajava as pessoas a se levantar todos os dias e buscar oportunidades. Mesmo que estivessem cansadas de bater perna o dia todo, a maior parte do tempo para nada, não deveriam desistir. E a música continuava:

Não há mão de comida para o ocioso
Não vou fazer nada de ruim mas vou tentar e fazer acontecer

Depois, a música aconselhava que não se invejasse o que os outros têm, fosse saúde ou bens, porque nunca se sabe como essas coisas foram conquistadas.

A noite prolongou seus últimos músculos de escuridão enquanto a canção retumbava, cantada com igual vigor pelo músico e pela multidão que se apegava a cada palavra. A nostalgia daquela noite já se instalara dentro deles enquanto caminhavam para casa entoando a letra.

"Vou trabalhar com você, rapaz. Começo hoje! Daqui a pouco nos vemos na encruzilhada", Bockarie disse a Benjamin, puxando o corpo exausto da esposa para casa. O outro simplesmente invocou um sorriso e bateu no ombro do amigo, sabendo muito bem que não podia dizer nada.

Bockarie era o sujeito mais feliz no caminhão naquela manhã, e com o macacão mais limpo. Foi largado no sítio de mineração e acenou para Benjamin, que foi levado para a draga.

Bockarie estava sendo treinado para testar amostras de solo e determinar qual mineral havia nelas. Enquanto aprendia isso, um de seus colegas de trabalho tirou algumas pedras de aparência interessante, realmente grandes, do meio das amostras. Os chefes que os monitoravam pela câmera anunciaram, pelos alto-falantes, que ele deveria ir até o escritório trazendo as pedras e as amostras de solo. Ele nunca retornou. Ninguém nunca mais o viu nem soube o que aconteceu com ele. Após buscá-lo durante meses sem sucesso, a esposa e o filho deixaram Imperi. A única coisa de que Bockarie lembrava era que, logo depois de o homem ter sido chamado, um caminhão com guardas armados estacionou, algo foi rapidamente carregado na traseira, as portas se fecharam ruidosamente e o veículo partiu. Daquele dia em diante, quando Bockarie e Benjamin voltavam do trabalho, não diziam muita coisa sobre o que tinham feito. A única gratidão que manifestavam, e o faziam para agradar à esposa, era por ganhar um pouco mais de dinheiro do que antes, e esse pensamento bastava para manter o sorriso forçado no rosto por mais tempo do que o coração desejava.

Os anciãos não estavam felizes.

Queriam que Benjamin e Bockarie voltassem a lecionar, porque sentiam que a companhia de mineração tiraria a força deles e os embotaria o espírito. Por algum tempo, os dois continuaram dando aulas de reforço, mas sua paixão feneceu, e os alunos, sentindo o cansaço e o desinteresse dos professores, deixaram de frequentar as aulas. A casa de Benjamin e a de Bockarie ficaram mais silenciosas à medida que aumentavam seus dias de trabalho para a companhia. Depois do serviço, os dois só queriam ser deixados em paz.

"Pai, como é possível que você não leia mais e que aqueles garotos grandes e altos não venham com seus livros?", Thomas perguntou certa noite, enquanto Bockarie estava sentado sozinho na varanda, ocultando na escuridão os sentimentos que haviam se apoderado de seu rosto.

"Volte para dentro e faça sua lição de casa." Antes, a resposta costumava ser um convite para sentar-se junto a ele, quando então explicava algumas coisas ao filho caçula e lia para ele. O menino arrastou os pés para dentro de casa, e a mãe soube o que tinha acontecido. Oumu, a precoce irmã gêmea de Thomas, sempre remediava a situação. Saiu para a varanda, envolveu o pai com seus bracinhos e subiu no colo dele.

"Pai, mamãe disse que você é o melhor professor do mundo. Então quero que você seja meu único professor quando eu estiver na escola secundária. Você tem que prometer. E vovô disse que você está perdendo a força. Mas eu acho que você ainda vai ter alguma quando eu for grande..." E continuou até o pai finalmente sorrir, e não era um sorriso falso. Ele prometeu ensiná-la. Ela correu de volta para dentro para contar a todos, e eles puderam ouvir Bockarie rindo na varanda enquanto Oumu relatava o que havia concordado em fazer. Bockarie se postou junto à porta, observando a família, depois se virou para juntar-se ao pai, que sempre se sentava do lado de fora à espera da brisa fresca que vinha em abundância quando a noite estava bem mais tranquila.

"Meu filho, o professor, operário de uma mineradora. Sente-se com seu pai e compartilhe esta brisa." Pa Kainesi deu uma batida no banco ao seu lado. "Na vida de toda pessoa adquire-se uma porção de títulos pelas coisas que se faz. Os seus até agora são 'professor' e 'operário'. Por mais títulos que você adquira, existe um que sempre lhe serve melhor, porque traz doçura ao seu espírito. Você parece preocupado estes dias, meu filho."

"Está tudo bem, pai. O trabalho não é o que eu pensava, mas o dinheiro é um pouco melhor e sempre vem."

"Seus olhos, seus movimentos, não dizem que as coisas estão bem. Talvez eu não deva me intrometer. Só tenha certeza de que não vai se perder completamente nesse trabalho só para ter o que comer." O velho segurou as mãos do filho e eles conversaram noite adentro. Seu riso pairou pela casa e deixou Kula e as crianças felizes. O rosto de Pai Kainesi resplandecia, e suas bochechas, que viviam tensas, relaxaram. Em certo momento, Bockarie tomou a mão do pai e a colocou sobre as próprias bochechas. Quando criança, ele adorava a sensação e o calor das mãos do pai, antes que viessem as preocupações da vida, antes da guerra.

Um fim de tarde, após o trabalho, Bockarie decidiu voltar a pé para casa. Ele vinha sentindo falta da caminhada que fazia quando era professor. Permitia-lhe ver e cumprimentar outras pessoas. Embora estivesse exausto e a poeira parecesse particularmente pesada, percorreu seu caminho ao longo da estrada devagar.

Depois de alguns minutos andando, ele ouviu alguém correndo atrás dele. "Professor, professor, por que está tão pensativo? Está lecionando para a estrada? Ou talvez para o pó?" As risadas eram de Benjamin, que pôs o braço direito sobre o ombro do amigo. Fizeram piadas sobre o diretor, que ainda estava zangado com Benjamin e procurando maneiras de conseguir o livro de registro de volta.

"Eu juro, uma vez ele tentou me atropelar com a motocicleta nesta encruzilhada. Acho que mudou de direção só porque apareceram outras pessoas", Benjamin resmungou.

"Aliás, onde está o livro?"

"Rapaz, acho que perdi! Eu ficava mudando de lugar porque tinha medo que alguém encontrasse. Mas o diretor não sabe disso", explicou Benjamin. Eles deram espaço para o caminhão que carregava rutilo para as docas. O motorista acenou para eles.

"É o Rogers! Então agora ele é motorista? Isso explica por que não o tenho visto no trabalho há algum tempo." Benjamin virou-se para Bockarie e estava prestes a fazer uma pergunta quando ouviram um som forte seguido de um choro de mulher. Correram em direção a ele.

Uma mulher estava sentada na terra segurando nos braços o corpo de um menino pequeno. Ele tinha tentado atravessar a estrada correndo para a mãe; por causa da altura do caminhão, Rogers não o vira. O pneu dianteiro esquerdo derrubou o menino, arrastando seu corpo para baixo do veículo, e o pneu traseiro direito duplo achatara seu corpo contra o chão. O caminhão dera um leve solavanco ao passar sobre o corpo, então Rogers parou para ver o que tinha ocorrido. Ele saltou do veículo, tremendo. Seus olhos viram tudo. Alguns dos ossos do menino rasgaram sua pele. O rosto da mãe imediatamente se enrugou de pesar. Rogers usou o rádio para pedir ajuda. De algum modo, o menino ainda respirava. A voz no rádio o instruiu a entrar no caminhão e seguir para seu destino; alguém iria para lá em breve cuidar do garoto.

"Não vou fazer isso. Vou ficar aqui até a ajuda chegar", Rogers disse.

"Então se considere suspenso até segundo aviso", a voz respondeu, e o rádio silenciou. Em questão de minutos, chegou uma Toyota com vidro escuro, e um empregado tirou o rádio de Rogers, entrou no caminhão e seguiu viagem afastando-se da cena do acidente. Os pneus traseiros, empapados de sangue e sujeira, pintaram a terra já perturbada com a vida do garoto. O veículo que tinha trazido o novo motorista voltou correndo para o sítio de mineração, perto de onde ficava o hospital, deixando o menino nos braços da mãe. Rogers disse a ela que deviam levar o menino para o hospital. Ele sabia que a ajuda não viria — o veículo que deveria tê-los levado não o fez. A mãe levantou-se com o filho, e foi aí que a vida o abandonou por completo. Ela deitou o garoto com cuidado e partiu para cima de Rogers, batendo nele em toda parte até ficar exausta. Ele a envolveu em seus braços e a abraçou, chorando.

"Ele era o único filho que me sobrou. Perdi todo mundo na guerra e agora estou sozinha", ela disse, soluçando enquanto saía do abraço de Rogers e pegava seu filho. Benjamin e Bockarie tentaram ajudar, mas ela própria queria carregar a criança. Andou na direção do sítio de mineração. Rogers a seguiu, sem saber o que podia fazer.

"Eu me pergunto aonde ela está indo", disse Bockarie.

"E Rogers, coitado. Justo quando estava começando a se recobrar da morte do filho", disse Benjamin. Ambos observaram a mulher caminhando no meio da estrada, de modo que os carros precisavam desviar para evitá-la.

Ao chegar ao portão do sítio de mineração, ela chamou o encarregado para ver o que tinham feito ao seu filho. Os seguranças receberam ordens de escoltá-la para fora da área.

Ninguém pôde prever o que aconteceu em seguida. A mulher correu com a criança nos braços na direção de uma das cercas eletrificadas e se apoiou nela, eletrocutando-se. Um corvo soltou um grito agudo nas proximidades, e o silêncio se fez mais profundo. Algo rasgara o tecido daquele dia. Rogers correu do amontoado de gente até Imperi. Não foi para casa. Entrou no mato e rasgou as roupas até ficar nu. Ele jamais voltou, mas era avistado de vez em quando comendo comida crua e raízes nos limites da cidade. Teria enlouquecido, ou estaria se punindo pelo acidente? Ninguém sabia, nem mesmo sua esposa, pois ele não falava e parecia ter esquecido até da família, dos amigos e dos colegas de trabalho.

Quanto à mulher e seu filho, foram removidos da cerca à noite, depois que os guardas dispersaram a multidão. Ninguém soube quem fez aquilo, ou onde eles foram enterrados. Nada foi relatado sobre eles em lugar nenhum. Era como se nunca tivessem existido.

11.

Menos de uma semana depois do incidente, havia homens brancos por toda a cidade, auxiliados por alguns locais que carregavam seu equipamento. Começaram a marcar casas, árvores e o solo com tinta: vermelha, branca e amarela. Rumores diziam que eram geólogos (aqueles que conversam com a terra para descobrir o que ela escolhe dar aos viventes — esta era a tradução mais próxima para os anciãos) que haviam determinado a existência de grandes depósitos minerais sob o solo de Imperi. Todos sabiam o que isso significava: em breve a cidade seria escavada para que os minerais fossem extraídos. Mas recusavam-se a acreditar. O que significavam as cores? Para onde iriam? Aquelas perguntas tomavam conta de toda reunião na cidade e chegaram a intrometer-se nos sussurros privados. À medida que a confusão aumentava, um geólogo chegou a entrar no cemitério, para marcar lápides e cortar árvores.

Os anciãos, cerca de oito deles, decidiram confrontar os homens brancos, acordando cedo e aguardando com paciência no fim da estrada onde começava o trajeto para o cemitério. Algumas horas depois, quatro homens brancos saltaram dos veículos e esfregaram algo nos braços, no rosto e no pescoço; puseram capacete e começaram a conversar entre si enquanto os locais descarregavam o equipamento.

Os anciãos limparam a garganta. "Vocês aí, jovens brancos. Disseram-nos que devem escutar a terra e aprender com ela. Mas o que estão fazendo é outra coisa, e contra aqueles cujo papel é escutar a terra", disse aos estrangeiros um deles, com graça e sabedoria em cada parte do seu ser.

"Temos permissão de minerar em qualquer lugar onde encontremos rutilo neste território", disse um dos geólogos.

"Quem lhes deu essa permissão?", outro ancião indagou.

"Seu governo. Nossa companhia tem a permissão por noventa e nove anos."

"Mesmo que seja esse o caso, vocês cavariam o túmulo do seu próprio avô ou avó para achar minerais?", perguntou Pa Moiwa. Os homens brancos ignoraram a pergunta.

Os anciãos não conseguiram obter mais respostas. Tiveram uma rápida reunião em pé diante da entrada do cemitério e concordaram em enviar alguém para pleitear junto à chefe suprema. Não podiam acreditar que alguém alugasse sua terra por noventa e nove anos impunemente e sem nenhum controle; não podiam compreender que alguém escolhido como ministro ou presidente de um país pudesse tomar tal decisão. Mesmo chefes locais não faziam isso com pessoas que conheciam e com quem tinham crescido. Por mais idiota que fosse, uma solução precisava ser encontrada, e ainda não havia necessidade de desistir daquela pessoa que supostamente deveria representá-los. Com certeza ela se oporia à decisão de minerar onde seus ancestrais estavam enterrados.

A chefe suprema enviou uma resposta no dia seguinte dizendo que em dois dias iria à cidade para uma reunião e que até então todo o trabalho no cemitério e na cidade seria interrompido. O trabalho de fato parou. Houve algum alívio no ar; finalmente, alguém estava escutando.

No dia em que ela chegou, todo mundo levou a esperança e a força que restavam para o campo de futebol. Era o único espaço grande o suficiente para acomodar a multidão. Alguns dos homens do governo também foram — seus óculos escuros e carros vistosos os denunciavam. E é claro que havia os homens brancos encarregados da companhia, escoltados por seus guardas armados e pela polícia.

"Finalmente podemos ter uma discussão em conjunto sobre esta terra", alguém berrou, e as pessoas aplaudiram e entoaram velhos bordões de solidariedade.

A chefe suprema pegou o megafone, e os cânticos feneceram. "Fizemos reuniões com seus chefes, e eles lhes contarão os detalhes, mas eis o que decidimos: esta cidade será relocada. Suas casas serão reconstruídas em outro lugar e vocês receberão um pagamento pelo aluguel de suas plantações e propriedades. Vocês devem cooperar e não causar problemas para esses homens." Ela baixou o megafone e apertou a mão dos funcionários do governo e dos estrangeiros. Todos pareciam satisfeitos consigo mesmos, sorrindo como se tivessem prestado um extraordinário serviço para os muitos rostos endurecidos diante deles.

A multidão começou a gritar: "Somos donos desta terra! Ninguém nos consultou!". Os funcionários, protegidos da população por seus guardas armados e pela polícia, entraram em seus carros e deixaram o povo da cidade com as próprias brigas. Pa Moiwa desmaiou e precisou ser carregado para casa. Naquele fim de tarde, as habituais nuvens em camadas que convocavam a noite a encobrir o céu estavam quebradas em muitos pedaços e lutaram para fazer seu chamado. Assim, também a noite chegou num ritmo de derrota que aprofundou ainda mais a melancolia da cidade. Nem mesmo os pássaros cantaram; simplesmente foram em silêncio para o ninho, como se soubessem que em breve teriam de achar um novo lar.

E os homens da mineradora, como que sabendo que se esperassem a população acharia um jeito de impedi-los, começaram a arrebentar o cemitério alguns dias depois.

Ninguém soube como as máquinas chegaram lá, mas certa manhã estavam prontas para aprofundar a ferida que destroçava a espinha dorsal da comunidade. Os guardas armados e a polícia também estavam lá, com equipamento antitumulto, postados ao lado de uma barreira feita com pedaços de pau e apontando as armas para quem chegasse perto ou olhasse duro demais.

Os motores das máquinas rugiam, soltando fumaça em direção ao céu da manhã e atormentando o sol nascente. As lâminas escavavam os túmulos, tirando corpos, crânios e ossos ainda envoltos em velhas roupas de algodão; foram todos depositados numa grande vala cavada pelas máquinas. As pessoas choravam e gritavam em vão. Pediam perdão aos ancestrais. Ninguém jamais testemunhara um cemitério inteiro destruído dessa maneira.

Algumas pessoas recusaram-se a crer que aquilo estivesse de fato acontecendo. Pensavam estar tendo um pesadelo que ia passar. Parecia que o sol tinha contado à lua o que vira, porque ela recusou-se a sair aquela noite. O silêncio fez a escuridão demorar mais, mais ainda do que durante a guerra. Na manhã seguinte, hesitantes, um após outro, os habitantes da cidade foram ao cemitério. O lugar era agora um buraco fundo sem túmulo nenhum, sem indício de que algum dia tivesse existido. A grande vala onde todos os mortos haviam sido empilhados fora coberta. As pessoas deixaram ali oferendas, rezaram e choraram.

Pa Moiwa ficou ainda mais doente. Seus amigos lhe disseram que ele não devia morrer de desgosto.

“Não há lugar para enterrar você, para se juntar aos outros. Então você precisa viver”, Mama Kadie lhe rogou.

"Preciso ir e dizer a eles que tentamos impedir essas coisas, que eles precisam tentar ficar conosco de outra maneira", disse aos amigos enquanto caminhavam para casa. Os anciãos tiraram os sapatos para sentir a terra, mas ela tinha uma sensação diferente: áspera e amarga.

Naquela noite houve chamas no cemitério, e uma explosão matou dois seguranças desarmados. Alguém botara fogo nas máquinas. Mas foi apenas um pequeno contratempo — a destruição logo continuou, e mais guardas armados foram postados em toda parte. Notícias dos acontecimentos não chegavam aos jornais nem ao rádio das cidades próximas, muito menos à capital do país. As brochuras anuais da companhia mineradora estavam cheias de histórias coloridas de construção comunitária, novas escolas e bibliotecas. Não havia menção à destruição de cidades e cemitérios, à poluição das fontes de água, à perda de vidas humanas, ou a crianças que frequentemente se afogavam nas muitas represas.

Pa Moiwa morreu algumas semanas depois, e o mesmo aconteceu com muitos outros idosos. Foram sepultados perto do velho cemitério na esperança de que seu espírito se juntasse ao daqueles que tinham ido antes. Mas a área, junto com a sepultura coletiva ao lado, foi logo inundada.

A cidade estava em meio a uma relocação para uma terra árida. As casas novas eram menores, com fundações mais fracas. Eram feitas de tijolos de lama, não de cimento ou argila. Como resultado, às vezes desabavam sobre a família, matando todos os que estavam dentro. É claro que os relatórios policiais culpavam os habitantes por não cuidar da casa que a mineradora construíra para eles. A nova cidade também não tinha árvores, nem terra apropriada para o cultivo, nem mananciais de água. Toda manhã, um caminhão carregando um tanque ia distribuir água para a população. Todos, inclusive mulheres e crianças, brigavam para conseguir um balde ou dois, mesmo que a água cheirasse mal e contivesse ferrugem. As escolas que haviam sido destruídas não foram levantadas de novo, de modo que todo mundo precisava ir para a cidade onde estava a escola secundária. Isso significava longas caminhadas em estradas com enormes caminhões passando frequentemente. Quando uma criança saía para a escola, esperava-se ansiosamente para ver se retornaria viva. Acidentes eram comuns. Os veículos não paravam quando atingiam alguém; a companhia não assumia nenhuma responsabilidade.

Benjamin e Bockarie ainda trabalhavam para a mineradora, e Rogers sumira completamente. Os mais velhos aguardavam naquilo que aos poucos foi se tornando a carcaça de Imperi. Todo mundo se mudou, exceto alguns dos órfãos. Quando os estrangeiros foram contar o número de casas pelas quais teriam de pagar ou reconstruir, não contaram nenhuma ocupada por jovens, órfãos, ou por aqueles que haviam sido crianças-soldados. Alguns adultos tentaram assumir que eram proprietários das casas, de modo que as crianças pudessem ser compensadas — seus pais, afinal, tinham sido donos —, mas tais esforços de nada adiantaram. Famílias assumiram o máximo possível de órfãos, mas havia muitos deles. Por insistência de Kula, Bockarie assumiu o grupo de Coronel, com exceção de Ernest, com quem Mama Kadie tinha criado laços de afeto.

Ela dava de propósito tarefas a Ernest que o punham em contato com Sila, que começara a falar com o rapaz, dirigindo-lhe palavras sem olhar para ele. Tinha começado quando Ernest defendera seus filhos de outras crianças sem usar violência. Um garoto jogara uma pedra, e Ernest colocara-se na trajetória dela, de costas. Depois rosnou para ele, que fugiu e se contraiu de medo.

Mas logo que os olhos de Maada e Hawa cruzaram com os de Ernest, ele sorriu, e os dois também. Sila vira tudo de longe.

"Obrigado, Ernest", ele disse, abaixando-se para abraçar os filhos. O garoto saiu andando, ainda sentindo que não fizera o suficiente e que jamais poderia fazer.

Mas agora não era hora de consertar relacionamentos. Era hora de ensinar o coração a se adaptar a outra terra, conservar as memórias daquela que em breve seria abandonada, preservar a imagem do que tinha existido para que não fenecesse com o tempo, para que pudesse viver de forma vibrante nas histórias.

Como fazer as malas para abandonar sua cidade para a mineração? Era mais fácil fugir durante a guerra — você sabia que, não importasse o que acontecesse, se sobrevivesse seria capaz de voltar para casa e permanecer na terra. Agora ela seria inundada; desapareceria.

Era o último dia de vida da verdadeira cidade de Imperi, antes de seu nome tornar-se algo novo, algo a que as línguas de seus habitantes tinham de tentar se acostumar. Mama Kadie e Pa Kainesi tinham pedido a todos que passassem o sábado lá pela última vez. O céu lavara o rosto, e suas lágrimas encharcaram a estrada de terra, de modo que a poeira parecia incapaz de se levantar. Até mesmo as árvores agora se regozijavam, sacudindo as folhas com a passagem do vento, aliviadas do fardo de carregar poeira.

Os anciãos lentamente acharam seus passos na estrada, os pés descalços deixando marcas no solo, marcas que a terra abraçou com familiaridade. As casas agora pareciam solitárias. A cada tantos passos, os anciãos erguiam a cabeça na direção do céu. Mandaram um menino correr pela cidade pedindo a todos que se reunissem no campo após a chuva. Sentaram-se na varanda de Pa Kainesi e aguardaram. Logo que ele terminou os anúncios, começou a chover de novo, dessa vez com tamanho vigor que cada gota deixava uma marca no chão.

Pa Kainesi pigarreou. "Ah, meus amigos, estamos vivos mais um dia para coletar memórias. Meu sangue está cheio de memórias. Então, preciso ficar de pé e me esticar para abrir mais espaço antes de começarmos a conversar." Levantou-se e andou de um lado para outro, mexendo levemente os ombros e erguendo os joelhos.

"Kainesi, se despertar seus ossos mais do que já fez, essas coisas velhas vão quebrar. Sente-se, por favor. Já abriu espaço suficiente para novas memórias hoje", Mama Kadie disse com um risinho.

"Olhe as chuvas, como estão caindo nestes dias. Não há raios. O trovão tem medo de anunciar sua chegada." Levantou-se outra vez e foi até a borda da varanda, estendendo a mão sob a chuva. Esfregou-a no rosto endurecido e continuou. "Quando eu era menino, minha avó me dizia que o raio cai porque Deus envia seus ancestrais para tirar fotografias da terra e da sua gente. Não temos mais raios. Os últimos caíram durante os anos em que falaram as armas. Meu coração se enche de fogo quando penso nessas coisas." Ele retornou à sua cadeira de bambu.

"E também tem chovido mais que o habitual. É como se a terra quisesse se purificar." Mama Kadie entoou uma canção num murmúrio, rogando para a chuva cessar, mas nada mudou.

"Se da última vez que Deus mandou os ancestrais para tirar fotografias desta terra foi durante os anos em que o sangue foi derramado, então precisamos encontrar um jeito de convidar mais raios. Precisamos de retratos mais novos desta terra. Nem toda ela foi perdida", Pa Kainesi disse.

"Tenho enviado minha voz para o mundo por trás dos nossos olhos, mas não tenho recebido nada", Mama Kadie disse em voz baixa. Os outros anciãos só escutavam. Como se estivesse ouvindo atrás da porta, a chuva parou abruptamente. Por alguns instantes, ninguém disse nada. Sabiam que era hora de ir até o campo para Mama Kadie falar a todos pela última vez.

Quando seus pés chegaram ao último pedacinho de terra da parte velha da cidade, postaram-se perto da avenida principal. Levava dias para a chuva encharcar a poeira daquela rua. Olharam para ambos os lados para ver se vinham carros ou caminhões, que corriam pela cidade sem nenhuma consideração pelas pessoas que atravessavam. Quando estavam prestes a transportar seus velhos esqueletos e cruzar a rua, ouviram o rugido de um motor que soava como uma vaca ferida. Um Toyota Hilux branco, com as janelas fechadas, passou correndo por eles, levantando poeira e pedrinhas no ar. A poeira ergueu-se até seu rosto enrugado, chegando aos lábios e nariz, fazendo-os cuspir e tossir.

"Minha mente jamais entendeu por que esses homens brancos guiam tão depressa pela cidade. É preciso prender a respiração para chegar a qualquer lugar por aqui", disse Pa Kainesi, tossindo e limpando o pó da testa. "E por que eles têm carros brancos para andar nestas estradas cheias de poeira e lama?"

O campo estava apinhado de gente, e vívidos bolsões de conversa irrompiam por todos os lados. Os poucos jovens na cidade estavam ao redor, alguns em árvores para poder assistir direito à reunião. Coronel também estava lá, separado de todo mundo para impedir a presença de intrusos. Seria a última vez que pisava em Imperi.

"Como o mundo saudou vocês hoje?", Pa Kainesi perguntou a todos.

"O mundo nos saudou gentilmente esta manhã, despertando-nos com vida. Contudo, estamos perturbados", alguém gritou por cima da voz da multidão. Algumas pessoas riram e outras concordaram com murmúrios. Pa Kainesi fez um gesto para Mama Kadie se adiantar e assumir. Ela ficou quieta por alguns instantes, para convidar o silêncio, que trazia os espíritos para o meio dos vivos. Então começou:

"Costumávamos nos sentar numa roda para contar muitas histórias. Atualmente, quando conseguimos fazer uma roda ela é composta em sua maioria de idosos e adultos. Não há muitas crianças para receber as histórias. Nosso coração, dos anciãos, chora, porque estamos preocupados com a possibilidade de perder nossa ligação com as diferentes luas que estão por vir, com as luas que passaram, e com o sol de hoje. O sol vai se pôr sem nossos sussurros. Os ouvidos e as vozes daqueles que se foram estarão fechados para nós. Nossos netos terão espinhas dorsais frágeis e não terão ouvidos para entender o conhecimento que está dentro deles, que os sustêm firmes nesta terra. Um simples vento de desespero fará com que se quebrem facilmente. O que devemos fazer, meus amigos?" Todos os rostos na multidão ficaram sérios. "Devemos viver no brilho do amanhã, como nossos ancestrais sugeriram em seus contos. Para o que ainda está por vir, o amanhã tem possibilidades, e devemos pensar nele, o mais simples lampejo dessa possibilidade de coisas boas. Essa será nossa força. Essa sempre foi nossa força. Isto é tudo que eu queria dizer." Ela se virou e se afastou da multidão.

Aos poucos, as pessoas começaram a cantar, a dançar e a brincar umas com as outras. Os sorrisos que haviam se apagado voltaram a brilhar. Aquele não era um lugar para ilusões; a realidade ali era a felicidade genuína que surgia a partir da magia natural de estar perto de alguém e de ser consumido pela força do espírito de humanidade dessa pessoa. Foi isso que iniciou o dançar e o cantar, fazendo sair o sol. Era o último dia da vida na verdadeira cidade de Imperi. O nome mudou-se com a nova cidade, mas ela jamais seria capaz de conter as histórias.

Três meses depois, era impossível saber que um dia existira uma cidade onde Imperi estivera: uma represa artificial agora ocupava grande parte da terra, a superfície da água reluzindo com o reflexo dos minerais abaixo dela. A draga estava em pleno funcionamento, escavando rutilo ou, como os mais velhos diziam, "o excremento colorido e brilhante da terra, que mostra que ela ainda está saudável". Na maior parte dos dias, porém, as pessoas desejavam que os excrementos do solo fossem como todos os outros, indesejados, e que sua terra não carregasse dentro de si coisas belas que lhes traziam miséria.

A cidade nova não tinha a magia de Imperi. Os pássaros não foram junto, porque não havia árvores para que construíssem seus ninhos. Os galos que foram levados cantavam na hora errada.

Um dia, Bockarie estava trabalhando quando seu celular tocou. Ele nunca recebia chamadas durante o dia e, quando recebia, a pessoa só dava um toque — ligava e desligava, esperando um telefonema de volta, pois nunca tinha crédito. No entanto, seu telefone tocava com insistência, e ele atendeu.

"É seu irmão, Benjamin. Como vai você, rapaz?" A voz dele estava trêmula.

Bockarie franziu o cenho. "Não está no trabalho? E por que está chorando? Você já é um homem."

"Estou ligando para me despedir, irmão. Cuide da minha família e os devolva para a terra natal deles por mim."

O coração de Bockarie disparou. Podia sentir a dor de Benjamin através do telefone, e não quis acreditar. "Por favor, deixe de piada. Não tem a menor graça, rapaz."

"Sei que vivo fazendo piada, mas é sério. A draga tombou, e estou preso debaixo de uma daquelas caçambas de ferro enormes, junto com mais cinco. Três já morreram. É só uma questão de tempo". A voz de Benjamin já não tinha medo.

Enquanto o amigo falava, Bockarie decidiu correr até a casa de Benjamin para que ele ao menos pudesse falar com a esposa e os filhos pelo telefone. Levantou-se da escrivaninha e começou a sair do laboratório onde testavam amostras de solo.

Seu supervisor disse: "Bockarie, sente-se de volta no seu posto ou será demitido".

Seu coração e o corpo inteiro estavam tão cheios de dor que seus ouvidos não absorveram o que os chefes gritavam. Ele os empurrou para fora do caminho e correu para a cidade enquanto escutava as últimas palavras do amigo. Como estava com o uniforme da companhia e tinha um crachá, conseguiu uma carona. Manteve o telefone grudado no ouvido, escutando Benjamin. Os homens na traseira do caminhão discutiam a draga tombada, dizendo que tinham ouvido que ninguém se ferira.

Bockarie saltou do veículo antes que ele parasse, e correu até a casa de Benjamin, entregando o telefone para Fatu. Ela procurou não chorar diante das crianças. Não disse nada, mas largou o que tinha nas mãos e ficou parada no lugar, como se seus pés tivessem criado raízes. Seu belo rosto reluzente se retorceu e perdeu o brilho, as lágrimas saindo lentamente, a língua incapaz de proferir um som. Após um tempo que pareceu uma eternidade, tirou o telefone do ouvido e o devolveu a Bockarie, os olhos dizendo-lhe para ficar com seus filhos. Ela correu até os fundos da casa, vomitou e começou a chorar, a barriga em convulsões.

Nesse meio-tempo, Bockarie ficou com Bundu e Rugiatu, que não tinham idade suficiente para entender a situação. Estavam fascinados por poder ouvir a voz do pai ao telefone. "Vejo você logo, papai, quando você sair dessa máquina", Rugiatu disse, e ela e o irmão deram risadinhas. Bockarie pegou o telefone deles. Agora só podia ouvir a respiração pesada do amigo, e a voz dos outros homens presos com ele discutindo como tirar o telefone de suas mãos. Bockarie correu de volta para a encruzilhada para subir num dos veículos da companhia, que ele presumiu que se dirigia para a draga. Foi-lhe dito que ninguém tinha permissão de ir para lá no momento. Ele argumentou com o motorista.

"Estou no telefone com meu amigo, e ele está preso lá com outros."

"Você não ouviu que ninguém se feriu? A draga só tombou, e todo mundo que estava trabalhando na hora está a salvo", o motorista lhe disse. Bockarie sentou-se no chão e chorou, a única coisa que podia fazer para honrar seu amigo. Não podia ir à polícia e não tinha como espalhar a verdade — nem tinha dinheiro para pagar um anúncio no rádio ou uma notícia no jornal. Ele e a família dos outros homens não podiam sequer recuperar o corpo — a companhia insistiu na história de que ninguém tinha morrido. Afixaram uma lista com o nome daqueles que estavam trabalhando e fizeram uma marcação diante de cada um, indicando que haviam sido computados. O nome de Benjamin não estava lá, nem dos outros que tinham morrido.

A draga foi reerguida, e as operações reiniciadas. O incidente fez com que as pessoas lembrassem da guerra, quando passavam pelo mesmo sofrimento emocional e psicológico, sepultando pessoas sem um corpo ou túmulo.

Bockarie retornou ao trabalho, deixou o crachá na mesa do chefe e foi embora antes de ser formalmente demitido.

Naquela noite, a família de Benjamin e a de Bockarie e os anciãos sentaram-se juntos na varanda. Oscilaram entre a tristeza e a felicidade. Não podiam falar sobre o que tinha acontecido nem chorar na frente dos filhos de Benjamin. As crianças mais velhas sabiam, e tiveram o cuidado de não dizer nada. Mesmo com as precauções, houve momentos em que Bundu e Rugiatu inconscientemente fizeram os olhos de todos se encher de lágrimas, e os adultos fechavam a boca para o maxilar não tremer de pesar.

"Quero contar uma história que o papai me contou ontem", Bundu disse a certa altura, e realmente contou, imitando a voz do pai.

"Eu queria que o papai estivesse aqui para contar a outra história que nos prometeu", disse Rugiatu, esticando-se e olhando para a mãe com um sorriso. Mais tarde, quando todas as crianças tinham ido dormir, Bockarie, seu pai, Kula, Fatu e Mama Kadie sentaram-se em silêncio no escuro. Kula estava ao lado de Fatu, consolando-a, esfregando suas costas para que seu estômago convulso não a fizesse vomitar.

"Prometi a ele pelo telefone que levaria sua família de volta para a terra natal, em Kono", disse Bockarie. "Preciso me programar para fazer isso o mais breve possível, já que aqui as coisas são tão frágeis." Levantou-se e saiu da varanda para dentro da noite sem dizer nada a ninguém. E ninguém fez perguntas.

Os dias seguintes foram difíceis. Não podiam prantear Benjamin porque a mineradora se recusava a admitir que ele morrera, e alguns trabalhadores também se recusavam. As crianças ainda perguntavam a Bockarie quando seu pai sairia daquela máquina da qual conversara com elas. A mãe apertava os lábios para não soluçar na frente dos filhos. Não tinha certeza de quanto tempo poderia aguentar. Kula ajudou a cuidar das crianças enquanto Fatu pranteava. Bockarie esperou uma semana para o caso de o corpo de Benjamin ser recuperado, mas nada foi entregue. Ninguém tivera acesso à área do acidente. Homens armados guardaram o local dia e noite até a companhia limpar tudo e remontar a draga.

12.

“Não podemos esperar mais. Precisamos ir embora de Imperi amanhã”, Bockarie disse a Fatu uma tarde no fim da semana. Estavam voltando de um passeio pela estrada longe da cidade. Havia lá uma árvore na qual ela se apoiou e gritou para o vento, liberando sua dor. Depois secou os olhos com a faixa que usava na cintura e voltou aos filhos, apagando toda a tristeza do rosto.

“Você tem razão. Ficar aqui não está me ajudando. Esta noite vou me aprontar.” A voz dela estava débil de tanto chorar.

Naquela noite, enquanto empacotava as coisas, Fatu resolveu deixar para trás as roupas do marido. Era doloroso demais empacotá-las. Segurou algumas das camisas dele apertando-as contra si e aproximou o nariz para recordar seu cheiro. De algum modo precisava sepultá-lo, e deixar seus pertences era um jeito de começar. Kula lavou e vestiu as crianças e embalou comida para elas. Quando perguntaram por que o pai não ia junto, Kula lhes disse: “São férias especiais para vocês visitarem seus avós”. Elas abriram um sorriso e correram para contar à mãe, que sorriu com a inocência dos filhos, mas nada disse; desde que o marido falecera, estava mais quieta que de costume. Começara a pensar em voltar à enfermagem em qualquer hospital ou clínica que encontrasse; até mesmo uma farmácia serviria.

Ela e as crianças entraram no transporte para Kono. Atrás deles estava Bockarie, que acenou para a família ao entrar, batendo na lataria para avisar o motorista que podia partir. Ficaria fora uma semana. Ele e Benjamin às vezes discutiam a possibilidade de mudar-se para Kono para tentar a sorte com os diamantes. Imperi não servia mais para ele, então daria uma chance a Kono. Bockarie nunca estivera lá.

Na estrada para Koidu, uma das principais cidades de Kono, ninguém jamais pensaria que estava a caminho de um lugar rico em diamantes. Simplesmente apegava-se à vida, esperando que o carro não capotasse, perdesse os pneus ou simplesmente desmanchasse.

Bockarie nunca tinha visto um veículo como aquele: uma mistura de partes e portas de muitos carros que provavelmente foram largados na estrada. Ele perguntou a respeito.

"Você nunca ouviu falar neste modelo. Chama-se A Gente Chega Lá", o motorista respondeu. E soltou uma risada, mas Bockarie não riu. Queria ter certeza de que a família de Benjamin chegaria em segurança, mas aquele era o único meio rápido que podiam pagar. Era o único jeito de viajar das pessoas comuns, ou seja, da maioria da população do país.

O dia inteiro o motorista evitava buracos fazendo zigue-zagues, indo de um lado para outro da estrada para passar pelos que fossem menos fundos. E enxugava o rosto toda vez que conseguia evitar um buraco com sucesso, empurrando o corpo todo na direção na qual pretendia virar o volante.

Às vezes o motorista saía do carro e dava uma olhada antes de decidir forçá-lo pelo meio do mato ao lado da estrada, evitando áreas arruinadas demais. Voltava a encontrar a estrada só para parar novamente diante de outro obstáculo — um riacho, uma árvore tombada. Os que estavam acostumados a viajar por esses caminhos seguiam com conversas animadas, como se nada perigoso estivesse acontecendo do lado de fora. Quando o carro foi para mais perto do mato, um galho atingiu um homem que estava prestes a morder seu pão, e ele perdeu a refeição para a estrada. As pessoas riram — não do homem, mas da situação. Bockarie ficava quieto, mesmo que o sujeito ao seu lado tentasse incluí-lo na conversa. Os olhos das crianças oscilavam entre Fatu e Bockarie ao longo da viagem, e elas eram saudadas por sorrisos e caretas de Bockarie. Davam risadinhas e seguravam na faixa amarrada na cintura da mãe.

A certa altura todos os passageiros tiveram de sair do veículo, para que ele conseguisse subir um morro. Enquanto andavam atrás do carro, imersos na fumaça do motor que morria, um homem num manto branco com uma cruz pendurada no pescoço ofereceu-se para rezar por eles. Foi adiante sem o consentimento dos passageiros, e quando acabou pediu doações. Todo mundo recusou.

"Se você tivesse rezado por um veículo novo — e ele tivesse vindo — teria mais sorte com as contribuições", alguém disse.

"Não, não é isso", disse outro. "Acho que é porque ele não estava planejando dividir o dinheiro que teria conseguido com Deus, que era a quem estava pedindo para nos manter a salvo. Deus faz todo o trabalho e mesmo assim o homem fica com o dinheiro. Eu não toparia uma sociedade dessas, e tenho certeza de que Deus é bem mais esperto que eu." Até o homem do manto branco teve de rir.

Quando Bockarie, Fatu e as crianças finalmente chegaram

a Koidu, decidiram ir a pé até um restaurante próximo para descansar e tomar um pouco de água fresca antes de ir para a casa da família de Benjamin. Na entrada da cidade estava a carcaça de um tanque das Nações Unidas. Tornara-se parte aceita da decoração das redondezas; crianças até brincavam nele, fazendo pega-pega em volta do tanque, subindo e entrando, girando o suporte da metralhadora. A expressão radiante delas fez Bockarie e Fatu esquecerem que estavam olhando uma ferramenta feita para tirar vidas. Bundu e Rugiatu apenas o viram como um brinquedo e quiseram participar, mas a fisionomia da mãe tinha uma resposta que fez as crianças guardarem o desejo para si mesmas.

Além do tanque, edifícios com marcas de balas, paredes e telhados faltando haviam sido aceitos como normais. Era impressionante ver aquilo a que os seres humanos podiam se acostumar. Tinha-se a impressão de que ali ninguém tentara consertar as coisas nem remover as cicatrizes do passado recente, ao menos visualmente. As únicas casas em boas condições eram aquelas dos compradores e vendedores de diamantes. Todas tinham placas que diziam COMPRAMOS E VENDEMOS DIAMANTES, e eram cercadas por portões de ferro, paredes de cimento e arame farpado. Fatu procurou clínicas, hospitais ou farmácias; sabia onde ficavam algumas delas, mas podiam não existir mais, e naqueles tempos era melhor fingir que as coisas que um dia se conhecera tinham desaparecido.

Dentro do restaurante, um sujeito negro bem vestido e um homem branco discutiam negócios. Olhando a quantidade de comida e bebida sobre a mesa, Bockarie soube que eram ricos e exibidos, então procurou disfarçadamente ouvir a conversa. Um homem pobre sem perspectivas às vezes precisa viver vicariamente mediante as proclamações de riqueza e aparente felicidade dos outros, para lembrar-lhe de que talvez ainda lhe reste alguma sorte no universo além da de estar vivo.

"Este é um lugar miserável com coisas lindas no solo. Gastei centenas de milhares de dólares só para montar minhas operações", dizia o homem branco.

"Você terá seu dinheiro de volta num piscar de olhos. Não se preocupe", respondeu o negro. "Todos sabemos que um homem de negócios só vai gastar esse dinheiro, mesmo num 'lugar miserável', se souber que vai ganhar muito mais do que gastou." E riu.

"Adoro esta terra. É por isso que gasto tanto dinheiro."

"É mesmo?"

"Claro que não. Mas as pessoas compram essa história de adorar a terra. E de investir no seu desenvolvimento e no seu futuro!" O branco fez um brinde. Ambos beberam devagar, com grande satisfação, e depois voltaram a provar os vários pratos que tinham diante de si.

É de fato parte da verdade maior, Bockarie pensou. *Este é um lugar com coisas lindas, não só no solo, mas também fora dele. No entanto, essa beleza causa a miséria do lugar. A terra miserável com coisas lindas e um povo de força indescritível... Será que sempre foi assim? Será que vai mudar?*

A garçonete trouxe água fresca e suco de manga, e eles beberam calmamente antes de partir para a casa de Benjamin. Fatu e Bockarie prolongaram a breve caminhada começando conversas desnecessárias com as pessoas que passavam. Sempre foi difícil dar notícias de morte, mas era mais difícil ainda naqueles dias após a guerra, quando algumas pessoas haviam se convencido de que, tendo sobrevivido às provações passadas, teriam ao menos alguns anos de perdão perante a morte.

O grupo fizera toda aquela viagem, mas, não importava quanto hesitassem, o destino se aproximava. Finalmente, viram a casa, a varanda e o quintal animado por atividades que antecipavam a chegada da noite. Os homens sentados em bancos de madeira e em redes; as mulheres terminando de cozinhar, algumas pairando sobre panelas de comida fervente, outras bafejando arroz ou amassando algo com o pilão. As meninas mais novas trançavam o cabelo umas das outras, e algumas voltavam da fonte de água, carregando um balde na cabeça. Nas proximidades, os meninos faziam embaixadinhas com uma bola de futebol, só parando quando eram designados para alguma tarefa, como ir até o mercado comprar um ingrediente ou cortar lenha para o fogo.

A mãe de Benjamin estava sentada com as costas apoiadas na goiabeira do quintal, e foi a primeira a vê-los chegar. Depois de seu coração executar a dança inicial de boas-vindas, ela começou a chorar: viu que os netos estavam sem o pai. E uma mãe tem instintos para esses assuntos.

"Por que está chorando, vovó?", Rugiatu perguntou.

"Se você está com saudades do papai, não se preocupe, ele está naquela maquininha que o tio Bockarie tem", disse Bundu. O avô, que deixara a companhia dos amigos para saudar a todos e consolar a esposa, resolveu que as crianças deviam ser levadas para passear, de modo que Bockarie e Fatu pudessem explicar o que havia acontecido.

Naquela noite na varanda, Bockarie contou aos pais de Benjamin, Matturi e Sia, como seu filho era maravilhoso, como facilitara lidar com as dificuldades da vida por meio do humor e da determinação que tinha em relação a tudo.

"Ele saiu daqui depois da guerra porque a maioria dos seus amigos morreu nas minas de diamantes tentando fazer dinheiro rápido. Eu o fiz ir embora para achar um emprego seguro em algum outro lugar. Sugeri que voltasse a lecionar, porque me parecia melhor", disse o sr. Matturi. "Talvez ele estivesse certo de que poderia ter ficado aqui no negócio de diamantes sem precisar entrar numa mina. E agora ele se foi." Bockarie soube então que Benjamin não tinha contado aos pais que fora trabalhar para a companhia mineradora.

“Tínhamos a esperança de deixar este lugar e ir para a sua região”, o sr. Matturi continuou. Bockarie quis perguntar por que iam querer uma coisa daquelas quando ele próprio queria deixar a cidade. *Ali não há nada que vá melhorar a vida de ninguém, e as coisas que costumavam dar a sensação de lar são diariamente destruídas*, ele quis dizer, mas guardou seus pensamentos para si e os escutou falar sobre o quanto a vida era difícil e sobre o desespero, especialmente entre os jovens à procura de oportunidades. Podia-se vê-los por toda parte na cidade, esperando em vão por alguma coisa. Depois de esperar tanto tempo, qualquer coisa, mesmo o diabo, virava uma oportunidade — e acabavam em buracos escavando diamantes, buracos que desabavam sobre eles. O sr. Matturi falou noite adentro, sua voz tornando-se mais pesada e trazendo solenidade ao suspiro da escuridão.

Um galo cantara por volta da meia-noite, e o sr. Matturi achou aquilo muito estranho. Bockarie lembrou-se de que a mesma coisa acontecera em Imperi antes de tudo piorar.

O sono não veio para Bockarie naquela noite. Sua mente não parava de reproduzir as últimas respirações de Benjamin, que ele ouvira pelo telefone. Tinha a sensação de que estava ocorrendo de novo, como se o amigo estivesse no quarto ou ao telefone. Às vezes Bockarie pegava o celular e punha no ouvido. A respiração parecia ficar mais alta com o envelhecer da noite.

Como seu espírito parecia incapaz de acolher o sono, ele se levantou cedo e foi andar pela cidade. Enquanto seu corpo liberava o torpor, viu rapazes e homens com pás e picaretas dirigindo-se para os poços das minas de diamantes, na esperança de encontrar uma pedra que os deixasse ricos. Alguns deles seguravam a cabeça entre as mãos com um peso que provinha apenas de passar noites e noites com fome tendo inúmeros problemas.

Bockarie não suportava aquela visão. Tivera esperança de achar algo de puro na nova manhã, algo que não tivesse sido maculado pelo mundo.

Voltou para ver Fatu e as crianças por volta das dez da manhã. Mais perto da casa, viu caminhões da polícia e policiais armados com rifles e cassetetes. Batiam nas portas exigindo que as pessoas saíssem e deixassem a área imediatamente.

"Vamos lá, gente", o comandante berrava no megafone.

"Rápido."

"Mexam essa bunda preguiçosa."

Os homens saíam sem camisa e pegavam os filhos menores, os outros seguindo atrás, então corriam rumo ao centro da cidade. As mulheres que já estavam despertas seguiam a família com qualquer comida que conseguissem agarrar durante a confusão. Havia crianças pequenas por todo lado, mas sua expressão dizia que já estavam acostumadas com aquilo. Não era como o pânico da guerra, de algo desconhecido; mas, mesmo assim, Bockarie achou perturbador. Tentou perguntar o que estava acontecendo, mas recebeu olhares ranzinzas como resposta. *Será que eu deveria saber o que é isto?*, pensou. Correu na direção da casa para encontrar Fatu e as crianças. O som de uma sirene veio com o vento, e mais pessoas saíram correndo de casa. Bockarie viu o pai de Benjamin.

"Vamos, rapaz. Depois eu explico", disse o sr. Matturi, correndo o mais depressa que seus velhos ossos permitiam. Passou por Bockarie com Sia atrás dele; Bockarie pegou Rugiatu e Bundu na varanda, assegurando-se de que Fatu estivesse junto. As crianças tremiam de medo do caos; tinham ficado congeladas na varanda. Fatu não estava com medo, e algo em sua lentidão mostrava que ela não se importava com o que lhe acontecesse. Correram atrás da multidão.

As pessoas seguiam correndo mesmo ao ser atingidas por

grandes pedras, que vinham com tal velocidade que Bockarie pressupôs que não eram lançadas por seres humanos. Uma pedra atingiu dois meninos e o pai, arremessando-os contra uma árvore, onde foram deixados inconscientes. Ninguém ia parar agora para examiná-los. Uma explosão eclodiu, e a terra tremeu. Todos os prédios tremeram e alguns começaram a rachar, derrubando telhados de zinco, de palha ou de bambu.

Todo mundo se sentou em colchões e esperou algumas horas. As explosões continuaram, e viam-se pedras voando ao longe.

Alguém deveria me explicar alguma coisa, pensou Bockarie. Como se tivesse ouvido, o sr. Matturi disse: "Estas explosões acontecem aqui todo dia, e a hora varia. Então, temos que estar prontos para fugir correndo do perímetro delas a qualquer hora. As sirenes não nos dão tempo suficiente".

"Então quer dizer que vocês são tirados de casa todo dia?", Bockarie procurou entender.

"Nunca pensei nisso dessa forma, mas sim." Ele ponderou por alguns instantes e então continuou: "Eles dizem que têm redes por cima dos buracos que explodem, de modo que as pedras não possam voar e ferir as pessoas. Mas você mesmo viu qual é a verdade. Às vezes a polícia vem e nos força a deixar nossa casa. Você viu isso também". Balançou a cabeça.

"As pessoas feridas vão para o hospital da companhia de diamantes? Nas minhas andanças esta manhã vi um hospital que parecia sofisticado", Bockarie perguntou.

"Devia ser o caso, não é? Mas não, meu filho, se você é ferido ou morto, isso é problema seu e da sua família." O sr. Matturi estava sentado ao lado da esposa, segurando-a, para confortá-la. A morte do filho de algum modo tomara conta dela durante a corrida. Ela não tinha chorado tanto na noite anterior, mas agora aproveitava a oportunidade.

"A vovó está chorando por causa das pedras que voam?", Rugiatu perguntou.

"Eles podem voltar com a gente para Imperi. Lá não há pedras que voam e o papai está lá", Bundu disse. O menino foi até a avó e tocou o rosto dela, tentando enxugar as lágrimas com suas mãozinhas.

Foram liberados várias horas depois. Algumas casas tinham sido danificadas, as janelas estilhaçadas por rochas, os velhos telhados de zinco postos abaixo. Havia destroços por todo lado. As mulheres e meninas pegaram vassouras e começaram a varrer, os homens e meninos começaram a consertar os estragos, e logo as pessoas continuaram com a vida como se nada tivesse acontecido. Os jovens que tinham aula à tarde vestiram o uniforme e saíram para estudar.

Bockarie abandonara qualquer ideia de mudar-se com a família para aquela cidade. Ao mesmo tempo, Imperi não servia mais. Ele precisava ir para algum outro lugar. Resolveu conversar com o sr. Matturi, para que Fatu e as crianças pudessem ir junto se quisessem.

Quando Bockarie trouxe o assunto à tona, o sr. Matturi concordou em falar com Fatu e disse que já fizera planos de mudar-se com ela, Sia e os netos para a capital, Freetown. Tinha um primo em cuja casa poderiam ficar até achar uma base firme. Bockarie disse que falaria com a esposa.

"Meu primo pode ajudar você a encontrar um lugar, ou até arranjar-lhe algum. Você é da família. Espero que perceba isto. Vejo em você a mesma curiosidade que meu filho tinha nos olhos. Vai ser bom vê-lo com frequência", disse o sr. Matturi, pondo a mão no ombro de Bockarie.

Naquela noite fizeram uma pequena cerimônia em memória de Benjamin. O pastor disse uma prece, e o imã outra. As pessoas comeram e falaram dele. Sia e Fatu pegaram as crianças de lado e acharam as palavras para contar-lhes a verdade sobre o que acontecera com seu pai. Bundu e Rugiatu ainda não entendiam que ele tinha ido embora para nunca mais voltar.

"Por que não veio se despedir, então, antes de ir para sempre?", Rugiatu perguntou à mãe. Seu irmão correu e ficou entre as pernas de Bockarie, os olhinhos buscando sua atenção. Quando conseguiu, indagou: "Tio Bockarie, posso dizer adeus ao meu pai pela maquininha?".

"Ele não vai responder, mas vai ouvir você. Tudo bem?" Bockarie lhe deu o celular. O menino o colocou na orelha e disse: "Adeus, papai. Estamos visitando o vovô e a vovó. Espere aí que Rugiatu vai falar". Bundu correu até a irmã e lhe deu o telefone.

"Papai, não vá embora ainda. Você disse que me contaria o fim daquela história que você começou." Ela esperou uma resposta. O vento assobiou ao seu redor, e o telefone escorregou de sua mão, caindo no chão.

Bockarie sonhou com Benjamin, que lhe agradeceu, sem expressão no rosto. Enquanto o sonho o fazia revirar-se na cama, a sirene tocou de novo. Ele já sabia a rotina. Vestiu a calça e foi até o outro quarto, onde pegou os corpinhos adormecidos de Bundu e Rugiatu. Fatu deu-lhe o único meio sorriso que conseguiu e saíram da casa. Passaram por potes de comida que não fora guardada e que certamente estragaria.

Quando a família chegou à área segura, Bockarie ouviu o choro de um grupo de mulheres reunidas em círculo. Outra mulher, mais jovem, estava deitada no chão, com sangue escorrendo pelas pernas. O tremor da explosão provocara um aborto. Ela estava dormindo na cama e não conseguira se mover com rapidez suficiente. O marido estava sentado distante do grupo, a cabeça apoiada numa árvore, as mãos fechadas em punhos.

"Como é a polícia aqui com esses assuntos?", Bockarie perguntou ao sr. Matturi.

"Eles estão nos bolsos dos exploradores de diamantes. Todo mundo está nos bolsos deles, exceto aqueles que realmente precisariam disso", disse o sr. Matturi. "Aqui já morreram crianças dormindo, atingidas pelas rochas. E gente mais velha também. Ninguém ouve falar no assunto. Temos algumas pessoas de direitos humanos que tentaram fazer essas histórias chegar à rádio local, mas são em número pequeno e ninguém acredita nelas. As companhias fazem o melhor que podem para calar sua boca, oferecendo propina à estação de rádio." O sr. Matturi olhou em volta e continuou, os olhos cansados de ver tanto sofrimento. "Mesmo que os milagres já tenham se esgotado por aqui, nós ainda estamos vivos; portanto, ânimo! Olhe o sol saindo. Teremos um amanhã." Deu uma leve cotovelada em Bockarie, os olhos mudando de expressão, fazendo com que o que parecia privá-los de vitalidade se diluísse.

Mas o dia não tinha acabado. Outro acidente ocorreu no sítio de diamantes, levando a vida de seis pessoas. A população da cidade acusou a companhia, chamada KHoldings, e o acidente ganhou atenção nacional em um dia. O vice-presidente foi para a cidade enquanto Bockarie ainda estava lá. Mas, quando chegou, foi a uma reunião com a companhia e depois se encontrou com o povo, reunido à espera de sua chegada. Toda a esperança morreu quando ele começou a falar:

"Sentem-se no chão. Sentem-se para poder me ver, só a mim", ele berrou, mesmo enquanto os chefes mais velhos se curvavam. A aglomeração protestou um pouco com murmúrios, e o vice-presidente disse: "Vou usar a minha lei para puni-los", berrou, referindo-se à lei de Serra Leoa como dele. "Se não se sentarem no chão e ficarem quietos, eu lhes mostrarei meu poder. Vocês desejarão não terem nascido."

Esse foi o fim da discussão. Bockarie foi embora, recusando-se a sentar-se no chão.

* * *

Ele ficou mais um dia e partiu para Imperi na manhã seguinte, mais cedo do que planejara. Esperava mudar-se para a capital e rever a família de Benjamin. Rugiatu e Bundu choraram quando Bockarie partiu.

Quando chegou a Imperi, ele suspirou de alívio e tossiu, expulsando a poeira e a fumaça que tinha inalado na estrada. A condução se foi, revelando o rosto de boas-vindas de sua família. As crianças menores atravessaram a estrada correndo e pularam em seus braços; seguiram-se abraços dos outros e então um beijo e um carinho muito necessário de Kula. Ela lhe cochichou algo que o fez sorrir. Em casa, a primeira coisa que seu pai fez foi contar que a draga despencara outra vez. Havia muita gente desaparecida.

"Essa draga está amaldiçoada, porque opera em solo sagrado", concluiu ele. Os estrangeiros diziam outra coisa. Chamavam de falha mecânica devida à incompetência dos trabalhadores.

Enquanto a família estava sentada na varanda no interlúdio da tarde, Bockarie descreveu seu plano de mudar-se dali.

"Aqui não há nada para eu fazer, para nós fazermos. No máximo acabaremos ficando como aqueles que aceitaram que este é o melhor que podem ter." E retornou ao seu ar pensativo.

"Eu estava pensando em discutir isso com você, meu marido. Concordo que devemos deixar este lugar, que mal é um lar nos dias de hoje, para o bem dos nossos filhos", Kula disse. Mas o pai de Bockarie disse que permaneceria ali.

"Esta é a minha terra, e eu preciso testemunhar o que quer que aconteça com ela. Alguém precisa ficar por aqui para acompanhar esta parte da nossa história. É o único modo de passá-la adiante oralmente; precisamos vivenciar isto para tornar o relato significativo e efetivo. Kadie e eu decidimos isso." Ele avisou Bockarie para que tomasse cuidado na cidade, onde estivera uma vez; via-a como um local onde as pessoas não ouviam mais os sussurros do passado em seu coração, onde não dormiam suficientemente bem para ter sonhos com histórias.

Mama Kadie chegou quando Pa Kainesi estava falando e acrescentou sua voz às advertências. Uma vez, um rapaz viera da cidade para presenciar o funeral do pai. Usou óculos escuros durante toda a cerimônia, mesmo enquanto eram contadas histórias sobre ele. "Como o espírito de seu povo podia encontrá-lo, se ele cobria os olhos em um funeral? Como os anciãos saberiam que histórias contar a ele, se não conseguiam encontrar seus olhos, que diriam do que ele precisava?"

Ela suspirou. "Não devemos esquecer tudo do passado. Cuide das suas tradições e guarde as que forem úteis quando estiverem lá longe." Virou-se para Bockarie e segurou a mão de Kula.

Duas semanas depois, o casal e os filhos, após juntar algum dinheiro e vender o que achavam que não iam precisar na cidade, partiram. As crianças estavam de férias, então começariam o novo ano letivo na cidade. Com exceção dos familiares próximos, Bockarie e Kula avisaram aos filhos para não falar da partida com ninguém. Às vezes, os maus pensamentos das pessoas interrompiam ou impunham barreiras a novos começos. Os únicos que sabiam eram Mahawa, Sila e seus filhos, e, é claro, o grupo de Coronel, ainda que não tivessem ido se despedir. Não gostavam dessas coisas. Mahawa, Sila e os filhos foram.

"Não sei se teremos alguém para cozinhar tão bem como você. Na verdade, foi por isso que eu vim, para comer sua comida uma última vez, assim posso ter ao menos a memória de como uma comida gostosa deve ser", disse Sila, rindo com todo mundo. Kula o abraçou, e abraçou os filhos dele, que tinham lágrimas nos olhos. Mahawa soluçava, os lábios tremendo. Segurou a mão de Miata, ambas sentadas numa esteira no chão do lado de fora da casa. Tornya dormia na esteira.

"Por favor, não se esqueça de nós", Mahawa finalmente conseguiu dizer.

"Não vou esquecer, minha irmã." Miata apertou as mãos da amiga.

"Oumu, minha criança, venha sentar aqui comigo um pouquinho." Mama Kadie estendeu a mão. Oumu foi sentar-se no banco ao lado da anciã, e logo as duas tinham mergulhado tão fundo numa conversa como se os outros presentes não existissem.

"Tenho uma última história para lhe contar e você saberá quando deve contá-la", disse Mama Kadie, e durante cinco minutos ou mais cochichou com toda a seriedade no ouvido de Oumu. A garotinha ficou olhando para a frente, para a noite, até que, aos poucos, a história chegou ao fim, e um sorriso emergiu. Ela então voltou os olhos para o rosto da anciã e agradeceu-lhe sem palavras. Deitou a cabeça no colo da velha mulher e deixou as lágrimas correrem sobre sua túnica.

"Não deve haver tristeza na sua partida, minha criança. Você tem minhas palavras dentro do seu espírito, então sempre estaremos juntas." A anciã tocou as maçãs do rosto de Oumu e esperou até que suas lágrimas cessassem antes de soltá-la e falar para o resto da família.

Todas as despedidas cerimoniais foram feitas à noite para que de manhã ninguém visse tais deliberações e suspeitasse do que estava acontecendo. Mama Kadie e Pa Kainesi tocaram a cabeça de todos, passando adiante suas bênçãos antes que fingissem dormir. Quando aqueles que amamos estão indo embora, mesmo que por bons motivos, às vezes os sonhos não vêm nos visitar.

Na manhã da partida choveu, só alguns pingos fracos. Aguardaram no último cobertor da noite a chegada da condução, que apareceu ainda mais atrasada do que seria de esperar. Mas as coisas geralmente acontecem na hora certa, mesmo que pensemos que não.

13.

A estrada para a cidade ainda estava coberta pelo resíduo da noite quando o caminhão Bedford deixou Imperi. Era ligeiramente melhor que o A Gente Chega Lá que Bockarie pegara para Kono. O Bedford ia fazendo as curvas em meio às represas, o motorista buzinando a toda hora para alertar os outros de sua presença, uma vez que os faróis eram pouco melhores que uma lanterna velha.

Em mais ou menos dez minutos de viagem, quase sofreram dois acidentes. O primeiro por causa de uma curva fechada que fora construída na noite anterior, sendo que a placa só pôde ser vista quando o motorista estava de cara com uma pilha de canos de ferro e máquinas estacionadas na beira da represa. Ele pisou no freio, que soltou um rangido terrível, e conseguiu reduzir o suficiente para fazer a curva. Os passageiros caíram uns sobre os outros. Agora todos estavam perfeitamente acordados.

“Esta estrada muda tanto que eu nunca tenho certeza de onde vou acabar”, o motorista disse, dando risada. Virando-se para os passageiros, continuou: “Agora que vocês estão acordados, vou recolher o dinheiro da passagem enquanto ainda estamos todos vivos". Fez um sinal ao seu ajudante, que percorreu o veículo recolhendo o dinheiro.

"Qual é a pressa, e de que vai adiantar o dinheiro no seu bolso se a gente não chegar lá?", um velho perguntou, separando cuidadosamente as notas para dar ao garoto as mais amassadas. "Estas aqui estão quase mortas. Podem ser usadas talvez uma última vez." Ele sorriu para o rapaz, que as pegou com cuidado e as dobrou. "Responda minha pergunta, sr. motorista." O velho virou o corpo para a frente do veículo.

"Assim eu morro com dinheiro no meu bolso, e talvez consiga subornar alguns anjos para que me deixem entrar no céu só um pouquinho", respondeu o motorista. "Se vocês pagam agora, posso ganhar uma hora ou vários dias no céu!" Ele deu uma risada e buzinou. Os passageiros também riram.

Mal Bockarie entregou o dinheiro pela família toda, o veículo derrapou, e a traseira ficou atolada na represa. Um caminhão com apenas um farol dianteiro funcionando quase colidira com eles. O motorista não tinha controle sobre o resto da carroceria na estrada. Os passageiros saltaram e ajudaram e empurrar o veículo de volta.

"Motorista, você deveria nos pagar por ajudá-lo a empurrar o caminhão", alguém disse.

"Acabei de salvar a vida de vocês evitando o acidente, então considerem *isso* meu pagamento." Ele pulou para dentro e ligou o motor.

Foi uma viagem longa. Sempre que desciam um morro, o motorista desligava o motor para economizar gasolina. Os trechos prediletos das crianças eram as paradas, quando as pessoas se amontoavam em volta do carro, berrando para anunciar o que vendiam. *Amendoim. Pão. Refrescos. Biscoitos. Água gelada*... O pai comprou-lhes alguns doces nessas paradas. À medida que deixavam o interior do país e se aproximavam da capital, a estrada ia melhorando, de modo que o motorista podia ao menos guiar na pista certa por um tempo. Havia mais veículos, e alguns tinham pessoas brancas dentro, com insígnias proclamando que estavam SALVANDO GENTE DESTA TERRA. Esses carros, a maioria com apenas três pessoas, ultrapassavam os veículos atulhados de passageiros com impressionante velocidade.

"Por favor, diga-lhes para diminuir a velocidade e salvar alguns de nós deste caminhão caindo aos pedaços. Além disso, naquela rapidez, provavelmente vão ultrapassar as pessoas que querem salvar!", disse a Bockarie o mesmo velho que falara antes.

"Nunca vi essas organizações na minha região", Bockarie comentou, coçando a cabeça.

"Vamos adivinhar. Vocês não têm boas estradas que levam até lá e não têm eletricidade." O velho fez um meneio, indicando que Bockarie não precisava responder a uma pergunta tão óbvia. "Você só precisa salvar aqueles aos quais chega com algum conforto. Sou um homem velho, então a verdade não se assenta mais dentro de mim!" Ele soltou um uivo como risada, e exatamente nesse momento outro carro daqueles passou zunindo.

Pequenos quiosques vendendo todo tipo de artigos começaram a surgir nas laterais da estrada. Na calçada, especialmente onde havia alguma luz, uma horda de gente jovem estava sentada com os pés no asfalto. Alguns estavam parados de pé, outros subiam e desciam a rua correndo, procurando alguma coisa que não era óbvia. A noite chegava, e Thomas e Oumu estavam ficando exaustos.

"Estamos quase lá, Kula", Bockarie disse à esposa, cujos olhos tinham feito a pergunta. Nenhum deles, exceto Bockarie, já estivera na capital. Manawah estava animado, embora um pouco nervoso, preocupado com o modo como ia se encaixar em meio a todos aqueles garotos da cidade. Estava ansioso com tudo que poderia descobrir sem as restrições de uma cidade pequena onde todo mundo o conhecia. Seus irmãos mais novos, Miata e Abu, sentiam a mesma coisa em relação à liberdade. Miata, porém, estava preocupada se os velhos vestidos e saias atrairiam os rapazes, porém ainda mais com a possibilidade de seus pais a relegarem a tarefas domésticas e a tomar conta de Thomas e Oumu, uma vez que ambos planejavam procurar emprego. Abu não tinha preocupações, só um plano de procurar o campinho de futebol mais próximo para jogar todo final de tarde. Pensava em entrar na liga de futebol júnior. Os pais e os três irmãos mais velhos abrigavam da mesma forma as próprias ansiedades. Num dado momento, Bockarie pensou que talvez ele e a família pudessem estar atrasados demais para ter alguma sorte na cidade. Parecia que, se de fato houvesse alguma boa fortuna a ser conquistada, já teria sido agarrada há muito tempo por aquelas pessoas andando pela rua com expressão determinada.

O veículo começou a andar mais devagar, e saiu da estrada principal para pegar uma estradinha de terra menor, com mais buracos que as estradas do interior. Por um instante, Kula pensou que estavam voltando para Imperi. O motorista desligou o motor, soltando uma nuvem de fumaça que fez todos os passageiros tossir. Ele correu para a frente do carro com uma jarra de água, abriu o capô e derramou-a sobre o motor.

"Chegamos. Esta é a última parada", o motorista berrou, a cabeça sob o capô. O ajudante subiu até a bagagem que fora amarrada sobre a capota do caminhão e achou as malas de Bockarie, jogando-as, uma atrás da outra. Mais veículos começaram a chegar ao estacionamento, de várias partes do país.

Bockarie e a família ficaram ali parados, à espera do tio de Benjamin que tinha ficado de recebê-los. O lugar estava tão cheio de gente que era difícil saber onde procurar. Pessoas ocupavam-se de seus negócios, comerciantes vendiam seus produtos. Thomas e Oumu ficaram despertos com a energia que emanava da barulhenta multidão.

"Mãe, podemos comprar uns balões?" Thomas apontou para o sujeito que os enchia formando figuras.

"Outra vez, crianças", ela disse, segurando firme a mão dos pequenos. Bockarie andava em volta da bagagem, pensando que tudo poderia ter sido um erro. E se o homem que supostamente deveria ir encontrá-los não aparecesse? Ele, Bockarie, não tinha nenhum outro plano.

Oumu viu alguém do outro lado da rua que parecia com Coronel. Ela esfregou os olhos para ter certeza. Ele sorriu e pôs as mãos sobre os lábios para a menina não dizer nada aos pais, cuja atenção ela tentava chamar. Coronel pôs o chapéu de volta na cabeça e sumiu na multidão. Não foi longe. Estava perto o suficiente para observar a família; queria saber onde ficariam. Os olhos de Oumu procuraram por ele, mas ela desistiu após algum tempo.

"Senhor, não fique tão nervoso. Sente-se aqui com sua família." Um dos comerciantes ofereceu um banco a eles. Chamou um menino para lhes trazer garrafas de água gelada e coca para as crianças. Bockarie quis dizer que não tinha dinheiro para essas coisas, mas o homem, como que lendo seu pensamento, disse: "O senhor é meu convidado até que chegue a pessoa por quem está esperando. Não se preocupe. E não me agradeça; é isso que todos deveríamos fazer uns pelos outros. É assim que somos e sempre fomos". Ele sorriu e voltou à sua ocupação, pechinchando com um freguês.

A família bebeu em silêncio, observando o incessante movimento das pessoas. Um homem passou, carregando seis sacos de arroz, cinquenta quilos cada, empilhados um sobre o outro. "Como é que o pescoço dele aguenta?", Kula perguntou em voz alta, quando o homem parou a algumas barracas deles e acrescentou mais sacos aos que já carregava. Os olhos da família o abandonaram no cruzamento, onde ele desapareceu e surgiu um grupo de mulheres jovens, caminhando com uma calma que era exatamente o contrário do ritmo da multidão no terminal. Um rapaz que passou pelo grupo voltou alguns passos e tentou conversar com as moças. Sua troca de palavras chamou a atenção de Manawah e Miata mais do que qualquer outra pessoa. Queriam começar imediatamente a aprender o palavreado jovem da cidade.

O rapaz disse: "Gatinha, tô amarradão. Tô a fim de batê um barato que é pra ninguém mais sacá". (Moça, gosto de você e quero te dizer uma coisa que ninguém mais deve saber.)

Ela sorriu e fingiu ignorá-lo. Estava voltando de uma atividade escolar com as amigas, e usavam, orgulhosas, o chapéu de uma das mais populares escolas secundárias para moças.

"Não tenho tempo para rapazes desocupados", ela respondeu, propositalmente refinada, para intimidar ou desencorajar o rapaz, então seguiu adiante com as amigas. O sujeito acelerou o passo e voltou a andar mais devagar ao lado dela.

"Eu mesmo sou um homem de palavras e neste momento as minhas buscam agradar seus ouvidos, se me conceder esse prazer, doce rosa do meu dia." Ele conseguiu impressioná-la com a frase — mas não foi o suficiente.

"Você não é do tipo C3, então não quero saber", ela disse ao rapaz, que agora tentava segurar sua mão. As amigas riram, estourando bolas de chiclete na boca. O rapaz ficou envergonhado, mas não pareceu derrotado; algo nos seus olhos dizia que ele tentaria de novo. Deu alguns passos para trás, e toda vez que uma das garotas se virava, ele acenava.

"Nos velhos tempos, você só precisava de uma manga madura lavada para cortejar uma garota. Agora, elas querem C3 — celular, cacife e carro. É preciso ter pelo menos um dos três, ou dar a impressão de que tem, para ter direito a uma conversa mais longa com a maioria das garotas e mulheres." O homem que falou, enquanto a família sentada ria, apresentou-se como sr. Saquee, tio de Benjamin. Ele era alto e tinha uma fisionomia constantemente jovial, quase além do seu controle.

"Bem-vindos a Freetown, a cidade livre! Não é tão livre como costumava ser, mas mesmo assim é nossa terra de liberdade!" Pegou um pacote de balas de hortelã e estendeu algumas notas para o gentil comerciante.

"Obrigado, Mamadou", disse ele ao receber o troco. Apertou então a mão de Bockarie e cumprimentou todos antes de se oferecer para carregar uma ou duas sacolas. Abu pegou a mão de Thomas e Oumu, e o resto da família carregou a bagagem. Não tinham muita coisa; era um gesto de esperança chegar com grandes malas vazias. "É preciso ter esperança em cada aspecto da vida — no passo, no sorriso, no riso quando consegue encontrá-lo, e até mesmo na respiração, para ser capaz de viver em Freetown." Essas foram as últimas palavras que Pa Kainesi sussurrara para Bockarie. Ele ainda sentia seu morno hálito matinal nos ouvidos.

Seguiram o sr. Saquee, todos os olhos grudados nele para não perdê-lo. Talvez fosse um traço de família, pois ele andava rápido como Benjamin, apesar da idade. Kula estava ao seu lado e Bockarie manteve-se na retaguarda, com as crianças entre eles. Coronel seguia a uma distância suficiente para que nem mesmo Oumu pudesse detectá-lo.

Havia muitas coisas com as quais seus olhos queriam se banquetear, mas o passo do sr. Saquee negava-lhes a maior parte enquanto corriam entre fileiras de casas feitas inteiramente de ferro corrugado, não só o telhado. Havia uma vivacidade extraordinária no meio dessas casas congestionadas. Parecia que em todos os lugares, homens e mulheres, meninas e meninos retornavam toda noite para celebrar o pouco que o dia havia lhes dado. E faziam isso com o vigor da música tocando alto em sua casa onde era duro viver, em conversas apaixonadas sobre futebol e, inevitavelmente, sobre política.

Isto não é Imperi. Aqui há possibilidades, Bockarie pensou consigo mesmo.

Chegaram a uma casa de cimento que ficava na fronteira entre a cidade de barracos de zinco — as *pan bodi*, como eram chamadas — e o resto da cidade. O sr. Saquee mostrou-lhes o quarto que poderia lhes oferecer de graça por um mês. Outros arranjos seriam feitos depois que esse tempo tivesse passado. Sua esposa lhes trouxe um pouco de comida e água, e, após a refeição, as crianças e Kula foram dormir. Ela ficou com a única cama no quarto, e as duas meninas, Miata e Oumu, dormiram no colchão aos pés da cama, no pequeno espaço entre ela e a parede. Manawah, Abu e Thomas também dormiram no chão perto da porta, que precisava ser aberta com cuidado para não bater na cabeça de quem estivesse mais perto.

O pai foi sentar-se na varanda com o sr. Saquee para agradecer-lhe por tê-los recebido e também para pegar orientação para o compromisso que tinha no dia seguinte, uma entrevista para lecionar no curso de verão. Ele pegara um contato com um dos velhos colegas de ensino em Imperi e ligara antes de vir.

"Quando chegarão o sr. Matturi, Fatu e a família?", Bockarie indagou durante a conversa.

"Ele me ligou para pedir que cuidasse de vocês. Chegará com todo mundo na hora apropriada e pediu que lhe dissesse para não se preocupar." O sr. Saquee fez um meneio em confirmação. Nesse momento, ouviram um tumulto rua abaixo. Um homem passou voando com um grupo de rapazes berrando: "Pega ladrão! Pega ladrão!".

"Bem, seja bem-vindo", disse o sr. Saquee com uma risada. "É um bom jeito de encerrar a noite. Esperemos que não o agarrem."

Bockarie quis perguntar por que o sr. Saquee esperava que o ladrão escapasse, mas não o fez. Era novo em Freetown e viria a descobrir muitas coisas que a princípio não faziam sentido.

"Boa noite, senhores." Um sujeito jovem os cumprimentou, parando junto ao pilar da varanda. Eles responderam com desconfiança.

"Meu nome é pastor Stevens, e vou orar esta noite pelo seu sucesso, pedindo ao Senhor que abra seu portão financeiro." O homem começou a rezar. Quando terminou, estendeu a mão, pedindo a Bockarie e ao sr. Saquee algum dinheiro.

"Meu rapaz, você deveria ter orado para que seu portão financeiro fosse aberto primeiro. O nosso acabou de fechar. Mesmo assim, obrigado e Deus o abençoe!" O sr. Saquee tentou reprimir o riso. O sujeito girou nos calcanhares e sumiu dentro da noite, deixando-lhes dois folhetos. O primeiro dizia: "Venha ao estádio nacional e aprenda como investir no mundo vindouro (vida após a morte)". O segundo: "Ponha seu dinheiro no banco de Jesus".

"Nos dias de hoje todo mundo tenta acreditar em alguma coisa, e esquecem que os milagres acontecem todo dia quando realmente reconhecemos a humanidade do outro, ou temos uma conversa simples e pura com outra pessoa." Mama Kadie teria dito aquela verdade, Bockarie pensou, e sabia que a chegada a salvo de sua família em Freetown não era nada menos que um milagre, uma bênção.

Ao arrastar lentamente os pés rumo ao quarto em busca de sono, a mente de Bockarie foi consumida pelo que o dia seguinte traria. Havia questões sobre a vida na cidade com a família;

sobre o pai, que ele deixara para trás. Perguntava-se como estaria se saindo a família de Benjamin. Apoiou as costas contra a porta e fitou o escuro da noite com olhar intenso, como que desejando deixar seu fardo do lado de fora, e aí deu um forte empurrão na porta. Quase caiu dentro do quarto. Ouviu um baque, seguido de um gemido, um chiado, depois uma fungada. Esperou um pouco para ver qual dos filhos tinha atingido, mas o quarto estava escuro demais para ver Manawah, apertando a cabeça e trincando os dentes. Sentindo dor, mas não querendo que o pai se sentisse mal, o garoto silenciosamente moveu o corpo para mais perto do irmão, afastando-se da porta, enquanto Bockarie a fechava e andava em meio aos filhos na ponta dos pés, as mãos esticadas à frente para achar a cama.

Manawah não conseguiu dormir aquela noite. Rolando no chão frio de cimento, procurou um lugar para apoiar o lado da cabeça que pulsava terrivelmente, mas o frio do chão não ajudou em nada a impedir o inchaço. Lágrimas escorriam de seus olhos. Apertou os lábios para conter o choro, mas isso o fez tossir.

Bockarie estava dormindo um sono leve e ouviu a inquietação do filho. "Você está bem?", ele cochichou, enquanto se levantava para abrir a janela e deixar algum ar entrar no quarto. Manawah fingiu dormir, e sem ouvir novos movimentos, Bockarie voltou para a cama.

No entanto, ambos ficaram deitados despertos, esperando ouvir o outro, e enquanto isso viram no escuro uma vara comprida entrando no quarto vinda de fora. A vara pegou a alça da sacola que continha o pouco dinheiro que possuíam. Cuidadosamente, começou a recuar pela janela por onde viera. Bockarie deu um salto, agarrando a sacola e puxando a vara junto. Ouviu alguém caindo ao lado da janela e passos pesados se afastando noite adentro. Fechou a janela, voltou para a cama e acabou adormecendo. Na manhã seguinte a família acordou para ver que a janela fora aberta novamente e uma sacola com as roupas de Bockarie estava faltando.

"Eles chamam isso de pescaria — essa técnica de surrupiar as coisas dos quartos. Você não deve abrir a janela à noite. Mas, se tiver que abrir, certifique-se de que as coisas estão bem longe dela."

O sr. Saquee apertou a mão de Bockarie para completar sua saudação matinal. Enquanto os homens conversavam, Manawah levantou-se e o pai viu sua cabeça inchada. "Sinto muito meu filho. Por que não me disse ontem à noite?" Bockarie segurou delicadamente a cabeça dele e examinou o ferimento na testa.

"Nunca mais esconda algo como isto de mim." Então olhou nos olhos do filho com expressão suplicante.

"Eu queria que você dormisse, pai, por causa da sua reunião. Isso vai passar." Manawah tocou levemente o inchaço e foi pegar água na única bomba da vizinhança. Ali, a fila estava tão comprida que as pessoas largavam o balde e as latas e iam fazer suas atividades matutinas, então voltavam horas depois, quando tinha chegado sua vez. Essa técnica, ignorada por Manawah na primeira manhã, fez com que ficasse na fila durante horas, e toda vez que pensava que seria o próximo, pois não havia ninguém por perto, o dono do balde seguinte chegava bem a tempo. Quando contou a história mais tarde, profundamente frustrado, as pessoas acharam engraçado. Manawah não se frustrava facilmente.

Kula tirou as mandiocas do saco de arroz em que estavam embrulhadas e começou a descascá-las. Ela trouxera algumas do interior. Cortou-as em pedaços cantando baixinho enquanto as lavava, e jogou-as numa panela de água fervente. Em pouco tempo chamou todo mundo para se reunir e comer a mandioca cozida que havia preparado. O sr. Saquee e sua esposa partilharam da refeição, e ele ficou em êxtase.

"Já faz um bom tempo desde que provei mandioca fresca. Faz com que eu sinta falta da minha aldeia. Obrigado, Kula, *hummm*." Seus olhos estavam fechados, e as crianças davam risadinhas do prazer que o homem expressava por um pedaço de mandioca. Sabiam que a mãe era uma cozinheira excelente, mas aquilo era incrivelmente engraçado. Bockarie comeu rápido e se dirigiu para a reunião, deixando para Kula o serviço de supervisionar a família enquanto desempacotavam as coisas e se familiarizavam com o novo ambiente.

14.

Bockarie saiu cedo para economizar dinheiro, andando vários quilômetros até a reunião perto do centro da cidade. Apertava e abria os punhos, tinha a respiração curta e apertava o maxilar, sussurrando repetidamente: "Conceda-me sorte hoje". Então olhava para o céu.

Ele pegou a avenida principal, e assim que começou a caminhada percebeu que tomara a decisão correta, não só por economizar dinheiro. As filas para a condução eram tão compridas que ele estaria ali de pé esperando até bem depois da hora marcada para o compromisso. No entanto, teve de voltar para casa para vestir uma camiseta. Quando entrou, Kula ficou gelada pensando que aquele não era um bom sinal. Era a única que estava em casa, arrumando os pertences para que coubessem no quartinho. Tinha um jornal aberto sobre a mesa, e ao mesmo tempo que dobrava as coisas ia marcando anúncios de trabalho.

"Já acabou?"

"Só voltei porque precisava de uma camiseta, para não deixar minha camisa da entrevista toda suada. Você está preocupada demais." Deu-lhe uma batidinha no ombro para acalmá-la. Trocou-se e dobrou com cuidado a camisa e a camiseta de baixo. Colocou-as então delicadamente numa sacolinha plástica preta que pôs debaixo do braço, aprontando-se para sair de novo. "Todos já saíram correndo?" Beijou a esposa e sentou ao lado dela na cama por um instante.

"Os meninos foram buscar água, e Miata levou os gêmeos com ela para o mercado e para dar uma voltinha no bairro. Eles quiseram fazer suas tarefas logo cedo para poder 'descobrir a cidade', como dizem." Parou seu trabalho e sentou-se ao lado do marido.

"Você acha que tomamos a decisão certa de vir para cá?", ele perguntou, com a cabeça entre as mãos.

"Nem começamos a viver aqui e você já está desistindo. Agora vá lá e veja qual é a parte que podemos ter da sorte que ainda resta." Sorriu para ele enquanto arregalava os olhos para que se mexesse. Bockarie lhe deu outro beijo e saiu de casa mais entusiasmado do que antes. Kula lhe acenou com o jornal. Ele começou a suar profusamente logo que entrou de novo na avenida principal, mas manteve uma atitude positiva para atrair esperança e sorte ao seu caminho, mostrando determinação em cada passo.

Havia tanta gente na rua onde deveriam estar os carros que ele precisou se plantar com firmeza no chão para poder andar na direção escolhida. Senão, a bagunça o carregaria para outro lugar. Viu isso acontecer um minuto antes com um homem que perdeu o filho na multidão. Quando um carro se aproximou da rua atulhada, o motorista buzinou implacavelmente, fazendo rugir o motor, ameaçando atropelar as pessoas. Foi só então que a turba abriu o espaço exato para o carro passar, depois voltou a ocupá-lo, engolfando o veículo. Algumas pessoas resmungavam e gritavam para o motorista: "Você está querendo nos matar?".

E batiam na carroceria. "Pare de buzinar!"

Quando veio outro carro, cujo motorista não buzinou nem acelerou, ele foi repreendido por não alertar a multidão. Uma Mercedes-Benz novinha em folha apareceu, e quando a multidão abriu caminho para deixá-la passar algumas crianças com as mãos sujas de óleo de palmeira e segurando tampinhas de Coca primeiro esfregaram as mãos meladas no veículo e depois, à medida que ele ia passando, riscaram lentamente a pintura com as tampinhas. O chofer se irritou e saltou do carro, mas a essa altura as crianças já tinham sumido, e ele foi coberto de insultos, porque sua porta aberta impedia o fluxo dos pedestres.

Será que as crianças estavam deliberadamente destruindo os carros? Não. Elas os viam como brinquedos, coisas em que podiam botar as mãos em cima e marcar quando passavam. O movimento dava uma sensação gostosa, e elas faziam isso com qualquer carro, exceto veículos policiais, militares, presidenciais e ministeriais. É claro que aqueles carros passavam tão depressa que matariam qualquer um antes de ter a chance de botar as mãos nele. E, mesmo que reduzissem a velocidade, as crianças sabiam o suficiente para não se atrever.

Após trinta desconfortáveis minutos tendo de cuidar de cada parte do seu corpo na aglomeração, Bockarie por fim se livrou daquela loucura. Ainda havia muita gente na rua ao deixar o centro, especialmente garotos e homens desocupados — a maioria bem vestida, mas só sentada na calçada, em carros lotados ou em algum lugar, esperando. Passou por um rapaz trajado de maneira curiosa, que caminhava com tanta confiança que parecia ser o dono da rua. Vestia uma calça jeans bem justa e uma camisa azul de mangas compridas por dentro da calça. Por cima da camisa, vestia uma camiseta, que teoricamente deveria estar por baixo. No entanto, isso lhe dava uma aparência muito sofisticada, e sua expressão dizia a qualquer um que passasse que tinha orgulho de seu estilo. *Use o que você tem da melhor maneira que pode*, pensou Bockarie.

O rapaz também o fez lembrar de que precisava trocar a camiseta, o que executou rapidamente na rua, enxugando o suor com a camiseta que vestia. Andou os passos seguintes até um restaurante que vendia comida local, não aquele que tinha comida de gente branca, sempre cheio de estrangeiros e de pessoas que podiam pagar para ter coisas verdes em pratos com nomes e porções que insultavam o dinheiro que o pobre tinha no bolso. Era ali que deveria encontrar-se com o sr. Kaifala.

Em casa, Kula tinha marcado anúncios de emprego suficientes nos frágeis jornais, cujas páginas se rasgavam quando ela as virava. Começou a ligar para os números e indagar acerca dos trabalhos, na esperança de marcar hora para uma entrevista. Suas primeiras escolhas eram na área de enfermagem, em hospitais ou clínicas. A maioria dos números dos anúncios estava desligada, e aqueles para os quais conseguiu ligar a rejeitavam tão logo dizia que acabara de chegar do interior. Imaginou se vir do interior automaticamente implicava inexperiência ou experiência que não valia nada na cidade. Sem se importar com a explicação, resolveu que nas ligações seguintes não diria nada a respeito. Ainda assim, ninguém tinha vaga para ela, ou era o que diziam, mesmo que os anúncios tivessem acabado de sair no jornal do dia. Às vezes secretárias a deixavam na espera para cuidar da própria vida durante alguns minutos, que para ela eram caros, antes de voltar ao telefone apenas para lhe dizer que a pessoa com quem devia falar não estava por perto.

"Mas você nem verificou. Ouvi você conversando o tempo todo", ela respondeu a uma delas.

"Eu disse que não há ninguém aqui e sei fazer meu serviço." A pessoa desligou na cara de Kula, que quis lhe dizer que se era para perder seus minutos então que ao menos contasse algo interessante sobre sua vida pessoal.

Manawah e Abu tinham voltado do banho depois de terminar suas tarefas e trazer água para o dia, e entraram para trocar de roupa. Kula saiu do quarto e ficou parada ao lado da porta. Inspirou e expirou profundamente, tentando acalmar os nervos. Enquanto isso, Miata, Oumu e Thomas retornaram do mercado e das suas andanças. Oumu vira outra vez Coronel e tentara falar com ele, que fez um gesto com a mão indicando que não enquanto Miata e Thomas estivessem por perto. Quis contar à mãe, mas então pensou que, se Coronel quisesse que seus pais soubessem que estava nas redondezas, ele daria um jeito.

"Tem algo na cabeça, minha filha?", Kula perguntou a Oumu, estudando a expressão claramente incomodada da menina.

"Não, mamãe. Só estou lembrando as coisas que vi desde que chegamos." Oumu deu um jeito de sorrir, e a mãe acariciou seu rosto com ternura, tentando assegurá-la de que podia contar qualquer coisa para ela.

Kula pegou os ingredientes que Miata trouxera. Precisava preparar a refeição para poder voltar à busca de emprego.

Os meninos pediram permissão para investigar a nova vizinhança e já tinham saído antes da resposta da mãe. "Garantam que vão tomar conta do seu irmão, Manawah." Ela soltou a voz atrás dos garotos.

Miata olhou para a mãe com olhos de indagação porque ela havia dado permissão aos irmãos com tanta facilidade sem lhes dar a responsabilidade de levar os menores junto.

"Não precisa ficar com eles por enquanto", Kula disse à filha, apontando para Thomas e Oumu. "Pode ir à faculdade e ver se ainda consegue pegar umas aulas neste verão. Essa vai ser sua excursão." E fez um gesto para que a filha se fosse.

"Ex-cur-são. O que quer dizer isso?", Oumu perguntou à mãe.

"Mais tarde eu lhe conto." Ela não queria lidar com Oumu naquele momento. Suas perguntas eram intermináveis. Assim que uma era respondida, vinha outra na sequência.

O que Kula não podia saber era que Oumu estava procurando uma oportunidade de sair sozinha para encontrar-se com Coronel. Então ficou sentada perto da mãe enquanto examinava o que tinham trazido do mercado.

"Sua irmã se esqueceu de comprar caldo de galinha", disse Kula.

"Posso ir buscar na lojinha aqui perto", Oumu se ofereceu.

"Está bem. Pegue e volte imediatamente", Kula disse desconfiada — a garotinha fora muito rápida em se oferecer para fazer o serviço.

Assim que Oumu saiu da casa, seus olhos procuraram Coronel. Ele estava parado atrás dela, e brincou: "Você precisa de olhos melhores para me procurar".

Oumu se virou, sorrindo.

"Você nos seguiu até aqui?", perguntou. Ele não respondeu, mas andou junto com ela para comprar o caldo de galinha.

"Você tem que me prometer que não vai dizer a ninguém que estou aqui. Ainda não. Certo?" E arregalou os olhos para ela.

"Certo."

"Seu pai foi para a cidade procurar trabalho, imagino."

"Não sei. Mas ele foi para a cidade, sim."

"Você precisa voltar antes que sua mãe venha procurar você, porque ela tem olhos para encontrá-la", Coronel disse.

"É verdade."

"Mas você sempre pode me achar lá se precisar, está bem?" E apontou para um pequeno quiosque que vendia cigarros.

Ela acenou enquanto ele desaparecia em meio às *pan bodi*.

* * *

Bockarie estava sentado perto de uma janela que a brisa do mar visitava intermitentemente. O garçom não prestou muita atenção nele, e Bockarie gostou, porque queria poupar o pouco dinheiro que tinha. Observou os rapazes do outro lado da rua, parados na entrada do restaurante chique. Seus olhos se ressentiam de tudo que mostrasse o mais leve conforto que não tinham. Quando alguém saía do restaurante com uma garrafa de água gelada, suspiravam de indignação.

Os olhos de uma pessoa que luta veem o mínimo conforto na forma como o outro anda, ri, senta e até mesmo respira, Bockarie disse alto na sua mente. Ficou surpreso com a habilidade de se expressar com tanta clareza e decidiu que precisava anotar algumas de suas observações. Mas não tinha nem caneta nem papel.

Teve, porém, um diálogo interior. *Se eu comprar um suco de manga, a garçonete certamente me trará um guardanapo. Posso então pedir uma caneta emprestada e escrever nele.*

"Senhorita, um suco de manga, por favor", Bockarie pediu, levantando a mão. Vinte minutos depois ela ainda não havia lhe trazido o suco. Lembrou-se do sr. Saquee explicando-lhe que na cidade ele precisava ser insistente e nem sempre educado para ser ouvido, especialmente em lojas e restaurantes. Senão, teria de esperar horas.

"Ei, você. Um suco de manga — *agora*", ordenou, erguendo a voz para a moça e olhando duro para ela. A garçonete reagiu, embora com relutância nos movimentos e irritação nos olhos. Trouxe o suco com um guardanapo e pediu a Bockarie que pagasse antes de pôr a garrafa sobre a mesa.

"Você me empresta a caneta?" Bockarie tirou a caneta de seus dedos antes de ela responder. Pagou, a garçonete pegou o dinheiro e foi embora. Ele removeu depressa o guardanapo que estava em volta da garrafa gelada para que não ficasse molhado e começou a escrever suas observações.

As veias na testa do rapaz e a expressão de seus olhos mostram que ele perdeu a fé na possibilidade de que algo bom ocorra hoje, então está sentado no chão, a cabeça encostada no carro quatro por quatro, permitindo ao coração respirar, pois seu espírito segurou a respiração o dia inteiro.

O rapaz está sentado no chão numa cidade atulhada de gente, para onde veio em busca de esperança. Tantos iguais a ele buscam esperança que ficou com medo e está de partida. Onde quer que ela se mostre — a esperança —, mãos das ruas lotadas tentam alcançá-la com uma urgência violenta, pelo medo de jamais poderem vê-la de novo. Fazem isso sem saber que seu desespero afugenta a esperança. A esperança também não sabe que é sua escassez que faz com que a multidão se precipite sobre ela, rasgando seu manto. E, quando ela se debate para escapar, os pedaços de tecido rasgado pousam nas mãos de alguns, mas duram apenas horas, um dia, dias, uma semana, semanas, dependendo de quanto tecido cada mão consegue agarrar.

"Preciso da minha caneta de volta." A garçonete tirou a caneta da mão de Bockarie e a pôs no bolso, voltando ao balcão para conversar com seus colegas de trabalho, que cochichavam entre si e riam do fato de ele ter pedido apenas um suco de manga desde que chegara. Bockarie os ignorou, dobrou o guardanapo, meteu-o no bolso da frente e voltou sua atenção para os rapazes do lado de fora. Exatamente naquele momento um grupo de estrangeiros chegou ao local, dirigindo-se para a loja de celulares mais abaixo na mesma rua. Um dos rapazes foi na direção deles e os saudou.

"Olá! Vocês não precisam de um telefone novo. Posso ajudar a desbloquear os que vocês têm, só precisam comprar um cartão SIM. Vão economizar um monte de dinheiro. E aí, o que me dizem?" Ele falou depressa, pois a distância até a loja de telefones era bem curta. Os estrangeiros pareceram hesitar e se entreolharam.

"Por favor, me dê seu telefone e vou liberá-lo de graça." Ele estendeu a mão para uma moça da sua idade, dezenove anos. Apreensiva, ela lhe deu o celular. Primeiro ele tirou a bateria e reiniciou o aparelho, depois digitou rapidamente alguns números e letras, pressionou "enter" e outro conjunto de números e letras. A moça, um pouco intrigada, tentou ver o que ele estava fazendo. Chegou mais perto, e ele se virou de modo que pudesse ver suas mãos mais claramente.

"Vou fazer um teste com meu cartão SIM", ele disse, desligando de novo o celular e inserindo o cartão antes de voltar a ligá-lo.

"Awolowo, liga pro meu número", ele pediu alto, sua voz por cima do tráfego, a um de seus amigos que estava sentado na calçada, enquanto devolvia o telefone para a moça. Awolowo tirou seu celular e digitou. O telefone tocou, e a moça atendeu. Awolowo disse algo que a fez rir.

"Cara, não atrapalhe meu negócio", ele advertiu Awolowo, que desligou e acenou para a moça. Bockarie observou perplexo como o rapaz desbloqueou o telefone de todos os estrangeiros, mandando seu amigo Awolowo comprar cartões SIM para todos, e assegurando-se de que tudo funcionasse direito. Ele cobrou pelo serviço, e os estrangeiros ficaram tão impressionados que pagaram mais do que ele pediu. Um deles resolveu lhe dar uma nota extra de cem dólares. Depois que os estrangeiros se foram, o rapaz mostrou o dinheiro para o amigo.

“Detesto 1996, cara”, ele disse, estendendo a nota para Awolowo, que espiou a nota de cem dólares da série de 1996.

“Você não vai conseguir muito por isso aí.” O amigo lhe devolveu a nota. Notas de cem dólares velhas raramente eram aceitas ali, e, quando eram, a taxa de câmbio era muito baixa. Era preciso ter notas que fossem mais recentes que 2000. “Sabe, sempre fico pensando quem inventou essa regra de que a série de 1996 não é boa. Escolhemos uns padrões realmente interessantes, cara, para gente que não tem dinheiro.” Ele riu. “Não é lei que o dinheiro é uma forma de pagamento legal?”

“Awolowo, você não tem o que fazer hoje, cara. A lei é diferente aqui na rua. Você sabe disso. E em relação às notas de 1996, a ideia surgiu porque descobriram que eram mais fáceis de falsificar.”

“Mas isso não quer dizer que aqueles que fazem notas de 1996 falsas passariam a fazer outras notas?”, perguntou Awolowo, olhando a cédula.

“Cara, fica quieto e vai achar algum negócio ali!” O amigo apontou outro grupo de estrangeiros.

“Impressionante, não é?” A voz de alguém chegou aos ouvidos de Bockarie. Ele ergueu os olhos para o homem sentado à sua frente. Não havia notado que entrara no restaurante.

“Impressionante”, ele repetiu; e continuou: “Aquele rapaz tem tecnologia e talento para negócios. Mas só os utiliza para sobreviver. Imagine se alguém lhe desse uma oportunidade de usar seus talentos para viver bem, não só ganhar uns trocados na rua. Ele se daria muito bem”. O homem fitou o rosto de Bockarie, seu olhar forte e intimidante perfurando-o.

“Estou aqui em nome do sr. Kaifala. Ele não pôde encontrar você hoje, então me pediu para lhe dizer para ir à reunião amanhã neste endereço.” Entregou a Bockarie um pedaço de papel cuidadosamente dobrado. Ao abri-lo, Bockarie viu que a reunião seguinte seria em Aberdeen, outra parte da cidade, mais distante. Com certeza teria de pegar uma das conduções. O homem não disse seu nome.

"O sr. Kaifala também me instruiu a pagar-lhe uma refeição e lhe dar algum dinheiro para pagar a volta para casa."

Bockarie quis pedir ao homem para lhe dar o dinheiro em vez de lhe pagar a refeição, mas ficou com vergonha. Então fez o pedido e comeu uma comida que sua esposa preparava melhor. Após a refeição silenciosa, durante a qual simplesmente o observou, o sujeito sem nome lhe deu o dinheiro da condução. Ao pegar o dinheiro, ambos viram um garoto de não mais de oito anos escrevendo o alfabeto com giz num carro novinho. Ele usou cada pedaço da carroceria do carro. Quando o dono chegou, perguntou ao garoto com raiva e espanto por que ele tinha feito aquilo.

"Meu pai não tem dinheiro para me comprar um caderno", o garoto respondeu. O dono simplesmente sacudiu a cabeça, sem saber o que fazer.

O homem e Bockarie também sacudiram a cabeça. Bockarie o deixou à mesa do restaurante e fingiu pegar um táxi enquanto ele olhava. Tão logo saiu do campo de visão do homem, começou a voltar a pé para casa, guardando o dinheiro da condução no bolso. No caminho presenciou algumas coisas bizarras que, ponderou, só podiam acontecer ali.

Estava num cruzamento muito movimentado, onde um guarda de trânsito agitava os braços desesperadamente para controlar os carros cujo motorista ignorava sua autoridade. O tráfego vinha de quatro direções, todas elas ruas de mão dupla. De repente, o guarda saiu correndo o mais depressa que podia. Os motoristas e pedestres primeiro ficaram confusos, franzindo a testa enquanto tentavam descobrir o que causara a súbita partida. E lá estava: descendo o morro por uma das ruas, atrás do guarda, havia um táxi, com o motorista não só fora do assento, mas na frente do carro, tentando usar o peso do corpo para reduzir sua velocidade. Dentro do táxi as pessoas estavam confortavelmente sentadas, como se nada estivesse acontecendo. Sabendo que não podia parar o carro, o taxista berrou para os passageiros pularem. Então saiu da frente do veículo, que desceu o morro cada vez mais rápido, atingindo uma BMW que vinha em outra direção. Os passageiros, embora gritando, não se machucaram, tampouco os da BMW. Mas o taxista não podia pagar o prejuízo, então deu no pé e desapareceu entre as casas, deixando o táxi para trás. Isso provocou risos em todo mundo, aliviando a frustração com o trânsito por alguns minutos, antes de começar a buzinar e berrar com o guarda que tinha voltado ao seu nada invejável posto.

Balançando a cabeça e desejando ter caneta e papel para descrever o que acabara de ocorrer, Bockarie seguiu adiante. Ao subir um pequeno morro rumo à principal faculdade de Freetown, deparou-se com o veículo mais destroçado e remendado que já tinha visto, outro táxi. O carro tinha sido todo soldado, mas não de maneira decente. As áreas que não podiam ser soldadas porque o metal estava enferrujado demais tinham sido amarradas com arame. Era um carro com ataque de nervos, porque tudo sacudia quando seus pneus rolavam sob a dilapidada carroceria. O táxi fez uma curva fechada ao dobrar a esquina — e o motorista caiu para fora, junto com a porta! Ele não usava cinto de segurança, e o carro seguiu adiante, com os passageiros, até que felizmente perdeu velocidade sem colidir com nenhum poste, muro ou carro. Ao final, foi uma bênção o motor não ter força.

O motorista se levantou cambaleando, carregando consigo a porta, e correu atrás do veículo. Quando o alcançou, arfando de alívio, exigiu que os passageiros apavorados pagassem a corrida. Eles o xingaram e berraram que os deixasse sair; não conseguiam abrir as portas sozinhos.

Bockarie os deixou discutindo e apertou o passo para casa para ver a família.

Kula e as crianças estavam à espera de Bockarie na varanda do sr. Saquee. Tão logo apareceu, Thomas e Oumu saíram correndo para recebê-lo.

"Bem-vindo de volta, papai!", disseram juntos, e pegaram a sacola de plástico das mãos dele achando que podia conter doces ou algo do tipo. Vendo que era apenas sua camiseta, explicaram-lhe rapidamente tudo o que tinham visto em seus passeios pela nova vizinhança — os prédios, os carros, tanta gente, e tinham ganhado doces e sorvete!

"Por favor, esperem até eu me sentar para toda a família ouvir suas histórias", Bockarie pediu aos gêmeos, mas eles estavam impacientes demais.

"Papai, você alguma vez já viu uma pessoa chinesa como nos filmes de caratê?", Thomas perguntou. E continuou antes que respondesse. "Nós vimos tantas andando por aí, e algumas até vendendo remédios no mercado. Hawa e Maada nunca vão acreditar em mim." Ele terminou com pinceladas de assombro na sua fisionomia.

"Também vimos gente sem braço como Sila, que também tinham filhos, como Hawa e Maada. Por que estavam pedindo esmolas, mamãe? Sila não pedia esmolas com seus filhos", Oumu indagou.

"Este é um lugar diferente, minha filha. Tenho certeza de que, se não precisassem, não pediriam." Kula puxou Oumu para mais perto de si.

Thomas interrompeu, ávido por falar: "Nós andamos o caminho todo até PZ, o centro da cidade. Aí assistimos ao jogo do Barcelona contra o Real Madrid, os últimos vinte minutos, numa televisão grande, grande, numa das lojas libanesas". Abu olhou para o irmão mais velho para continuar a história.

"Os libaneses não nos deixaram entrar, então vimos da rua, e quando o jogo acabou ficamos sentados na calçada olhando as pessoas. Havia um grupo de quatro garotos que só subia e descia a rua para roubar coisas das pessoas. Um deles andava na frente de alguém que tinham escolhido e os outros atrás. Ele distraía a vítima enquanto os outros batiam a carteira ou pegavam a sacola e fugiam. Às vezes mostravam às pessoas um vidro de perfume falso ou um colar de ouro como parte da distração. Ficavam subindo e descendo a rua o tempo todo."

Manawah ainda não compreendia por que os garotos gastavam tanto tempo só para pegar algo de um transeunte. Por que não podiam usá-lo para algo mais construtivo? Talvez tivessem tentado e isso foi tudo que lhes restou?

"E qual foi a sua experiência, sra. Calada?", Bockarie perguntou a Miata. Ela sorriu um pouquinho e começou falando de uma nova amiga, que era estudante na Faculdade Fourah Bay, aonde fora, conforme as instruções da mãe, para se informar sobre aulas preparatórias para a faculdade durante as férias. Kula e Bockarie queriam que Manawah e Miata estivessem preparados para o curso quando recomeçasse e não se sentissem intimidados pelos colegas da cidade.

Houve um breve silêncio antes de Miata falar. "O campus fica no alto do morro, lá em cima, e a vista é linda, mas é difícil chegar lá de condução. Na descida minha nova amiga e eu resolvemos vir a pé, pois não conseguimos pegar uma condução. Todos aqueles carros com vidros escuros ficavam reduzindo a velocidade e perguntando se queríamos uma carona. Minha amiga me disse que não devíamos entrar. O nome dela é Isatu, e ela ficou mandando todos eles embora, inclusive os garotos que assobiavam para nós."

"Eu gostaria de conhecer Isatu. Ela tem jeito de ser uma boa amiga e uma moça forte." Kula olhou para o marido, indicando que era a vez dele. Bockarie lhes contou tudo sobre a caminhada e as coisas bizarras, impressionantes e engraçadas que presenciara, e que teria de voltar à cidade no dia seguinte.

"Da próxima vez eu deveria ir com você. Seu dia foi mais agradável que o meu", Kula disse rindo ao marido. Estava prestes a contar as histórias da sua busca de emprego quando o sr. Saquee chegou e juntou-se à família na varanda. Contou a Bockarie que um amigo seu, farmacêutico, tinha concordado em tratar a testa de Manawah de graça. Foi só então que o próprio Manawah lembrou-se de que sua testa ainda estava inchada. A empolgação da cidade o ocupara completamente.

"Os meninos podem dormir na minha saleta, assim você não precisa machucar nenhum deles à noite, rapaz!"

Kula então contou sua história sobre as secretárias rudes com quem precisou falar ao telefone. "Tive a impressão de que não queriam que ninguém fosse empregado no lugar onde trabalham", concluiu frustrada.

"Você está fazendo do jeito errado, minha cara. Precisa ir a esses lugares pessoalmente ou tentar conhecer alguém lá, senão está perdendo dinheiro fazendo todas essas ligações." O sr. Saquee estalou os dedos. "Você consideraria a possibilidade de trabalhar num hotel? Acho que eles têm algumas vagas para recepcionistas. Posso ligar para o gerente, que costumava dormir aqui — no chão, na saleta. Não toque nesse assunto quando falar com ele!" Seu rosto jovial mais uma vez se acendeu com um sorriso. Ele puxou o celular e fez uma ligação, afastando-se deles para ter a conversa. Em poucos minutos retornou.

"Você irá para Aberdeen amanhã, para o hotel Inamutinib, e vai pedir para falar com Pascal. Ele disse que não pode prometer nada, mas o que você tem a perder? Vou anotar o número dele e as orientações. É algo para você se ocupar e, é claro, arranjar dinheiro enquanto procura uma vaga no que realmente gostaria de fazer."

"Obrigada, sr. Saquee! Amanhã farei sua mandioca!", disse Kula.

"Você sabe que faço qualquer coisa pela mandioca que você prepara. Sinto que está me dando minha infância de volta quando a como." O sr. Saquee riu, e o silêncio que se seguiu convidou o início da noite.

Havia uma confusão crescente, e os rapazes responsáveis por ela logo surgiram com um ladrão que tinham capturado. O sujeito, da mesma idade que seus captores (vinte e dois anos), implorou que o levassem para a delegacia, mas eles se recusaram e começaram a surrá-lo sem piedade. Ele gritava: "Por favor, levem-me preso em vez disso. É a lei, não é? Por que vocês não querem cumprir a lei?".

Os rapazes não lhe davam ouvidos. O ladrão conseguiu se livrar. Mancando, mas correndo o mais depressa que podia, escapou com o corpo ensanguentado e possivelmente algumas costelas quebradas. O sr. Saquee chamou um dos rapazes que o tinham capturado.

"Venha cá, Almamy, e conte-nos o que acabou de acontecer."

Almamy explicou ao sr. Saquee, Bockarie e sua família que haviam capturado o mesmo sujeito outro dia e o levado à delegacia, mas ele tinha sido solto porque tinha um esquema com eles. Sempre que levavam ladrões para a delegacia, disse, a polícia lhes pedia uma lista detalhada de itens ou da quantia de dinheiro que havia sido roubada. Tudo isso para ter certeza de que teriam uma parte justa dos ladrões quando os soltassem. Além do mais, exigiam dinheiro de quem quer que levasse um ladrão até a delegacia, para comida, alojamento e caneta e papel para registrar o boletim.

"Então, quando pegamos um ladrão só lhe damos uma bela surra, pois levá-lo à delegacia custa dinheiro", concluiu Almamy.

"Outro dia houve uma discussão sobre isso no rádio", disse o sr. Saquee. "As pessoas devem fazer justiça com as próprias mãos quando seu sistema de leis não funciona?" Ele refletiu, mas não deu resposta, apenas instruindo Almamy a ajudar a ligar o gerador para poderem assistir ao noticiário no canal nacional antes do jogo entre Manchester United e Arsenal. Almamy foi alegremente até o fundo da casa e logo a noite foi saudada em toda parte pelo som de geradores que cobria o ruído noturno dos grilos. No entanto, quando aquela noite chegou totalmente, estava mais escura, pois a luz dos geradores estava fraca demais para empurrar um pouco a escuridão na direção do céu. A lua e as estrelas saíram mais tarde e sobrepujaram as trevas. Brilhavam mais forte que as lâmpadas, e aquilo era uma confirmação de que Deus e os deuses ainda prestavam alguma atenção às coisas ali, bem como o sol — seu calor permanecia quente como sempre fora.

"A luz veio", um menino gritou de outra casa, e houve um pequeno clamor quando as pessoas que tinham eletricidade correram para casa para carregar o celular e ligar a geladeira ou qualquer coisa que precisasse de eletricidade o mais depressa possível, antes que a energia fosse embora de novo. Os geradores foram desligados, e o real silêncio da noite chegou. A energia estava, porém, mais fraca, e as luzes eram como os olhos de uma pessoa possuída pelo sono que tentava se manter acordada. As lâmpadas enfraqueciam, depois ficavam de novo mais brilhantes, repetidamente, mas, mesmo quando estavam com a luminosidade máxima, uma lanterna tinha mais vigor. Antes de terminar a empolgação com a chegada da eletricidade, a energia se foi.

"Almamy, por favor, ligue de novo o gerador", gritou o sr. Saquee. "Não temos sorte nesta parte da cidade. Está vendo o alto do morro onde as luzes estão agora? Ali sempre há eletricidade, porque um dos ministros tem uma amante naquele bairro. Então, sempre que temos um governo novo, rezamos para que alguém tenha uma casa no nosso bairro ou arranje uma namorada na nossa parte da cidade!", explicou o sr. Saquee. Bockarie pensou no diretor Fofanah em Imperi e nas suas conversas com Benjamin quando eram professores.

O silêncio da noite foi expulso quando todos os geradores da área foram ligados. Bockarie sentou-se com a família e o sr. Saquee na saleta e assistiram ao noticiário local, que basicamente elogiava o trabalho do atual governo. Alegavam ter trazido eletricidade para o país e se gabavam da sua beleza natural, como se o governo também fosse responsável por ela. O presidente apareceu para se vangloriar do que seu governo estava fazendo.

"Trouxemos eletricidade para este país...", começou ele, e as luzes se apagaram na estação de TV. Bockarie e o sr. Saquee riram. A televisão ainda estava ligada por que era alimentada pelo gerador. Após alguns minutos, a emissora recuperou a energia, e o presidente continuou exatamente de onde tinha interrompido, falando sobre a maravilhosa eletricidade que haviam trazido para o país e outros projetos de desenvolvimento dos oleodutos.

"Isso aí é pura comédia", disse Bockarie.

"Eu tinha a sensação de que você ia gostar, rapaz. É por isso que assisto a esse programa. Você realmente vê o que está acontecendo no país no pano de fundo das supostas notícias."

Bockarie quis mencionar que isso era apenas metade do que estava acontecendo, que havia coisas piores que a maioria das pessoas na cidade provavelmente jamais viriam a saber — elas tinham as próprias preocupações e motivos de desespero.

Mas o jogo entre Manchester United e Arsenal veio depois do discurso do presidente, e gradualmente a casa foi se enchendo de homens e garotos que queriam ver.

15.

Na manhã seguinte, Bockarie saiu antes de Kula; sua reunião era mais cedo. Resolveram encontrar-se em Lumley Beach, perto de Aberdeen, depois do compromisso dela com Pascal.

"Dê bom-dia às crianças por mim, e vejo você mais tarde, querida." Ele beijou a mão da esposa enquanto saía do quarto.

"Só isso? Volte aqui." Ela jogou os braços em torno dele e disse que agora estava melhor. "Minha sorte e a sua se misturaram", Kula disse enquanto o soltava. Ele virou-se para acenar antes de desaparecer atrás da casa para pegar a rua que levava à avenida principal.

Bockarie entrou na longa fila para pegar a condução para Aberdeen. Estava parado perto de um sujeito jovem que usava um crachá da Faculdade Fourah Bay, a melhor do país, pendurado no pescoço mesmo estando em férias. O professor dentro dele veio à tona.

"A faculdade ainda está em aulas?", indagou ao jovem, que de início fingiu não ouvi-lo.

"Não, senhor. Estamos de férias."

"Então por que está usando o crachá?"

"Este aqui é autêntico — o senhor pode ver a insígnia no cordão. É deste jeito que a gente sabe que não é falso." E mostrou a impressão a Bockarie.

"Não tenho dúvida de que você seja estudante, mas por que usar o crachá nas férias? Por que usar se não está no campus?"

"É um sinal de prestígio. Com este crachá, posso entrar em muitos lugares sem ninguém ficar me questionando." Ele chegou mais perto para sussurrar para Bockarie: "E também atraio um monte de garotas". E riu.

Bockarie gostou da perspicácia do rapaz e do seu humor. "E as moças também usam por isso?"

"Sim e não. Elas precisam tomar cuidado, porque uma mulher culta pode ser uma ameaça para muitos homens." Sua expressão ficou séria.

Bockarie e o rapaz, que mais tarde apresentou-se como Albert, tiveram uma animada conversa sobre a vida universitária em Serra Leoa. Albert falou das suas frustrações com a maneira como a universidade estava estruturada. Referiu-se a algo chamado "legado". Significava que os professores — a maioria, não todos — davam as mesmas aulas anos e anos seguidos. Se você pegasse o caderno de alguém que tivesse estudado antes de você e lesse as anotações, passaria nos exames. O que realmente perturbava o rapaz era que, se um aluno fizesse perguntas além do escopo do conhecimento do professor, isso era encarado como um desafio, um ato de desobediência e desrespeito. Você era desacreditado e ia mal nessa matéria mesmo se saindo bem. "Chantagem educacional" era como Albert chamava aquilo. "Como resultado", disse ele, "você tem que manter suas perguntas e curiosidades para si, para poder se formar. E é claro que você quer se formar, depois de tudo que pagou. É por isso que este país não vai para a frente." Fez um gesto para que Bockarie o seguisse. Abriram caminho e entraram em um veículo lotado, conseguindo assentos lado a lado.

"Tenho certeza de que há outras razões para este país ser do jeito que é", Bockarie disse, abrindo os cotovelos para ter o espaço que necessitava antes de alguma outra pessoa o espremer.

"Concordo, mas essa que mencionei é a razão que eu enfrento." Albert baixou um pouco a cabeça para desviá-la da sacola de outro passageiro que passou por perto, balançando-a.

O veículo começou a andar, sem espaço para nem mais uma formiga sequer e, depois de meia hora de viagem quase toda em meio ao trânsito, teve de encostar num posto de inspeção inundado de policiais, que pediram que todos descessem do veículo.

"Ah, que ótimo, coletores de impostos", Albert resmungou, procurando algo no bolso.

"O que você está procurando?", Bockarie perguntou.

"Meu recibo do imposto. Eu não trouxe." Ele xingou em voz baixa.

A polícia enfileirou todo mundo, inclusive o chofer, e exigiu que os impostos gerais estatais fossem pagos no local. "Cinco mil leones cada um."

As pessoas reclamaram. Alguns disseram que não tinham emprego; outros que eram estudantes sem rendimentos; outros que tinham pago, mas que ninguém lhes disse para carregar os recibos o tempo todo. De nada adiantou. Todo mundo foi obrigado a pagar. Foram fornecidos recibos, mas era impossível dizer quais eram reais.

"Por que há tantos tipos diferentes de recibo?", um passageiro quis saber.

"Temos os velhos e os novos misturados. E aqui quem faz as perguntas sou eu, então fiquem calados", respondeu o comandante da polícia.

Um velho senhor estendeu um recibo para o policial. O jovem oficial começou a rir e chamou seu superior.

"Senhor, este é seu recibo de imposto?", o superior indagou.

"Sim, senhor", o velho respondeu.

"Então seu nome é Kadiatu Kamara?", o policial prosseguiu, com uma risadinha.

"Sim, senhor." O lugar inteiro explodiu numa gargalhada. O velho não sabia ler nem escrever e não sabia que pegara o recibo da filha, não do filho, para mostrar como seu. Então resolveu responder a qualquer nome que estivesse no documento. Muita gente fazia esse tipo de coisa, então o governo começou a pedir às pessoas que pegassem a cópia de um documento e a prendesse ao recibo, um custo adicional para a grande maioria da população, que já tinha o bastante por que lutar. Antes de o veículo partir, os passageiros assistiram aos policiais dividindo entre si a maior parte do dinheiro que tinham acabado de arrecadar. Bockarie e Albert sacudiram a cabeça e riram — os policiais estavam bem debaixo de um cartaz que dizia: DIGA NÃO À CORRUPÇÃO! CORRUPÇÃO É UM CRIME SUJEITO A PUNIÇÃO!

Os dois trocaram telefones antes de Bockarie saltar perto da praia para esperar num café libanês pelo seu compromisso. Deu algumas voltas em torno do recinto, esperando que quem viesse daquela vez para o encontro chegasse antes de ele entrar. Não queria pedir nada e estava com vergonha de sentar e esperar sem mesmo uma garrafa de água. Mas só podia dar algumas poucas voltas.

Ao entrar, os garçons o olharam desconfiados, presumindo que não podia gastar nada. Mas, sempre que entrava uma pessoa branca ou com aura de estrangeira, eles corriam para servi-la. Bockarie sentou-se num lugar com vista para o mar, e do nada surgiu o homem que se disse representante do sr. Kaifala. Ele não se apresentou, mas cumprimentou Bockarie com um aperto de mão firme, como se fossem velhos amigos, sem dizer nada. Seu estado de espírito era diferente daquele do homem do encontro anterior, e Bockarie tomou isso como um bom sinal. Ficaram sentados em silêncio observando os carros passando pela rua da praia. Na rua havia mulheres jovens e meninas claramente disponíveis para vender seu corpo em plena luz do dia. Algumas pareciam mais novas que Miata. Não vestiam praticamente nada, e algumas saias eram tão curtas que passando ao lado podia-se ver tudo. Tinham blusas transparentes e lábios vermelhos. Do outro lado da rua havia alguns rapazes e garotos que relaxavam na praia, jogavam futebol e sonhavam com a possibilidade de sentar no deque dos restaurantes e comer o que bem quisessem.

Sirenes chamaram a atenção de todo mundo. Duas motocicletas policiais desciam a rua, abrindo o trânsito. Atrás delas, um pouco distante, um quatro por quatro corria tanto que todo mundo sabia que era um carro do governo. As moças se puseram em posições que lhes permitiam abrir ainda mais as pernas, com as mãos sobre os seios. O carro preto ficou bem à vista; a placa era ministerial. Encostou perto de algumas das garotas. Um ministro baixou a janela e chamou duas delas, que entraram no carro com ar-condicionado. Os vidros escuros subiram, engolindo-os. As motocicletas tinham parado mais adiante e religaram as sirenes. Quando o carro passou, os rapazes que tinham visto o que acabara de acontecer se cumprimentaram batendo as mãos, desejando ser ministros ou ter algum poder.

"Belo exemplo para a juventude, hein?" O homem misterioso olhou para Bockarie.

"Todos os garotos pensam que é assim que se deve usar o poder. Admiram esse tipo de comportamento. Se um ministro faz, em plena luz do dia, então deve ser bom."

Um rapaz que estava sentado por perto puxou uma cadeira para junto de Bockarie e do homem. Vestia um terno de linho marrom que lhe caía muito bem e uma camisa branca com abotoaduras, mas estava sem gravata. "Não me digam que é a primeira vez que veem uma coisa dessas, cavalheiros", disse ele.

"Para mim, é a primeira vez. Não sou daqui e não venho para esses lados com frequência", Bockarie respondeu, fitando o confiante e articulado sujeito, perguntando-se o que ele fazia da vida.

"Você tem jeito de bacana", disse o homem misterioso. E passaram a falar de política, questões mundiais e qualquer outro assunto. O rapaz era mais bem informado que os dois.

"Qual é seu nome, meu jovem?", o homem misterioso indagou.

"Sylvester", ele disse estendendo a mão para ambos. Mas, quando a vibração da conversa se desvaneceu, ele perguntou: "Será que os gentis cavalheiros poderiam me ajudar com algum dinheiro para a comida?".

O sujeito misterioso e Bockarie se entreolharam, perplexos.

"Você parece alguém que tem dinheiro, e não alguém que precisa pedir esmola para comer", Bockarie disse.

"Na realidade, esses dias estou no plano zero-zero-um. Se eu tiver sorte, ele continua hoje."

"Que plano é esse?" Bockarie voltou toda a sua atenção para Sylvester, cuja força e dignidade não denunciavam o menor sofrimento. O rapaz sorriu, revelando sua boca e seus lábios secos — sinal de alguém que não comia nem bebia havia algum tempo.

"É como meus amigos e eu nos referimos àqueles afortunados que podem ter uma, duas ou três refeições por dia." Sylvester fez uma pausa e olhou para a expressão dos dois homens. "Há os que estão em zero-zero-zero, o que significa que não têm nada para comer o dia todo e vivem famintos. Por exemplo, vocês estão vendo aquele sujeito ali? Vejam como ele anda. Está com tanta fome que é preciso sair da frente dele. É só o vento que o faz andar, pois ele não tem mais força." Sylvester distraiu-se com os pratos de comida que um garçom levava para outra mesa.

"Vamos pedir alguma comida para você. Garçom, venha cá", chamou o homem misterioso. A voz de Sylvester parecia tomada de emoção quando ele continuou.

"Então, há aqueles em um-zero-um, e nós os consideramos sortudos. Duas refeições por dia! E um bom punhado de nós trabalha duro para ficar um-zero-zero ou zero-zero-um. Eu prefiro o último, então vou levar a comida comigo. Por enquanto, posso beber montes de água para me sentir estufado."

Sylvester parecia feliz por ter educado aqueles homens. Disse-lhes que ele e muitos outros faziam todo tipo de serviço estranho para comprar roupas e sapatos bons, sabão e às vezes um pequeno vidro de perfume. As pessoas podiam achar que eles se equivocavam nas prioridades, mas estavam erradas. Uma pessoa bem vestida e apresentável não é confundida com um ladrão nem olhada de cima a baixo. E, o mais importante, isso lhe dava a oportunidade de conversar com alguém para poder pedir comida ou dinheiro para isso.

"Eu não poderia ficar sentado aqui se minhas roupas estivessem esfarrapadas. Vocês não teriam tornado possível meu zero-zero-um hoje!", explicou. Sua comida veio, e ele pediu uma embalagem para viagem.

O homem misterioso pediu água para si e Sylvester e suco de manga para Bockarie. Ficaram sentados juntos, olhando o mar, a persistência do longo corpo de água ondulando e quebrando na praia.

"Eu os deixarei, cavalheiros, e que nossos caminhos voltem a se cruzar. Da próxima vez, não precisarei me explicar. Nem sempre é fácil pedir ajuda dessa maneira, sabem?" Sylvester baixou a voz e deixou os homens viverem o momento de silêncio.

Arrumou as abotoaduras, pegou a comida e a água, e desceu a rua rumo ao centro da cidade. O homem misterioso levantou-se e disse que voltaria em alguns minutos. Bockarie o observou entrar num carro estacionado na areia, quase na praia.

Bockarie começou a pensar que aquele podia não ser o melhor lugar para ter trazido a família — talvez tivesse se afobado demais. Aguardaria para conhecer o sr. Kaifala; algo de bom podia surgir daquele encontro. Onde ele e a família poderiam viver, se não ali? Afinal, era a capital do país, o pináculo de oportunidades, ou assim acreditava. Suspirou.

O homem misterioso voltou, e eles esperaram.

Kula vestiu um lindo vestido branco rendado, com uma elegante faixa no cabelo combinando. Até mesmo seus filhos ficaram impressionados — disseram-lhe que estava linda e lhe desejaram sorte. Ela caminhou devagar até o cruzamento para pegar a condução, ensaiando na mente possíveis perguntas da entrevista. O que a faz pensar que pode fazer esse serviço? Você é qualificada? Como? No caminho, a van onde ela estava foi obrigada a encostar, e ela também teve que pagar imposto aos policiais. Ela exigiu saber o distrito, o número do distintivo e o nome do capitão, para que, se o recibo fosse fraudulento, soubesse onde encontrá-lo. Os policiais viram pelo seu olhar que ela era uma mulher que não deveriam desagradar; em vez de responder às perguntas, simplesmente lhe pediram para pagar da próxima vez.

A van partiu logo em seguida, e ela saltou num trevo em Aberdeen, conforme o sr. Saquee sugerira. Começou a subir a pé um pequeno morro até o hotel Inamutinib, mas por um momento pensou que devia estar no lugar errado — a placa estava quase toda em chinês.

"Desculpe, senhor. Este aqui é o hotel certo?" Ela mostrou ao guarda o pedaço de papel onde anotara o nome do lugar.

"Sim, é este mesmo, mas agora os encarregados são chineses, e é por isso que em todo lugar está escrito em chinês." O guarda lhe fez um sinal para passar e indicou a direção correta subindo o morro.

No balcão da recepção, ela perguntou por Pascal e lhe disseram para esperar. A sede se espalhava pela garganta. Kula olhou o preço da água e imediatamente pôs o cardápio de volta no lugar. Não sabia que podia custar tanto. Pessoas iam e vinham. A moça da recepção recebeu vários comentários de censura de um chinês que disse uma porção de coisas num tipo de inglês que Kula nunca tinha ouvido.

"Sinto tê-la feito esperar tanto tempo. Sou Pascal", disse um homem alto, apresentando-se. Sentou-se numa cadeira em frente a Kula e pediu que trouxessem água para a mesa.

"Você já trabalhou no ramo de hotéis?", ele perguntou.

"Não, mas fui enfermeira e há semelhanças. Em ambas as situações é preciso ajudar e agradar as pessoas, fazer com que se sintam confortáveis", ela disse com firmeza, mas sem erguer a voz.

"O sr. Saquee me disse que você é muito inteligente e tem personalidade forte." Pascal riu de forma encorajadora e prosseguiu com muitas outras perguntas durante cerca de trinta minutos.

"Então vou empregá-la por um mês em experiência. Durante esse período, você trabalhará com uma pessoa da equipe para ver como as coisas são feitas. Tenho certeza de que vai pegar o jeito rapidamente." Ele estendeu a mão para encerrar o encontro.

"Muito obrigada. Darei meu melhor e fico muito feliz com a oportunidade." O aperto de mão dela foi mais forte do que ele esperava. Pascal pareceu surpreso.

"Você pode começar em dois dias. Teremos crachá e uniforme prontos para você. Por favor, traga uma foto de passaporte. Porém, preciso lhe dizer que você só será paga no final do mês. Como está em treinamento, não receberá o pagamento a cada duas semanas, como o resto da equipe. Sei que sai caro pagar a condução de ida e volta para cá todo dia, mas isso é tudo o que posso oferecer agora." Ele fez um meneio como despedida final e andou na direção de seu escritório.

Kula acabou de beber a água gelada e ligou para o celular do marido.

"Alô, querido. Já terminei." Ela sorriu. "Tudo bem, encontro você aí em alguns minutos."

Pôs o telefone de volta na bolsa e saiu para encontrá-lo na praia. A brisa fresca penetrou nos seus poros à medida que ela se aproximou do mar, caminhando com uma elegância que a distinguia das muitas outras mulheres pelas quais passou.

Ao ver o marido, correu para ele e jogou-se nos seus braços. Bockarie a segurou por alguns instantes e a beijou antes de começarem a andar pela praia de braços dados, descalços, segurando os sapatos. Cada um contou suas novidades. Ele também conseguira trabalho, corrigindo textos para estudantes universitários, disseram-lhe, e começaria no dia seguinte. Não quis irritar o sr. Kaifala, que pareceu relutante em explicar os detalhes e estava com pressa. Apesar disso, seria um bom dinheiro.

"Então esse sr. Kaifala realmente existe e afinal apareceu." Ela tirou a faixa do cabelo para sentir melhor a brisa do mar.

"Sim, mas senti alguma coisa estranha nele. Em todo caso, não importa." E arregaçou as mangas. "Seu trabalho parece mais empolgante que o meu. Estou contente por você, querida, por nós. Você ficou muito tempo em casa só criando nossos filhos e cuidando de mim, se é que posso dizer isso. No entanto, temos de discutir como tomar conta das crianças." Ele a beijou novamente e usou o peso do seu corpo para empurrá-la na direção das ondas que vinham chegando. Ela pulou, animada, rindo.

"Não vamos pensar nisso agora, querido. Vamos nos curtir um pouco, talvez até mesmo tomar algo num desses bares." Ela apontou alguns ao longo da areia. Ele concordou e escolheram um, dirigindo-se para lá. No caminho, viram um homem trajando um longo manto branco, com uma grande cruz pendurada no peito. Ele dizia algumas palavras que não faziam sentido e à sua frente estavam sentadas algumas mulheres, também vestindo manto branco. Depois de fazer muito barulho, ele pegava uma delas e mergulhava sua cabeça no mar.

"Elas acreditam que ele pode orar para que arranjem um bom marido!", disse um corredor ao passar por Kula e Bockarie.

"Esta cidade tem tanto para ensinar todo dia. É como viver diversas vidas cada vez que se olha ao redor." Kula olhou para o mar ao longe antes de se virar novamente para o marido. "O que você acha? Devo ir lá e pagar para ele quase me afogar em água salgada para ter um bom marido?" Ela riu e começou a correr na areia para longe de Bockarie.

"Talvez ele deva me mergulhar na água para eu me tornar um bom marido. Mas, espere aí, já não sou um bom marido?", disse, e correu atrás dela.

"Quem garante isso?" Ela sacudiu o corpo de tanto rir quando ele se aproximou e a jogou na areia.

Chegaram em casa tarde da noite, quando todo mundo já estava dormindo. O ar noturno em seu rosto era agradável, pois parecia que a cidade se abria para eles, mostrando-lhes o que tinha para oferecer.

Mas a mão da cidade é imprevisível, e a mão do país é ainda mais caprichosa. Muitas vezes sombras se juntam em torno da mão que dá e quebram seus dedos, estragando as dádivas.

Naquela noite, Kula e Bockarie riam ao entrar no quartinho, e dormiram com a roupa que tinham usado o dia inteiro.

16.

Bockarie ficou desolado no primeiro dia de trabalho depois que compreendeu o que ele envolvia. A operação do sr. Kaifala, como ele a chamava, era na verdade um lugar que, em colaboração com alguns professores universitários, escrevia teses para estudantes que podiam se dar ao luxo de pagar. É claro que nem todo mundo usava esse caminho para se formar, mas a coisa toda não descia bem para Bockarie. Ele se lembrou da conversa que tivera com Albert, o aluno da Faculdade Fourah Bay, que usava o crachá pendurado no pescoço durante as férias.

Como o país pode progredir com tais práticas?, perguntou a si mesmo. Estavam redigindo teses para gente que não sabia nem falar inglês direito, mas agora teria um diploma que ia do bacharelado ao mestrado e doutorado. A operação tinha até uma equipe que defendia a tese para seus clientes com nome falso e, é claro, com o respaldo dos professores que tinha no bolso. Ninguém era pago na faculdade, então estavam todos abertos a outras opções.

"Bem-vindo, bom homem. Você vai passar por um período de experiência de um mês para ver se mantém nosso segredo e se é capaz de escrever textos excelentes para nós! Por enquanto vamos lhe dar apenas dinheiro para a condução e para três refeições diárias. Tenho certeza de que você aprendeu na escola o ditado 'saco vazio não para em pé'." O sr. Kaifala mostrou a Bockarie sua escrivaninha, onde já havia trabalho à espera: uma pilha com notas de pesquisa prontas para ele ler. Bockarie quis perguntar se alguém no escritório era realmente quem dizia ser. O sr. Kaifala não tinha jeito de Kaifala. Na verdade, naquela manhã, enquanto esperava na recepção, duas pessoas se referiram a ele como sr. Cole e sr. Conteh. Ele respondera pelos dois nomes bem à vontade. Bockarie espantou esses pensamentos da cabeça. Precisava cuidar da família e mesmo o dinheiro que agora receberia para condução e refeições podia ajudá-lo um bocado num plano alimentar zero-zero-um, se voltasse a pé para casa depois do trabalho. A refeição seria feita em casa no fim do dia, então ele poderia poupar todo esse dinheiro para a família. Puxou um tópico para uma tese de mestrado em relações internacionais.

O aluno provavelmente nunca vai sair do país para fazer nada internacional, disse a si mesmo, para justificar suas ações. Começou a ler as notas de pesquisa e chegou a redigir um parágrafo. Não foi de todo ruim, porque ele gostava de usar o cérebro, ainda que fosse pelas razões erradas.

Na hora do almoço, quando saiu para tomar um pouco de ar, viu carros com chapas do governo e jovens libaneses saindo de veículos elegantes para pegar pacotes no escritório. Também havia gente de aparência comum, como ele próprio, que entrava para pegar pacotes, com a roupa suada e os sapatos cheios de pó, um sinal claro de que haviam percorrido um longo caminho a pé e gasto seus últimos centavos para conseguir algo que se assemelhasse a educação. Talvez fossem inteligentes o bastante para fazer sozinhos aquilo por que estavam pagando. Quem sabia a história que fizera com que tomassem tal decisão? Bockarie não conseguia desfrutar a brisa com o que via e as coisas em que pensava, então voltou para dentro.

Naquela noite, em casa, não disse nada, nem mesmo para a esposa, sobre a realidade do trabalho. Fingiu estar feliz e deu a ela o dinheiro para guardar em segurança e gastar com a família. Os dois filhos mais velhos logo teriam aula. Bockarie resolvera continuar no emprego apenas por um mês, e durante esse tempo procuraria outra coisa. O que ele não sabia era que o trabalho exigia tanto que não tinha tempo de procurar outra coisa. E numa cidade onde a mão da oportunidade não vinha facilmente, ele precisaria saltar de uma canoa para outra com cuidado e cautela antes de fazer soar a campainha dos seus valores.

O céu estava no máximo do azul, e se alguém olhasse direito por algum tempo poderia ver qualquer coisa que a imaginação localizasse além do corpo do céu. Como as atividades diárias necessárias para sobreviver na cidade já eram bastante estressantes, as pessoas olhavam para o céu apenas brevemente, pousando os olhos em torno de si mesmas e na terra, para conseguir uma base forte, de maneira que o vento do desespero não tivesse pressa de derrubá-las. Kula erguera os olhos algumas vezes para adivinhar a hora pelo movimento do sol. Era seu primeiro dia de trabalho, das três da tarde às dez da noite. Preparou comida para a família e distribuiu tarefas entre os filhos antes de se aprontar. Só veria o marido tarde da noite e isso a deixou um pouco triste, mas distraiu-se passando algum tempo com os gêmeos, que estavam ocupados com seus cadernos de colorir. Ela e o marido haviam comprado um telefone celular extra, que deveria ficar em casa para emergências. Kula o entregou a Miata.

"Tudo bem se a Isatu vier estudar aqui comigo?", perguntou Miata.

"Sim, contanto que vocês não convidem garotos." Ela tinha um jeito de parecer engraçada mesmo falando sério. Miata não respondeu, mas Kula sabia que suas palavras tinham achado um lugar de repouso na mente da filha. Era essa sua esperança.

Logo que Kula saiu e pegou a condução, começou a chover pesado. Ninguém estava preparado, porque as palavras do céu tinham dito outra coisa. A água jorrava dentro da van, ensopando todo mundo. O motorista distribuiu pequenos sacos plásticos para que as pessoas pudessem ao menos embrulhar celular, dinheiro e outras coisas de valor que eram inimigas da água.

"Água não é fogo, minha gente, não fiquem zangados", ele disse aos passageiros. Tão repentinamente quanto chegara, a chuva parou e o sol brilhou resplandecente sobre a terra encharcada e seus seres. Era um dia ensolarado, mas havia pontos de enchente nas ruas. Após desembarcar, Kula ligou para o celular de emergência e pediu a Miata que levasse algumas roupas e sapatos secos para ela usar depois do trabalho, pois não tinha permissão de levar o uniforme do hotel para casa. Precisava dos sapatos imediatamente, porque os que calçava estavam cheios de água, fazendo sons de esguicho enquanto subia o morro até o hotel.

"Diga aos seus irmãos para tomarem conta da casa e venha antes de anoitecer. Não quero você na rua quando estiver escuro", ela instruiu a filha.

"Sim, mãe." Miata desligou o telefone. *Ela não precisaria que levasse seus sapatos se estivéssemos em Imperi. Simplesmente teria voltado para casa descalça*, Miata pensou, e com um berro chamou os irmãos, que estavam jogando futebol por perto. Eles ficaram tristes por ter de parar de jogar e resmungaram, mas a irmã não lhes deu bola. Isatu decidiu acompanhar a amiga.

"Mas eu não disse para mamãe que você vinha junto", Miata argumentou.

"Não se preocupe. Ela vai achar que é uma boa ideia eu ter

ido com você, especialmente se escurecer antes de você voltar para casa." E fez um gesto para que Miata se apressasse.

Nesse ínterim, na sala dos funcionários, Kula torcia o excesso de água das roupas encharcadas, para poder usá-las para secar o cabelo. Vestindo rapidamente o uniforme, calçou os sapatos molhados, que se recusavam a livrar-se da água. Levantando-se com determinação, foi até o balcão da frente para começar a trabalhar. Pascal deu com ela uma volta de apresentação e passou algumas instruções. Então a entregou nas mãos de outra mulher, cujo serviço era ensiná-la ao longo do turno de oito horas. Sua expressão não era cordial, e ela ignorou Kula o tempo inteiro. Pascal logo voltara para casa, no fim de seu turno, e ela não teve a quem recorrer. Resolveu apenas observar e aprender sozinha.

Em um momento de tranquilidade no trabalho, um hóspede desceu do quarto. Era claramente do país, mas tinha estado fora por algum tempo — era um JC, um *jus cam*, como chamavam aqueles que tinham acabado de voltar. A colega de Kula estava ao telefone, então foi até ela e começou a berrar.

"Não entendo como as coisas funcionam no meu quarto. Tudo está em chinês. Sabe, neste país se fala inglês." Ele mostrou a Kula o controle remoto do ar-condicionado, que estava todo em chinês. E continuou: "Também pedi folhas de mandioca e me disseram que não têm pratos locais. Só têm frango empanado agridoce e outros pratos chineses. Eu gostaria de falar com o gerente".

Kula olhou para a colega, que já tinha desligado o telefone, mas a ignorou, folheando alguma revista inútil. O sujeito chinês que parecia dirigir o lugar veio correndo dos fundos para a recepção.

"Eu sou o gerente, como posso ajudá-lo?" Ele empurrou Kula para o lado, e foi nesse instante que a outra recepcionista interveio para controlar a situação. Mas o homem recusou-se a falar com ela, insistindo em conversar com o gerente à sua frente.

"Quero folhas de mandioca. Comida do país, sabe?"

"Não temos um chef para isso. Nada de folhas de mandioca, certo?", disse o gerente.

"Está querendo me dizer que em todo este país não consegue achar alguém que prepare folhas de mandioca? Isso é uma merda e você sabe muito bem."

"Senhor, sem palavrões aqui. Por favor."

"E arranje alguns controles em inglês." Ele jogou o controle remoto sobre a mesa e saiu. O resto da noite foi tranquilo. As pessoas iam principalmente pedir a chave do quarto ou deixá-la quando saíam. Miata chegou bem quando a mãe estava começando a ficar preocupada com ela.

"Eu não sabia que você vinha com Isatu", Kula disse, pegando a sacola das mãos da filha, para em seguida cumprimentar a amiga.

"Eu sabia que ia demorar um pouco por causa da chuva e queria alguém comigo caso escurecesse, como de fato aconteceu." Miata evitou os olhos da mãe.

"Acontece que vou sair mais cedo, então sentem-se ali na sala de estar e voltamos para casa juntas." Miata concordou, escondendo da mãe sua expressão de desapontamento. Ela e Isatu tinham planejado uma pequena excursão pela praia antes de retornar para a parte oriental da cidade. Kula observou a filha e Isatu por trás do balcão da recepção enquanto tomavam a Coca que tinha comprado para elas. Falavam de algo que as fez rir, quase engasgando com a bebida. Ela voltou os olhos para os próprios pés, agora livres dos sapatos molhados e frios, embora a umidade lhe tivesse dado coceira nos dedos.

Em vinte minutos, o salão se encheu de muitas moças jovens que Kula reconheceu como prostitutas. Homens brancos mais velhos levaram algumas garotas consigo, mas outras continuavam chegando. A certa altura, um velho sujeito inglês começou a conversar com Miata e Isatu. Ele as convidou para ir a seu quarto. Kula quis pular de trás do balcão e enfrentar o homem, mas acalmou-se e deu a volta até onde estavam sua filha e a amiga.

"O senhor devia se envergonhar de si mesmo. Estas são meninas jovens e esta aqui é minha filha. Tenho certeza de que o senhor tem uma filha da idade delas lá no seu país. Como se sentiria se alguém da sua idade propusesse sexo a ela?" Ela disse isso baixinho para seu patrão não achar que estava importunando o hóspede. O homem saiu para a esquerda, dirigindo-se para a ala dos quartos. Algumas moças o seguiram, oferecendo-se para seu prazer. Ele pôs os braços em volta delas e seguiu andando. Kula fez as meninas mudarem para um lugar de onde pudesse avistá-las diretamente do balcão.

Seu turno acabou em uma hora, e ela detestou tudo o que viu relacionado às moças e meninas e aos homens brancos mais velhos. Olhava firme para Miata e Isatu toda vez que as surpreendia observando tais interações. Assim que foi liberada, rapidamente foi para os fundos se trocar. Quando voltou, algumas moças atacavam fisicamente Miata e Isatu, berrando com elas para que buscassem seu próprio ponto, porque aquele território era delas. Kula agarrou uma delas pelo cabelo e outra pelo braço e as levou para fora. Esbofeteou-as mais forte do que esperavam.

"Estas são minhas filhas, mas vocês acham que qualquer outra mulher sentada no salão do hotel é como vocês." Ameaçou então uma segunda rodada de bofetões. As garotas tiraram os sapatos de salto e saíram correndo, xingando-a enquanto desciam o morro.

"Este país realmente não é o que costumava ser. Não diga

nenhuma palavra sobre isso ao seu pai." Kula pôs o dedo em riste para Miata.

Enquanto olhava dentro da bolsa para se assegurar de que seu crachá de trabalho não tinha caído enquanto arrastava as garotas para fora, uma BMW esporte novinha encostou ao lado delas. O chofer correu para a porta traseira e a abriu. Um rapaz, com não mais de vinte e cinco anos, estava sentado no meio do banco traseiro como um rei. Desceu do carro, com o celular no ouvido, falando com alguém e rindo, uma toalha branca em volta do pescoço e carregando uma grande garrafa de água. Viu que Kula, Miata e Isatu olhavam para ele. Entregou a garrafa de água ao chofer, pôs a mão no bolso, tirou algumas notas e as deu a Isatu e Miata. Entrou no hotel segurando o jeans, que estava caindo, deixando a bunda à mostra. As meninas deram risadinhas, até que Kula virou-se para elas.

"Precisam de uma carona para a cidade? Acabei de voltar para pegar uns papéis no escritório", Pascal as chamou do estacionamento perto dali. Kula assentiu e apresentou sua filha e a amiga. As meninas sentaram-se no banco de trás da Toyota de Pascal, e Kula foi no banco dianteiro.

"Vejo no seu rosto que tem perguntas sobre o jovem que acabou de lhes dar dinheiro", Pascal sorriu.

"Será que tudo está errado neste país?", Kula perguntou.

"Bem, essa é uma pergunta muito boa. Em resumo, muita coisa foi apodrecendo com o tempo, mas deixe-me explicar o que você acabou de ver." Sua fisionomia ficou séria enquanto ele tentava dar partida no carro, cujo motor levou algum tempo para responder.

"Pronto! O motor de um homem que trabalha duro sempre se recusa a funcionar de primeira!" Ele pôs o carro em movimento. As meninas olhavam as notas novinhas e cochichavam entre si, ignorando os adultos. Pascal explicou a Kula que ela acabara de conhecer um JC que deu perfeição à "vida falsa".

"Eu costumava ficar impressionado com esses rapazes, e queria ser como eles, queria ir aonde viviam, e cheguei a desistir de qualquer possibilidade de sucesso no meu próprio país. Até que um dos meus primos que mora no exterior voltou para casa e me contou a verdade. Ele conhecia alguns desses caras. Veja só, nem todo mundo do nosso povo é como eles, mas há muitos com vida falsa que mandam a mensagem errada para os jovens." Pascal buzinou para que abrissem o portão, e prosseguiu depois de passar pela guarita de ferro. "Há um monte de gente, a maioria homens jovens, que mora nos Estados Unidos ou na Europa. Eles foram para outro país na esperança de se dar bem na vida. No entanto, quando chegaram lá, viram que a realidade não era tão dourada como tinham imaginado. Então, em vez de voltar para casa, por causa da vergonha e da preocupação de serem chamados de fracassados pelos colegas aos quais se gabaram quando foram, ficaram onde estavam, na luta.

"Mas vinham aqui de visita, depois de passar um ano economizando com serviços inomináveis, só para mostrar que estavam se dando bem onde quer que estivessem. Alguns deles chegavam a embarcar um carro como esse que você acabou de ver no hotel para a visita de duas ou três semanas. Eles acabavam vendendo o carro para pagar a viagem de volta. A maioria deles não tinha mais de três a cinco mil dólares, um bocado de dinheiro para esbanjar aqui. Então podiam ser vistos por toda a cidade, nas praias e nos hotéis, e eles conseguiam impressionar garotas, rapazes, homens e mulheres, que então começaram a sonhar que também se dariam bem se fossem para o exterior, sem saber a realidade por trás de tudo.

"Agora, existem aqueles que são sérios e vão à escola, educam-se, e trabalham duro pelo dinheiro. Quando voltam para casa o fazem discretamente, sem nada dessa vida falsa. Mas esses são poucos." Ele diminuiu a velocidade para permitir a ultrapassagem de uma horda de motocicletas.

Kula estava escutando atentamente. "Então eles pintam um retrato enganador sobre o que a vida deles é na verdade", disse ela.

"Exatamente, irmã, mas é um retrato sedutor. E, ano após ano, continuam fazendo isso. Chegam a causar a ruína de jovens moças a quem prometem coisas enquanto estão de visita."

"Então é como um ritual de sonhos desfeitos que sempre se repete." A resposta de Kula afetou profundamente Pascal, e durante alguns minutos ele não conseguiu falar, repetindo a frase mentalmente vezes seguidas.

"Nunca achei as palavras certas para isso. É exatamente o que você disse. Estou estarrecido." Ele conduziu o carro calmamente para dentro da cidade envolta num manto de trevas tal que sua beleza desaparecera. A lua e as estrelas naquela noite tinham ido para algum outro lugar.

Bockarie e Kula fizeram tudo o que podiam para cuidar da família, mas as coisas estavam ficando mais difíceis. Os preços continuavam subindo, e após duas semanas de trabalho o dinheiro para alimentar os filhos estava acabando. Queriam que Manawah e Miata seguissem nas aulas de verão, mas não podiam mais pagá-las. Raramente se viam com energia nos ossos para alguma outra coisa que não dormir. Kula também começou a trabalhar nos fins de semana. Eles não tinham tempo sequer para escrever para casa e, conforme avisaram os anciãos, o sono começou a visitá-los cada vez menos, porque estavam aflitos de preocupações com o que traria o amanhã. Conseguiam manter os filhos na linha, mas sabiam que, se a vida não melhorasse, eles os perderiam, principalmente Miata, para as seduções da cidade.

As coisas começaram a ficar mais difíceis nas duas últimas semanas do mês, antes do pagamento. A família só podia se permitir algumas refeições por semana. Um novo tipo de vergonha, dor e desconforto encontrou abrigo em seu semblante — semblante de pais que assistiam aos filhos indo para a cama famintos, noite após noite, ou insatisfeitos com a pouca comida. O sono também não gostava de visitar crianças ou seres humanos de barriga vazia. Muitas noites, Kula e Bockarie sentavam-se na varanda cochichando sobre se teriam tomado a decisão errada indo para a cidade. No campo podia-se ao menos contar com alguém que dividisse a comida, ou podia-se cultivar algo na terra, prevendo épocas sem dinheiro. Não viam o sr. Saquee havia algum tempo, porque ele estava se escondendo. Sabia que estavam dando duro e não queria que sentissem que precisava do aluguel que teoricamente deveriam começar a pagar depois de um mês. Os risos também eram limitados, coisa que nunca acontecera na família.

Finalmente chegou o dia de Bockarie ser pago, e ele se permitiu um sorriso com a perspectiva de começar a arrancar os espinhos do sofrimento que encobrira seu semblante. Chegou cedo ao centro de operações e foi trabalhar. Ao meio-dia, ouviu uma batida forte na entrada do escritório. Era algo incomum; as pessoas geralmente eram discretas quando vinham pegar seus papéis. Quando o sr. Kaifala abriu a porta, foi jogado no chão por diversos policiais, depois algemado. A polícia mandou todo mundo encostar na parede e levantar os braços. Vasculharam a área e levaram consigo sacos de dinheiro, junto com o sr. Kaifala. Mesmo depois que a polícia se foi, Bockarie permaneceu com as mãos contra a parede, congelado pela dor que atravessava seu coração. Ele sabia que não seria pago nesse dia, e não sabia quando finalmente seria. A polícia não pretendia investir contra a operação, e sim prender o sr. Kaifala, que era suspeito de estar envolvido em tráfico de cocaína. Bockarie ficou sabendo pelos colegas de trabalho que um avião carregado da droga pousara no aeroporto e fora apreendido pelas autoridades. A investigação estava se desenrolando, e muita gente importante nos negócios e na política tinha sido presa, enquanto outros fugiram do país. O sujeito enigmático que fora encontrar Bockarie em nome do sr. Kaifala disse a todos que deviam ir para casa e que seriam chamados quando o trabalho fosse reiniciado.

Bockarie chamou o homem de lado: "E meu pagamento? Preciso desse dinheiro".

"Você não viu que eles levaram todo o dinheiro que havia aqui? Se voltarmos, ficamos lhe devendo um mês de pagamento."

Ele ergueu a voz: "E se vocês não voltarem?".

"Então você teve alguma experiência aqui que pode incluir no currículo!" O homem riu e saiu andando. Alguns dos colegas de Bockarie estavam reunidos em torno de um rádio escutando um programa que falava sobre o avião com cocaína. A discussão tomou conta dos ouvintes e eles também começaram a discutir. A questão era se a população deveria se importar se o país era usado para levar drogas para a Europa e o Ocidente. As pessoas discordavam sobre o assunto.

"Por que a gente deveria se importar com eles, com as crianças e a família deles? Eles não se importaram conosco quando tivemos uma guerra e todas as armas e munições foram trazidas das fronteiras deles para nós", um dos debatedores no rádio perguntou. Bockarie não prestou muita atenção. Tinha seus próprios problemas, com os quais ninguém mais se importava.

Deveria encontrar-se com Kula no hotel para poderem comemorar tomando uma grande garrafa de cerveja. Como ia explicar a ela o que tinha acontecido? Saiu e foi recebido por uma rajada de vento quente, que detestou. Ele gostava do calor, mas tudo azedara. Seus filhos não comeriam novamente naquele dia. Caminhou para encontrar a esposa.

Ela estava à sua espera na entrada do hotel, e chorava. Fora despedida, porque Pascal e o gerente chinês tinham saído, e todos os que eles haviam contratado foram dispensados sem pagamento. Eles se seguraram mutuamente, Bockarie mantendo-se mais forte pelos dois. Ela não chorava de fraqueza, mas pelos filhos. As palavras para explicar um ao outro o que havia acontecido saíam partidas; quando chegaram em casa, as crianças só ouviram uma história fragmentada, pois a fome as atravessava, reduzindo sua capacidade de escutar. O semblante de todos era de desolação, com sombras de desespero. O rosto de Kula estava manchado de lágrimas que continham o fardo de ontem e rolavam através dele, que se tornara mais velho e duro com as preocupações do amanhã rompido. A noite estava chegando, e o dia seguinte viria de uma forma ou de outra. Se alguém lhes tivesse dito que olhariam para trás, para aquele dia, enquanto tinham conversas que remendavam a repetitiva ruptura de tantas vidas, não teriam acreditado.

Todos ficaram sentados quietos por quase duas horas. Ninguém se mexeu muito, exceto Oumu, que estava inquieta, porque queria pedir ao pai para contar uma história, mas não sabia se era apropriado. Ela pensou nos momentos em que ouvira histórias dos anciãos. Algo trouxe a voz de Mama Kadie à sua mente. "Aperte sempre seus pés descalços contra o chão e escute o que a terra diz e o que ela tem a lhe dar para o dia. Ela sempre tem alguma coisa, mas você precisa escutar para receber", Mama Kadie dissera durante uma das vezes em que a garotinha sentara-se com ela, salpicando-a de perguntas, o que a anciã adorava, porque sabia que a menina estava pronta para receber as histórias do passado, que fortaleciam a espinha dorsal quando o mundo açoita o corpo e enfraquece o espírito.

Oumu lembrava-se dessas palavras agora que sua família estava sentada faminta e em silêncio, os pais evitando os olhos dos filhos. A cabeça de cada um estava baixa, derrotada, ou talvez fosse tudo o que podiam fazer. Ela se levantou da pequena cadeira onde estava sentada perto da parede junto à porta. Tirou os sapatos, curvou-se, pegou-os nas mãos e os colocou sobre a cabeça. Saiu e lentamente pressionou os pés contra o chão, dando algumas voltas pelo quintal antes que algo impulsionasse seus pés rumo à avenida principal. Foi ali que vira Coronel pela última vez. Ele lhe acenara e pusera as mãos sobre os lábios como fizera no primeiro dia que chegaram à cidade. Conforme instruíra, ela não tinha contado ao resto da família que ele estava por perto.

Talvez tivesse alguma palavra encorajadora para lhe dizer, Oumu pensou, embora na verdade não soubesse que bem isso poderia trazer. Enquanto andava, entoou num murmúrio uma canção cantada no fim de uma história que ela ouvira. Era uma história sobre como, se você fosse dormir sem que lhe fosse contada a história daquela noite, acordaria um tanto estranho e demoraria bastante antes de voltar a si. Cantou baixinho, para si mesma, mantendo-a no seu interior, em vez de soltá-la para o mundo, onde seria afogada pelos ruídos dos que se debatiam para encerrar mais um dia difícil. Parou na beira da rua barulhenta aonde chegara e ergueu a cabeça para procurar Coronel.

Ele a estivera observando o tempo todo, sua silhueta na escuridão.

"Oumu, espere aí", ele gritou do outro lado da rua. "Eu vou até você." Olhou para ver se vinha algum carro, e então atravessou rapidamente na direção dela, segurando um cesto de comida. Entregou-lhe o cesto sem dizer mais nada, mas seus olhos disseram que ela devia levar a comida para casa, para sua família. A menina sorriu, os lábios tão secos de fome que estavam grudados, então não foi um sorriso amplo como a dança do seu coração. Ficaram parados lado a lado por alguns instantes, então Oumu reuniu alguma força e levantou o cesto com suas mãozinhas para ver se conseguia carregá-lo. Depositou-o de novo sobre a terra, brevemente.

"Agora vou voltar antes que mamãe e papai comecem a se preocupar." Segurou a mão de Coronel de uma maneira que pessoas muito mais velhas seguravam quando tinham mais a dizer do que a situação permitia, de uma maneira que prometia que a conversa seria mais doce e completa da próxima vez. Coronel agachou-se para ficar no nível dos olhos dela. Sussurrou algo no seu ouvido.

"Diga-lhes isto quando achar apropriado", ele completou. Ela fez que sim, virou-se e caminhou de volta para a família, acelerando o passo, equilibrando os sapatos na cabeça sem sequer saber que ainda estavam lá. Entrou no quarto silencioso onde todos estavam quietos, desejando que alguma coisa — qualquer coisa — acontecesse. Pôs o cesto no chão e pegou alguns pratos, começando a servir arroz e caldo de folhas de batata com peixe. O cheiro de comida trouxe todos de volta de onde estavam. Levantaram a cabeça em choque, mas, com a fome ainda na garganta, foram incapazes de perguntar a Oumu onde conseguira a comida. A menina pegou as mãos dos pais e as trouxe para o alimento, depois gesticulou para os irmãos para que se aproximassem e se juntassem. Passou água numa pequena bacia para todos poderem lavar as mãos antes de comer juntos.

Kula certificou-se de que a comida não estava quente demais antes de todo mundo mergulhar nela. Comeram avidamente, de início, pelo menos os cinco primeiros punhados de arroz. Fez-se outro silêncio, mas seguido de suspiros de alívio com o delicioso sabor do arroz e do caldo espalhando-se pela boca. Estavam todos suando, de tanto tempo que não tinham tido comida em abundância.

Comeram o resto da refeição mais devagar, desfrutando cada mordida como se fosse a primeira vez que provavam uma comida tão simples. Oumu parou de comer antes dos outros, e recostou-se na cadeira lambendo a mão. Então os pais pararam, seguidos de Manawah, Miata e Abu, deixando mais comida para Thomas. Ele comeu tudo o que sobrou e lambeu o prato até ficar limpo. Cada um deles reclinou-se contra a parede do quarto, formando uma roda, as mãos untadas de óleo de palmeira pousadas sobre os joelhos.

Oumu sentiu que seus pais logo perguntariam quem lhe dera a comida. "Aquele que me deu a comida me falou para lhes dizer que o mundo não vai acabar hoje, e que vocês precisam se animar se quiserem continuar vivendo nele", ela disse.

"E quem foi?", indagou Kula.

"Coronel", respondeu Oumu.

Bockarie e Kula se entreolharam e sorrisos cruzaram seu rosto. Antes de um dos dois dizer alguma coisa, Oumu pediu: "Mãe, você pode nos contar uma história?".

"Não vejo por que não." Kula sentou-se ereta, limpou a garganta e esperou pelo silêncio que convidava todos os espíritos para tais encontros.

"Havia dois irmãos que decidiram sair de casa e viajar para outra terra. Naqueles tempos, antes de alguém sair de viagem, fazia-se uma cerimônia para a pessoa se purificar minuciosamente, lavando cada parte do corpo e do coração. Portanto, no dia da viagem, os irmãos foram para o rio e começaram a se lavar. Tiraram cada um seu coração, limparam-no e o pousaram sobre uma rocha para secar um pouco enquanto esfregavam o resto do corpo. Acreditava-se que, lavando o coração antes de uma viagem, a pessoa se permitia vivenciá-la com pureza.

"Os irmãos eram divertidos e sempre faziam brincadeiras entre si, então começaram a mergulhar. O riso tomou conta dos dois e, quando acabaram de se lavar, eles foram embora, esquecendo o coração sobre a rocha à margem do rio. Perceberam isso só depois que chegaram à nova terra e não conseguiram achar prazer, compreensão ou sentimento nas coisas novas que os olhos viam. O irmão mais velho tocou seu peito e deu-se conta de que seu coração não estava lá. O mais novo fez o mesmo.

"Eles pegaram seus sacos de viagem e começaram a caminhar de volta para casa o mais rápido que podiam. Quando chegaram ao rio dias depois, o coração de cada um ainda estava lá, mas a passagem do dia e da noite os havia alterado, e formigas tinham comido certas partes deles. Os irmãos lavaram cada um seu coração e o puseram de volta no lugar, mas não conseguiram mais vivenciar as coisas como antes."

O silêncio ficou mais profundo depois que Kula concluiu sua história.

"Então agora eles precisam encontrar um meio de consertar o coração quebrado, reacendendo o fogo morto dentro deles. E devem viver para isso." A voz de Oumu rompeu o silêncio e o aliviou. É isso que acontece quando a sabedoria velha e a sabedoria nova se fundem, achando espaço no jovem.

É o fim, ou talvez o começo de outra história.

Toda história começa e termina com uma mulher, uma mãe, uma avó, uma menina, uma criança;

Toda história é um nascimento...

Agradecimentos

Este romance só se tornou realidade graças ao apoio da minha família e de muitas pessoas e muitos lugares que me inspiraram e me deram força, fizeram críticas construtivas e estiveram presentes durante a jornada.

Agradeço imensamente à minha mulher, Priscillia, minha musa, pela ajuda inspirada, imprescindível ao moldar minha imaginação para desenvolver e reintroduzir alguns personagens neste livro. Muito obrigado, meu amor; você é meu brilho do hoje e do amanhã. Tenho uma grande dívida com minha avó, Mamie Kpana, que conseguiu imprimir sua sabedoria em minha memória e em meu espírito quando eu era criança até hoje. Ela é minha filósofa e a inspiração por trás de um dos principais personagens desta história. *Bi se kaka mama!* À minha mãe, Laura Simms, que com seu encorajamento constante, sua experiência e seu amor pela narração de histórias e pela escrita continua renovando minha paixão. À minha outra mãe, Sarah Hoveyda (ou, como alguns diriam, minha sogra), que com sua alegria e seu modo de aproveitar cada momento sempre me motiva e me lembra da simplicidade e da beleza de tudo: متشكرم. Agradeço à minha prima Aminata, a seu marido Khamis (Mohamed), à minha sobrinha Mariam e aos meus sobrinhos Kamil e Ayaan Kamal, por seus maneirismos e linguagem que me levam de volta ao passado, quando eu era um garoto na minha vila, no meu lar. À minha família em Nova Caledônia: minha irmã Nadia, meu irmão François e meu sobrinho Madiba, *merci beaucoup* pela felicidade que me deram com sua presença nas longas e silenciosas horas editando este romance no Brooklyn, em Nova York. Madiba, rapaz feliz, você tinha quatro meses, mas sua risada era medicinal. Agradeço pelas vezes em que chutou meu computador, lembrando-me de que eu precisava de um tempo para olhar pela janela e descobrir o mundo lá fora através dos seus olhos, rindo com você.

A Sumaili, JV, Prince e Valentin pelas perguntas, curiosidade, conversas, força, amor, e pela felicidade que me proporcionavam quando sentávamos na varanda em Bangui, na República Centro-Africana, enquanto eu editava e vocês tinham aulas de inglês. Esses momentos certamente tiveram influência sobre minha escrita.

Escrevi este romance em meu país, Serra Leoa, na República Centro-Africana, na Itália, na França e nos Estados Unidos. Sou sempre grato à minha terra natal e ao meu povo por motivar minha escrita e pela notável dose de inspiração. Agradeço à Fundação Civitella Ranieri por me conceder uma bolsa em 2011 que me deu o espaço, o tempo e o isolamento de que precisava para começar este romance. Foi uma bênção morar na Umbria, na Itália, em um local tão magnífico que deu novas asas à minha imaginação. Agradeço também a toda a equipe em Nova York e na Itália, e aos colegas artistas com quem morei lá.

Agradeço a todo o povo da República Centro-Africana e à cidade de Bangui, onde terminei o romance e fui inspirado diariamente pela força e resiliência daqueles que encontrava, e principalmente às crianças, que deixaram uma marca indelével em mim do que significa ser humano em qualquer lugar a qualquer hora.

Ira Silverberg, sempre serei grato a você por me apresentar ao mundo editorial. Obrigado, muito obrigado.

Tenho muita sorte de ter uma editora como Sarah Crichton, que é uma pessoa rara. Como sempre, foi extraordinário e um verdadeiro prazer trabalhar com você, e mal posso esperar por mais. Agradeço a todos na Farrar, Straus and Giroux. Eu realmente me sinto parte da família.

E, por último, agradeço muito à minha agente, Philippa Brophy, da Sterling Lord Literistic, por sua confiança na minha visão e por sempre pensar no meu bem-estar; e a Julia Kardon por sempre responder minhas muitas perguntas e por sua paciência e seu profissionalismo.

ESTA OBRA FOI COMPOSTA PELO GRUPO DE CRIAÇÃO EM ELECTRA
E IMPRESSA PELA PROL EDITORA GRÁFICA EM OFSETE
SOBRE PAPEL PÓLEN SOFT DA SUZANO PAPEL E CELULOSE
PARA A EDITORA SCHWARCZ EM FEVEREIRO DE 2015